最精美的哲理散文

开阔视野 触动心灵
陶冶情操 提升品位
精编典藏版

山阴道上
可爱的中国
塞纳河畔的早晨
生活在大自然的怀抱里
又是一年春草绿
快阁的紫藤花
窗外的春光

苏易◎主编

中国华侨出版社

图书在版编目(CIP)数据

最精美的哲理散文/苏易主编. —北京：中国华侨出版社，2013.3

ISBN 978-7-5113-3324-7

Ⅰ.①最… Ⅱ.①苏… Ⅲ.①散文集-世界 Ⅳ.①I16

中国版本图书馆 CIP 数据核字(2013)第 043334 号

●最精美的哲理散文

主　　编　苏　易
责任编辑　棠　静
经　　销　新华书店
开　　本　710×1000 毫米　1/16　印张/15　字数/150 千字
印　　刷　北京中振源印务有限公司
版　　次　2013 年 4 月第 1 版　2018 年 1 月第 2 次印刷
书　　号　ISBN 978-7-5113-3324-7
定　　价　39.80 元

中国华侨出版社　北京市朝阳区静安里 26 号通成达大厦 3 层
邮编:100028
法律顾问:陈鹰律师事务所
编辑部:(010)64443056　64443979
发行部:(010)64443051　传真:(010)64439708
网　址:www.oveaschin.com
E-mail:oveaschin@ sina.com

前　言

当你闲暇休憩之时，你是否想迎着午后的阳光捧一杯茶、拿一卷书，在这恬静而唯美的时光中轻轻翻开书卷，书香、茶香在空气中凝固成一个人的精神。

当你的孩子在学习劳累之时，你是否打算给他营造一个精神的归宿？将你闲暇时的读物借给他来读，这也是一种精神的传递。

在浓浓书香与浓浓茶香中，我们获得的是一种精神的享受，在美的享受中，我们又明白了哲理，何乐而不为呢？

文化是一种继承，从阅读开始。文化又是生命在这个世界中行走不可或缺的元素，它能调和一个人的认知，它是生命在拼搏中的燃料。没有它，我们会感到精神空虚；没有它，我们的内心会感到彷徨。常常听人说，一个人想要强大起来，必须先在精神上强大，精神的强大不是天生的，需要生命在行走中通过自己的认知一点一滴地积累。

我们应当学会如何拒绝平庸生活对心灵的麻痹和腐蚀，留住生命中的诗意，留住美丽来装饰我们的绚丽人生。曾在一本书上看到这样一句话："每一个经历过沧桑的人都有一身炫彩的纹身，这些纹身是时间一点点嵌进记忆的血肉中，最后是否光彩夺目，要看你如何看待这纹身。"

哲理美文的世界充溢着睿智与灵动的智慧，蕴藏着文明和历史人文，饱含着知识与真理。有它们的陪伴，我们的闲暇时光将不再孤独、不再迷茫。

今天，我们选编了此本《最精美的哲理散文》，这些名家的最经典、最具文化内涵的散文，相信不会让你失望，相信你从中会获得使自己精神强大的动力，在此祝愿你与你的孩子的午后时光美好且充满哲理。

聆听，时光的唯美脚步

沉思，世间的烟云朦胧

祈祷，幸福的曼妙音韵

渴望，生命的华丽蜕变

诉说，那些狂喜与刺痛

留念,生活的一粒尘埃

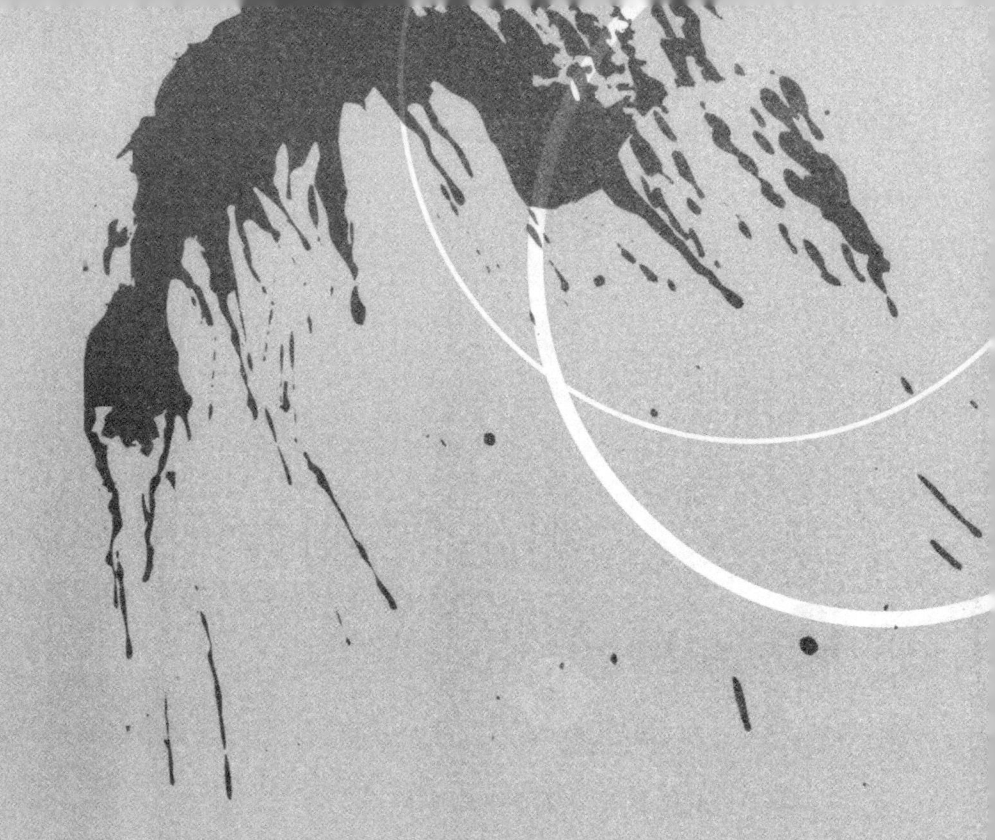

聆听，时光的唯美脚步

“儿时”课外学习

瞿秋白

狂胪文献耗中年，亦是今生后起缘；

猛忆儿时心力异，一灯红接混茫前。

生命没有寄托的人，青年时代和“儿时”对他格外宝贵。这种罗曼蒂克的回忆其实并不是发现了“儿时”的真正了不得，而是感觉到“中年”以后的衰退。本来，生命只有一次，对于谁都是宝贵的。但是，假使他的生命融化在大众的里面，假使他天天在为这世界干些什么，那么，他总在生长，虽然衰老病死仍旧是逃避不了，然而他的事业——大众的事业是不死的，他会领略到“永久的青年”。而“浮生如梦”的人，从这世界里拿去的很多，而给这世界的却很少，他总有一天会觉得疲乏的死亡：他连拿都没有力量了。衰老和无能的悲哀，像铅一样沉重，压在他的心头，青春是多么短呵！

“儿时”的可爱是无知。那时候，件件都是“知”，你每天可以做大科学家和大哲学家，每天都在发现什么新的现象、新的真理。现在呢？“什么”都已经知道了，熟悉了，每一个人的脸都已经看厌了。宇宙和社会是那么陈旧、无味，虽则它们其实比“儿时”新鲜得多了。于是我想念“儿时”，祷告“儿时”。

不能够前进的时候，就愿意退后几步，替自己恢复已经走过的前途。请求“无知”回来，给我求知的快乐。可怕呵，这生命的“停止”。

过去的始终过去了，未来的还是未来。究竟感慨些什么——我问自己。

范爱农

鲁　迅

在东京的客店里，我们大抵一起来就看报。学生所看的多是《朝日新闻》和《读卖新闻》，专爱打听社会上琐事的就看《二六新闻》。一天早晨，劈头就看见一条从中国来的电报，大概是：

"安徽巡抚恩铭被 Jo Shiki Rin 刺杀，刺客就擒。"

大家一怔之后，便容光焕发地互相告语，并且研究这刺客是谁，汉字是怎样三个字。但只要是绍兴人，又不专看教科书的，却早已明白了。这是徐锡麟，他留学回国之后，在做安徽候补道，办春巡警事务，正合于刺杀巡抚的地位。

大家接着就预测他将被极刑，家族将被连累。不久，秋瑾姑娘在绍兴被杀的消息也传来了，徐锡麟是被挖了心，给恩铭的亲兵炒食净尽。人心很愤怒。有几个人便秘密地开一个会，筹集川资；这时用得着日本浪人了，撕乌贼鱼下酒，慷慨一通之后，他便登程去接徐伯荪的家属去。

照例还有一个同乡会，吊烈士，骂满洲；此后便有人主张打电报到北京，痛斥满政府的无人道。会众即刻分成两派：一派要发电，一派不要发。我是主张发电的，但当我说出之后，即有一种钝滞的声音跟着起来：

"杀的杀掉了，死的死掉了，还发什么屁电报呢。"

这是一个高大身材，长头发，眼球白多黑少的人，看人总像在藐视。他蹲在

席子上，我发言大抵就反对；我早觉得奇怪，注意着他的了，到这时才打听别人：说这话的是谁呢，有那么冷？认识的人告诉我说：他叫范爱农，是徐伯荪的学生。

我非常愤怒了，觉得他简直不是人，自己的先生被杀了，连打一个电报还害怕，于是便坚执地主张要发电，同时争起来。结果是主张发电的居多数，他屈服了。其次要引人来拟电稿。

“何必推举呢？自然是主张发电的人啰……”他说。

我觉得他的话又在针对我，无理倒也并非无理的。但我便主张这一篇悲壮的文章必须深知烈士生平的人做，因为他比别人关系更密切，心里更悲愤，做出来就一定更动人。于是又争起来。结果是他不做，我也不做，不知谁承认做去了；其次是大家走散，只留下一个拟稿的和一两个干事，等候做好之后去拍发。

从此我总觉得这范爱农离奇，而且很可恶。天下可恶的人，当初以为是满人，这时才知道还在其次；第一倒是范爱农。中国不革命则已，要革命，首先就必须将范爱农除去。

然而这意见后来似乎逐渐淡薄，到底忘却了，我们从此也没有再见面。直到革命的前一年，我在故乡做教员，大概是春末时候罢，忽然在熟人的客座上看见了一个人，互相熟视了不过两三秒钟，我们便同时说：

“哦哦，你是范爱农！”

“哦哦，你是鲁迅！”

不知怎地我们便都笑了起来，是互相的嘲笑和悲哀。他眼睛还是那样，然而奇怪，只这几年，头上却有了白发了，但也许本来就有，我先前没有留心到。他穿着很旧的布马褂，破布鞋，显得很寒素。谈起自己的经历来，他说他后来没有了学费，不能再留学，便回来了。回到故乡之后，又受着轻蔑，排斥，迫害，几乎无地可容。现在是躲在乡下，教着几个小学生糊口。但因为有时觉得很气闷，所以也乘了航船进城来。

他又告诉我现在爱喝酒，于是我们便喝酒。从此他每一进城，必定来访我，非常相熟了，我们醉后常谈些愚不可及的疯话，连母亲偶然听到了也发笑。一天我忽而记起在东京开同乡会时的旧事，便问他：

“那一天你专门反对我，而且故意似的，究竟是什么缘故呢？”

“你还不知道？我一向就讨厌你的，——不但我，我们。”

“你那时之前，早知道我是谁么？”

“怎么不知道。我们到横滨，来接的不就是子英和你么？你看不起我们，摇摇头，你自己还记得么？”

我略略一想，记得的，虽然是七八年前的事。那时是子英来约我的，说到横滨去接新来留学的同乡。汽船一到，看见一大堆，大概一共有十多人，一上岸便将行李放到税关上去候查检，关吏在衣箱中翻来翻去，忽然翻出一双绣花的弓鞋来，便放下公事，拿着仔细地看。我很不满，心里想，这些鸟男人，怎么带这东西来呢。自己不注意，那时也许就摇了摇头。检验完毕，在客店小坐之后，即须上火车。不料这一群读书人又在客车上让起座位来了，甲要乙坐在这位上，乙要丙去坐，揖让未终，火车已开，车身一摇，即刻跌倒了三四个。我那时也很不满，暗地里想：连火车上的座位，他们也要分出尊卑来……自己不注意，也许又摇了摇头。然而那群雍容揖让的人物中就有范爱农，却直到这一天才想到。岂但他呢，说起来也惭愧，这一群里，还有后来在安徽战死的陈伯平烈士，被害的马宗汉烈士；被囚在黑狱里，到革命后才见天日而身上永带着匪刑的伤痕的也还有一两人。而我都茫无所知，摇着头将他们一并运上东京了。徐伯荪虽然和他们同船来，却不在这车上，因为他在神户就和他的夫人坐车走了陆路了。

我想我那时摇头大约有两回，他们看见的不知道是哪一回。让座时喧闹，检查时幽静，一定是在税关上的那一回了，试问爱农，果然是的。

“我真不懂你们带这东西做什么，是谁的？”

“还不是我们师母的？”他瞪着他多白的眼。

“到东京就要假装大脚，又何必带这东西呢？”

“谁知道呢？你问她去。”

到冬初，我们的景况更拮据了，然而还喝酒，讲笑话。忽然是武昌起义，接着是绍兴光复。第二天爱农就上城来，戴着农夫常用的毡帽，那笑容是从来没有见过的。

“老迅，我们今天不喝酒了。我要去看看光复的绍兴。我们同去。”

我们便到街上去走了一通，满眼是白旗。然而貌虽如此，内骨子是依旧的，因为还是几个旧乡绅所组织的军政府，什么铁路股东是行政司长，钱店掌柜是

军械司长……这军政府也到底不长久,几个少年一嚷,王金发带兵从杭州进来了,但即使不嚷或者也会来。他进来以后,也就被许多闲汉和新进的革命党所包围,大做王都督。在衙门里的人物,穿布衣来的,不上十天也大概换上皮袍子了,天气还并不冷。

我被摆在师范学校校长的饭碗旁边,王都督给了我校款二百元。爱农做监学,还是那件布袍子,但不大喝酒了,也很少有工夫谈闲天。他办事,兼教书,实在勤快得可以。

"情形还是不行,王金发他们。"一个去年听过我的讲义的少年来访问我,慷慨地说,"我们要办一种报来监督他们。不过发起人要借用先生的名字。还有一个是子英先生,一个是德清先生。为社会,我们知道你决不推却的。"

我答应他了。两天后便看见出报的传单,发起人诚然是三个。五天后便见报,开首便骂军政府和那里面的人员;此后是骂都督,都督的亲戚、同乡、姨太太……

这样骂了十多天,就有一种消息传到我的家里来,说都督因为你们诈取了他的钱,还骂他,要派人用手枪来打死你们了。

别人倒还不打紧。第一个着急的是我的母亲,叮嘱我不要再出去。但我还是照常走,并且说明,王金发是不来打死我们的,他虽然绿林大学出身,而杀人却不很轻易。况且我拿的是校款,这一点他还能明白的,不过说说罢了。

果然没有来杀。写信去要经费,又取了二百元。但仿佛有些怒意,同时传令道:再来要,没有了!

不过爱农得到了一种新消息,使我很为难,原来所谓"诈取"者,并非指学校经费而言,是指另有送给报馆的一笔款。报纸上骂了几天之后,王金发便叫人送去了五百元。于是乎我们的少年们便开起会议来,第一个问题是:收不收?决议曰:收。第二个问题是:收了之后骂不骂?决议曰:骂。理由是:收钱之后,他是股东;股东不好,自然要骂。

我即刻到报馆去问这事的真假。都是真的。略说了几句不该收他钱的话,一个名为会计的便不高兴了,质问我道:

"报馆为什么不收股本?"

"这不是股本……"

“不是股本是什么?”

我就不再说下去了,这一点世故是早已知道的,倘我再说出连累我们的话来,他就会面斥我太爱惜不值钱的生命,不肯为社会牺牲,或者明天在报上就可以看见我怎样怕死发抖的记载。

然而事情很凑巧,季弗写信来催我往南京了。爱农也很赞成,但颇凄凉,说:

“这里又是那样,住不得,你快去罢……”

我懂得他无声的话,决计往南京。先到都督府去辞职,自然照准,派来了一个拖鼻涕的接收员,我交出账目和余款一角又两铜元,不是校长了。后任是孔教会会长傅力臣。

报馆案是我到南京后两三个星期了结的,被一群兵们捣毁。子英在乡下,没有事;德清适值在城里,大腿上被刺了一尖刀。他大怒了。自然,这是很有些痛的,怪他不得。他大怒之后,脱下衣服,照了一张照片,以显示一寸来宽的刀伤,并且做一篇文章叙述情形,向各处分送,宣传军政府的横暴。我想,这种照片现在是大约未必还有人收藏着了,尺寸太小,刀伤缩小到几乎等于无,如果不加说明,看见的人一定以为是带些疯气的风流人物的裸体照片,倘遇见孙传芳大帅,还怕要被禁止的。

我从南京移到北京的时候,爱农的学监也被孔教会会长的校长设法去掉了。他又成了革命前的爱农。我想为他在北京寻一点小事做,这是他非常希望的,然而没有机会。他后来便到一个熟人的家里去寄食,也时时给我信,景况愈困穷,言辞也愈凄苦。终于又非走出这熟人的家不可,便在各处飘浮。不久,忽然从同乡那里得到一个消息,说他已经掉在水里,淹死了。

我疑心他是自杀。因为他是浮水的好手,不容易淹死的。

夜间独坐在会馆里,十分悲凉,又疑心这消息并不确,但无端又觉得这是极其可靠的,虽然并无证据。一点法子都没有,只作了四首诗,后来曾在一种日报上发表,现在是将要忘记完了。只记得一首里的六句,起首四句是:“把酒论天下,先生小酒人,大圜犹酩酊,微醉合沉沦。”中间忘掉两句,末了是“旧朋云散尽,余亦等轻尘。”

后来我回故乡去,才知道一些较为详细的事,爱农先是什么事也没得做,因

为大家讨厌他。他很困难,但还喝酒,是朋友请他的。他已经很少和人们来往,常见的只剩下几个后来认识的较为年青的人了,然而他们似乎也不愿意多听他的牢骚,以为不如讲笑话有趣。

“也许明天就收到一个电报,拆开来一看,是鲁迅来叫我的。”他时常这样说。

一天,几个新的朋友约他坐船去看戏,回来已过夜半,又是大风雨,他醉着,却偏要到船舷上去小解。大家劝阻他,也不听,自己说是不会掉下去的。但他掉下去了,虽然能浮水,却从此不起来。

第二天打捞尸体,是在菱荡里找到的,直立着。

我至今不明白他究竟是失足还是自杀。

他死后一无所有,遗下一个幼女和他的夫人。有几个人想集一点钱作他女孩将来的学费的基金,因为一经提议,即有族人来争这笔款的保管权——其实还没有这笔款,大家觉得无聊,便无形消散了。

现在不知他唯一的女儿景况如何?倘在上学,中学已该毕业了罢。

航船中的文明

朱自清

第一次乘夜航船，从绍兴府桥到西兴渡口。

绍兴到西兴本有汽油船。我因急于来杭，又因年来逐逐于火车轮船之中，也想“回到”航船里，领略先代生活的异样的趣味；所以不顾亲戚们的坚留和劝说（他们说航船里是很苦的），毅然决然地于下午六时左右下了船。有了“物质文明”的汽油船，却又有“精神文明”的航船，使我们徘徊其间，左右顾而乐之，真是二十世纪中国人的幸福了！

航船中的乘客大都是小商人；两个军弁是例外。满船没有一个士大夫；我区区或者可充个数儿——因为我曾读过几年书，又忝为大夫之后——但也是例外之例外！真的，那班士大夫到哪里去了呢？这不消说的，都到了轮船里去了！士大夫虽也擎着大旗拥护精神文明，但千虑不免一失，竟为那物质文明的孙儿，满身洋油气的小玩意儿骗得定定的，忍心害理地撇了那老相好。于是航船虽然照常行驶，而光彩已减少许多！这确是一件可以慨叹的事；而“国粹将亡”的呼声，似也不是徒然的了。呜呼，是谁之咎欤？

既然来到这“精神文明”的航船里，正可将船里的精神文明考察一番，才不虚此一行。但从哪里下手呢？这可有些为难。踌躇之间，恰好来了一个女

人——我说“来了”，仿佛亲眼看见，而孰知不然；我知道她“来了”，是在听见她尖锐的语音的时候。至于她的面貌，我至今还没有看见呢。这第一要怪我的近视眼，第二要怪那袭人的暮色，第三要怪——哼——要怪那“男女分坐”的精神文明了。

女人坐在前面，男人坐在后面；那女人离我至少有两丈远，所以便不可见其脸了。且慢，这样左怪右怪，“其词若有憾焉”，你们或者猜想那女人怎样美呢。而孰知又大大的不然！我也曾“约略地”看来，都是乡下的黄面婆而已。至于尖锐的语音，那是少年的妇女所常有的，倒也不足为奇。然而这一次，那来了的女人的尖锐的语音竟致劳动区区的执笔者，却又另有缘故。在那语音里，表示出对于航船里精神文明的抗议；她说，“男人女人都是人！”她要坐到后面来，（因前面太挤，实无他故，合并声明）而航船里的“规矩”是不许的。

船家拦住她，她仗着她不是姑娘了，便老了脸皮，大着胆子，慢慢地说了那句话。她随即坐在原处，而“批评家”的议论繁然了。一个船家在船沿上走着，随便地说，“男人女人都是人，是的，不错。做秤钩的也是铁，做秤锤的也是铁，做铁锚的也是铁，都是铁呀！”这一段批评大约十分巧妙，说出诸位“批评家”所要说的，于是众喙都息，这便成了定论。至于那女人，事实上早已坐下了；“孤掌难鸣”，或者她饱饫了诸位“批评家”的宏论，也不要鸣了罢。“是非之心”，虽然“人皆有之”，而撑船经商者流，对于名教之大防，竟能剖辨得这样“详明”，也着实亏他们了。中国毕竟是礼仪之邦，文明之古国呀！我悔不该乱怪那“男女分坐”的精神文明了！

“祸不单行”，凑巧又来了一个女人。她是带着男人来的——呀，带着男人！正是；所以才“祸不单行”呀！说得满口好绍兴的杭州话，在黑暗里隐隐露着一张白脸；带着五六分城市气。船家照他们的“规矩”，要将这一对儿生刺刺地分开；男人不好意思做声，女的却抢着说，“我们是‘一堆生’的！”太亲热的字眼，竟在“规规矩矩的”航船里说了！于是船家命令地嚷道：“我们有我们的规矩，不管你‘一堆生’不‘一堆生’的！”大家都微笑了。有的沉吟地说：“一堆生的？”有的惊奇地说：“一‘堆’生的！”有的嘲讽地说：“哼，一堆生的！”在这四面楚歌里，凭你怎样伶牙俐齿，也只得服从了！“妇者，服也”，这原是她的本行呀。只看她毫不置辩，毫不懊恼，还是若无其事地和人攀谈，便知她确乎是“服也”了。这不能不感谢船家和乘客诸公“卫道”之功；而论功行赏，船家尤当首屈一指。呜呼，可以风矣！

在黑暗里征服了两个女人，这正是我们的光荣；而航船中的精神文明，也粲然可见了——于是乎书。

故乡的杨梅

鲁 彦

过完了长期的蛰伏生活，眼看着新黄嫩绿的春天爬上了枯枝，正欣喜着想跑到大自然的怀中，发泄胸中的抑郁，却忽然病了。

唉，忽然病了。

我这粗壮的躯壳，不知道经过了多少炎夏和严冬，被轮船和火车抛掷过多少次海角与天涯，尝受过多少辛劳与艰苦，从来不知道颤栗或疲倦的呵，现在却呆木地躺在床上，不能随意地转侧了。

尤其是这躯壳内的这一颗心。它历年可是铁一样的。对着眼前的艰苦，它不会畏缩；对着未来的憧憬，它不肯绝望；对着过去的痛苦，它不愿回忆的呵，然而现在，它却凄凉地往复地想了。

唉，唉，可悲呵，这病着的躯壳，病着的心。

尤其是对着这细雨连绵的春天。

这雨，落在西北，可不全像江南的故乡的雨吗？细细的，丝一样，若断若续的。

故乡的雨，故乡的天，故乡的山河和田野，还有那蔚蓝中衬着整齐的金黄的菜花的春天，藤黄的稻穗带着可爱的气息的夏天，蟋蟀和纺织娘们在濡湿的草中唱着诗的秋天，小船吱吱地读着沉默的薄冰的冬天……还有那熟识的道路，还有那亲密的故居……

不,不,我不想这些,我现在不能回去,而且是病着,我得让我的心平静,恢复我过去的铁一般的坚硬,告诉自己:这雨是落在西北,不是故乡的雨——而且不像春天的雨,却像夏天的雨。

不要那样想吧,我可怜的心呵,我的头正像夏天烈日下的汽油缸,将要炸裂了,我的嘴唇正干燥得将要迸出火花来了呢。让这夏天的雨来压下我头部的炎热,让……让……

唉,唉,就说故乡的杨梅吧……它正是在类似这样的雨天成熟的呵。

故乡的食物,我没有比这更喜欢的了。倘若我爱故乡,不如就说我完全是爱这叫做杨梅的果子吧。

呵,相思的杨梅!它有着多么惊异的形状,多么可爱的颜色,多么甜美的滋味呀。

它是圆的,和大的龙眼一样大小,远看并不稀奇,拿到手里,原来它是遍身生着刺的哩。这并非是它的壳,这就是它的肉。不知道的人,一定以为这满身生着刺的果子是不能进口的,否则也须用什么刀子削去那刺的尖端吧?然而这是过虑。它原来是希望人家爱它吃它的。只要等它渐渐长熟,它的刺也渐渐软了,平了。那时放到嘴里,软滑之外还带着什么感觉呢?没有人能想得到,它还保存着它的特点,每一根刺平滑地在舌尖上触了过去,细腻柔软而且亲切——这好比最甜蜜的吻,使人迷醉呵。

颜色更可爱呢。它最先是淡红的,像娇嫩的婴儿的面颊,随后变成了深红,像是处女的害羞,最后黑红了——不,我们说它是黑的。然而它并不是黑,也不是黑红的,原来是红的。太红了,所以像是黑。轻轻地啄开它,我们就看见了那新鲜红嫩的内部,同时我们已染上了一嘴的红水。说它新鲜红嫩,有的人也许以为一定像贵妃的肉色似的荔枝吧?嗳,那就错了。荔枝的光色是呆板的,像玻璃,像鱼目;杨梅的光色却是生动的,像映着朝霞的露水呢。

滋味吗?没有十分成熟是酸带甜,成熟了便单是甜。这甜味可绝不会使人讨厌,不但爱吃甜味的人尝了一下舍不得丢掉,就连不爱吃甜味的人也会完全给它吸引住,越吃越爱吃。它是甜的,然而又依然是酸的,而这酸味,我们须待吃饱了杨梅以后,再吃别的东西的时候,才能领会得到。那时我们才知道自己

的牙齿酸了，软了，连豆腐也咬不下了，于是我们才恍然悟到刚才吃多了酸的杨梅。我们知道这个，然而我们仍然爱它，我们仍需吃一个大饱。它真是世上最迷人的东西。

唉，唉，故乡的杨梅呵。

细雨如丝的时节，人家把它一船一船地载来，一担一担地挑来，我们一篮一篮地买了进来，挂一篮在檐口下，放一篮在水缸盖上，倒上一脸盆，用冷水一洗，一颗一颗地放进嘴里，一面还没有吃完，一面又早已从脸盆里拿起了另一颗，一口气吃了一二十颗，有时来不及把它的核一一吐出来，便一直吞进了肚里。

“生了虫呢……蛇吃过了呢……”母亲看见我们吃得快，吃得多，便这样说了起来，要我们仔细地看一看，多多地洗一番。

但我们并不管这些，它成了我们的生命，我们越吃越快了。

“好吃，好吃。”我们心里这样想着，嘴里却没有余暇说话。待肚子胀上加胀，眼看着一脸盆的杨梅吃得一颗也不留，这才呆笨地挺着肚子，走了开去，叹气似的嘘出一声“咳”来……

唉，可爱的故乡的杨梅呵。

一年，二年……我已有十六七年不曾尝到它的滋味了。偶尔回到故乡，不是在严寒的冬天，便是在酷热的夏天，或者杨梅还未成熟，或者杨梅已经落完了。这中间，曾经有两次，在异地见到过杨梅，比故乡的小，比故乡的酸，颜色又不及故乡的红。我想回味过去，把它买了许多来。

“长在树上，有虫爬过，有蛇吃过呢……”

我现在成了大人，有了知识，爱惜自己的生命甚于杨梅了。我用沸滚的开水去细细地洗杨梅，觉得还不够消除那上面的微菌似的。

于是它不但更不像故乡的杨梅，简直不是杨梅了。我只尝了一二颗，便不再吃下去。最后一次我终于在离故乡不远的地方见到了可爱的故乡的杨梅。

然而又因为我成了大人，有了知识，爱惜自己的生命甚于杨梅，偶然发现一条小虫，也就拒绝了回味的欢愉。

现在我的味觉也显然改变了，即使回到故乡，遇到细雨如丝的杨梅时节，即使并不害怕从前的那种吃法，我的舌头应该感觉不出从前的那种美味了，我的牙齿应该不能像从前那样能够容忍那酸性了。

唉,故乡离开我愈远了。

我们中间横着许多鸿沟。那不是千万里的山河的阻隔,那是……

唉,唉,我到底病了。我为什么要想到这些呢?

看呵,这眼前的如丝的细雨,不是若断若续地落在西北的春天里吗?

可爱的中国

方志敏

朋友！中国是生育我们的母亲。你们觉得这位母亲可爱吗？我想你们和我有着一样的见解，都觉得这位母亲是蛮可爱蛮可爱的。以言气候，中国处于温带，不十分热，也不十分冷，好像我们母亲的体温，不高不低，最适宜于孩儿们的偎依。以言国土，中国土地广大，纵横数万里，好像我们的母亲是一个身体魁大、胸宽背阔的妇人，不像日本姑娘那样苗条瘦小。中国许多有名的崇山大岭，长江巨河，以及大小湖泊，岂不都象征着我们母亲丰满坚实的肥肤上之健美的肉纹和肉窝？中国土地的生产力是无限的；地底蕴藏着未开发的宝藏也是无限的；废置而未曾利用起来的天然力，更是无限的；这又岂不象征着我们的母亲，保有着无穷的乳汁，无穷的力量，以养育她四万万七千万的孩儿？我想世界上再没有比她养得更多的孩子的母亲吧。至于说到中国天然风景的美丽，我可以说，不但是雄巍的峨眉，妩媚的西湖，幽雅的雁荡，与夫“秀丽甲天下”的桂林山水，可以傲睨一世，令人称羡；其实中国是无地不美，到处皆景，自城市以至乡村，一山一水，一丘一壑，只要稍加修饰和培植，都可以成为流连难舍的胜景；这好像我们的母亲，她是一个天资玉质的美人，她的身体的每一部分，都有令人爱慕之美。中国海岸线之长而且弯曲，照现代艺术家说来，这象征我们母亲富有曲线之美吧。咳！母亲！美丽的母亲，可爱的母亲，只因你受着人家的压榨和剥削,弄成贫穷已极;不但不能买一件新的好看的衣服,把你自己装饰起来;甚至不能买块香皂将你全身洗擦洗擦,以致现出怪难看的一种憔悴褴褛和污秽不洁的形容来!啊!我们的母亲太可怜了,一个天生的丽人,现在却变成叫化的婆子!站在欧洲、美洲各位华贵的太太面前,固然是深愧不如,就是站在那日本小姑娘面前,也自惭形秽得很呢!

听着!朋友!母亲躲到一边去哭泣了,哭得伤心得很呀!她似乎在骂着:“难道我四万万七千万的孩子,都是白生了吗?难道他们真像着了魔的狮子,一天到晚地睡着不醒吗?难道他们不知道将自己伟大的团结力量,去与残害母亲、剥削母亲的敌人斗争吗?难道他们不想将母亲从敌人手里救出来,把母亲也装饰起来,成为世界上一个最出色、最美丽、最令人尊敬的母亲吗?”朋友,听到母亲哀痛的哭骂了吗?是的,是的,母亲骂得对,十分对!我们不能怪母亲好哭,只怪得我们之中出了败类,自己压制自己,眼睁睁地望着我们这位挺慈祥美丽的母亲,受着许多无谓的屈辱和残暴的蹂躏!这真是我们做孩子们的不是了,简直连一位母亲都爱护不住了!

朋友,看呀!看呀!那名叫“帝国主义”的恶魔的面貌是多么难看呀!在中国许多神怪小说上,也寻不出一个妖精鬼怪的面貌,会有像这些恶魔那样狞恶可怕!满脸满身都是毛,好像他们并不是人,而是人类中会吃人的猩猩!他们的血口,张开起来,好似无底的深洞,几千几万几千万的人类,都会被他们吞下去!他们的牙齿,尤其是那伸出口外的獠牙,十分锐利,发出可怕的白光!他们的手,不,不是手呀,而是僵硬硬的铁爪,那么难看的恶魔,那么狰狞可怕的恶魔!一,二,三,四,五,朋友,五个可怕的恶魔,正在包围着我们的母亲呀!朋友,看呀,看到了没有?呸!那些恶魔将母亲搂住呢!用他们的血口,去亲她的嘴,她的脸,用他们的铁爪,去抓破她的乳头,她的可爱的肥肤!呀!看呀!那个戴着粉白的假面具的恶魔,在做什么?他弯身伏在母亲的胸前,用一支锐利的金管子,刺进,呀!刺进母亲的心口,他的血口,套到这金管子上,拼命地吸母亲的血液!母亲多么痛呵,痛得嘴唇都成白色了。噫,其他的恶魔也照样做吗?看!他们都拿出各种金的、铁的或橡皮的管子,套住在母亲身上被他们铁爪抓破流血的地方,都拼命吸起血液来了!母亲,你有多少血液,不要一下子就被他们吸干了吗?

嗄！那矮矮的恶魔,拿出一把屠刀来了！做什么！呸！恶魔！你敢割我们母亲的肉？你想杀死她？咳哟！不好了！一刀！啪地一刀！好大胆的恶魔,居然向我们的母亲的左肩上砍下去！母亲的左臂,连着耳朵到颈,直到胸膛,都被砍下来了！砍下了身体的那么一大块——五分之一的那么一大块！母亲的血在涌流出来,她不能哭出声来,她的嘴唇只是在那里一张一张地动,她的眼泪和血在涌流着！朋友们！兄弟们！救救母亲呀！母亲快要死去了！

啊！那矮的恶魔怎么那样凶恶,竟将母亲那么一大块身体,就一口生吞下去,还在那里眈眈地望着,像一只恶虎向着驯羊一样望着！恶魔！你还想砍,还想割,还想把我们的母亲整个吞下去?！兄弟们！无论如何都不能与它甘休！它砍下而且生吞下去母亲那么一大块身体！母亲现在还像一个人吗,缺了五分之一的身体？美丽的母亲,变成一个血迹模糊肢体残缺的人了。兄弟们,无论如何,不能与它甘休,大家冲上去,捉住那只恶魔,用铁拳狠狠地捶它,捶得它张开口来,吐出那块被生吞下去的母亲身体,才算,绝不能让它在恶魔的肚子里消化了去,成了它的滋养料！我们一定要要回来一个完整的母亲,绝对不能让她的肢体残缺呀！

呸！那是什么人？他们也是中国人,也是母亲的孩子？那么为什么去帮助恶魔来杀害自己的母亲呢？你们看！他们在恶魔持刀向母亲身上砍的时候,很快地就把砍下来的那块身体,双手捧到恶魔血口中去！他们用手拍拍恶魔的喉咙,使它快吞下去;现在又用手去摸摸恶魔的肚皮,增进它的胃之消化力,好让快点消化下去。他们都是所谓高贵的华人,怎样会那么恭顺地秉承恶魔的意旨行事？委曲求欢,丑态百出！可耻,可耻！傀儡,卖国贼！狗彘不食的东西！狗彘不食的东西！你们帮助恶魔来杀害自己的母亲,来杀害自己的兄弟,到底会得到什么好处?！我想你们这些无耻的人们呵！你们当傀儡、当汉奸、当走狗的代价,至多只能伏在恶魔的肛门边或小便上,去吸取它把母亲的肉,母亲的血消化完了排泄出来的一点粪渣和尿滴！那是多么可鄙弃的人生啊！

朋友,看！其余的恶魔,也都拔出刀来,馋涎欲滴地望着母亲的身体,难道也像矮的恶魔一样来分割母亲吗？啊！不得了,他们如果都来操刀而割,母亲还能活命吗？她还不会立即死去吗？那时,我们不要变成了无母亲的孩子吗？咳！亡了母亲的孩子,不是到处更受人欺负和侮辱吗？朋友们,兄弟们,赶快起来,救救母亲呀!无论如何,不能让母亲死亡的呵!

朋友,你们以为我在说梦呓吗?不是的,不是的,我在呼喊着大家去救母亲呵!再迟些时,她就要死去了。

朋友,从崩溃毁灭中,救出中国来,从帝国主义恶魔生吞活剥下,救出我们垂死的母亲来,这是刻不容缓的了。但是,到底怎样去救呢?是不是由我们同胞中,选出几个最会做文章的人,写上一篇十分娓娓动听的文告或书信,去劝告那些恶魔停止侵略呢?还是挑选几个最会演说、最长于外交辞令的人,去向他们游说,说动他们的良心,自动地放下屠刀不再宰割中国呢?抑或挑选一些顶善哭泣的人,组成哭泣团,到他们面前去,长跪不起,哭个七日七夜,哭动他们的慈心,从中国撤手回去呢?再或者……我想不讲了,这些都不会丝毫有效的。哀求帝国主义不侵略和灭亡中国,那岂不等于哀求老虎不吃肉?那是再可笑也没有了。我想,欲求中国民族的独立解放,绝不是哀告、跪求哭泣所能济事,而是唤起全国民众起来斗争,都手执武器,去与帝国主义进行神圣的民族革命战争,将他们打出中国去,这才是中国唯一的出路,也是我们救母亲的唯一方法,朋友,你们说对不对呢?

朋友,不幸得很,从此以后,中国又走上了厄运,环境又一天天地恶劣起来了。经过“五三”的济南惨案,直到“九·一八”,日本帝国主义公然出兵占领了中国东北四省,就是我在上面所说那矮的恶魔,一刀砍下并生吞了我们母亲五分之一的身体。这是由于中国民族革命运动,受了挫折,对于日本进攻中国采取了“不抵抗主义”,没有积极唤起国人自救所致!但是,朋友,接着这一不幸的事件而起的,却来了全国汹涌的抗日救国运动,东北四省前仆后继的义勇军的抗战,以及“一·二八”有名的上海战争。这些是给了骄横一世的日本军阀一个严重的教训,并在全世界人类面前宣告,中国的人民和兵士,是有爱国心的,是能够战斗的,能够为保卫中国而牺牲的。谁要想将有四千年历史与四万万七千万人口的中国民族吞噬下去,我们是会与他们拼命战斗到最后的一人!

朋友,虽然在我们之中,有汉奸,有傀儡,有卖国贼,他们认仇作父,为虎作伥;但他们那班可耻的人,终究是少数,他们已经受到国人的抨击和唾弃,而渐趋于可鄙的结局。大多数的中国人,有良心有民族热情的中国人,仍然是热心爱自己的国家的。现在不是有成千成万的人在那里决死战斗吗?他们绝不让

中国被帝国主义所灭亡，绝不让自己和子孙们做亡国奴。朋友，我相信中国民族必能从战斗中获救，这岂是我们的自欺自誉吗？

不错，目前的中国，固然是江山破碎，国弊民穷，但谁能断言，中国没有一个光明的前途呢？不，绝不会的，我们相信，中国一定有个可赞美的光明前途。中国民族在很早以前，就造起了一座万里长城和开凿了几千里的运河，这就证明中国民族伟大无比的创造力！中国在战斗之中一旦斩去了帝国主义的锁链，肃清自己阵线内的汉奸卖国贼，得到了自由与解放，这种创造力，将会无限地发挥出来。到那时，中国的面貌将会被我们改造一新。所有贫穷和灾荒，混乱和仇杀，饥饿和寒冷，疾病和瘟疫，迷信和愚昧，以及那慢性的杀灭中国民族的鸦片毒物，这些等等都是帝国主义带给我们的可憎的赠品，将来也要随着帝国主义的赶走而离去中国了。朋友，我相信，到那时，到处都是活跃的创造，到处都是日新月异的进步，欢歌将代替了悲叹，笑脸将代替了哭脸，富裕将代替了贫穷，康健将代替了疾苦，智慧将代替了愚昧，友爱将代替了仇杀，生之快乐将代替了死之悲哀，明媚的花园将代替了凄凉的荒地！这时，我们民族就可以无愧色地立在人类的面前，而生育我们的母亲，也会美丽地装饰起来，与世界上各位母亲平等地携手了。

这么光荣的一天，绝不在遥远的将来，而在很近的将来，我们可以这样相信的，朋友！

罗马

朱自清

罗马(Rome)是历史上大帝国的都城,想象起来,总是气象万千似的。现在它的光荣虽然早过去了,但是从七零八落的废墟里,后人还可仿佛于百一。这些废墟,旧有的加上新发掘的,几乎随处可见,像特意点缀这座古城。这边几根石柱子,那边几段破墙,带着当年的尘土,寂寞地陷在大坑里,虽然是夏天中午的太阳,照上去也黯黯淡淡,没有多少劲儿。其中罗马市场(Forum Romanum)的规模最大。这里是古罗马城的中心,有法庭、神庙与住宅的残迹。卡司多和波鲁斯庙的三根哥林斯式的柱子,顶上还有石头相连着,在全场中最为秀拔,像三个丰姿飘洒的少年用手横遮着额角,正在眺望这一片古市场。想当年这里终日挤挤闹闹的也不知有多少人,各有各的心思,各有各的手法。现在只剩三两起游客指手画脚地在死一般的寂静里。犄角上有一所住宅,情形还好,一面是三间住屋,有壁画,已模糊了,地是嵌石铺成的,旁厢是饭厅,壁画极讲究,画的都是正大的题目,他们是很看重饭厅的。市场上面便是巴拉丁山,是饱历兴衰的地方。最早是一村落,只有些茅草屋子,罗马共和国末期,一贵族聚居在这里。帝国时代,更是繁华。游人走上山去,两旁宏壮的住屋还留下完整的黄土坯子,可以看出当时阔人家的气局。屋顶一片平场,原是许多花园,总名“法内赛园子”,也是四百年前的旧迹,现在点缀些花木,一角上还有一座小喷泉。在

这园子里看脚底下的古市场,全景都在视线中了。

市场东边是斗狮场,还可以看见大概的规模,在许多宏壮的废墟里,这个算是情形最好的。外墙是一个大圆圈儿,分四层,要仰起头才能看到顶上。下三层都是一色的圆拱门和柱子,上一层只有小长方窗户和楞子,这种单纯的对照让人觉得这座建筑是整整的一块,好像直上云霄的松柏,老干亭亭,没有一些繁枝细节。里面中间原是大平场,中古时在这儿筑起堡垒,现在满是一道道颓毁的墙基,倒成了四不像。这场子便是斗狮场,环绕着的是观众的座位。下两层是包厢,皇帝与外宾的在最下层,上层的是贵族的,第三层的公务员坐,最上层的平民坐,共可容四五万人。狮子洞还在下一层,有口直通场中。斗狮是一种刑罚,也可以说是一种裁判:罪囚放在狮子面前,让狮子去咬他,他若制死了狮子,便是直道在他一边,他就可自由了。但自然是让狮子吃掉的多,那么这些人就算活该。想到临场的罪囚和他亲族的悲苦与恐怖,他的仇人的痛快,皇帝的威风,与一般观众好奇紧张的面目,真好比一场噩梦。这个场子建于一世纪,原是戏园子,后来才改作斗狮之用。

斗狮场南面不远是卡拉卡拉浴场。古罗马人颇讲究洗澡,浴场都造得好,这一所更显华丽。全场用大理石砌成,用嵌石铺地,有壁画,有雕像,用具也不寻常。房子高大,分两层,都用圆拱门,走进去觉得稳稳的,里面金碧辉煌,与壁画雕像相得益彰。居中是大健身房,有喷泉两座。场子占地六英亩,可容一千六百人洗浴。洗浴分冷热水蒸汽三种,各占一所屋子。古罗马人上浴场来,不单是为洗澡,他们可以在这儿商量买卖、和解讼事等等,正和我们上茶馆上饭店的作用一般。这儿还有好些游艺,他们忙余或倦后来洗一个澡,找几个朋友到游艺室去消遣一回,要不然,到客厅去谈谈话,都是很写意的。现在却只剩下一大堆遗迹。大理石本来还有不少,但早给搬去造圣彼得等教堂去了,零星的物件陈列在博物院里。我们所看见的只是些巍巍峨峨参参差差的黄土罐子,站在太阳里,还有学者们精心研究出来的《卡拉卡拉浴场图》的照片,都只是所谓过屠门大嚼而已。

罗马从中古以来便以教堂著名。康南海《罗马游记》中引用杜牧的诗"南朝四百八十寺,多少楼台烟雨中",光景大约有些相像的,只可惜初夏去的人无从领略那烟雨罢了。圣彼得教堂最精妙,在城北尼罗圆场的旧址上。尼罗在此地杀了许多基督教徒。据说圣彼得上十字架后也便葬在这里。这教堂几经兴废，现在的房屋是十六世纪初年动工的，经了许多建筑师的手。密凯安杰罗七十二岁时，受保罗第三的命令，在这儿工作了十七年。后人以为天使保罗第三假手于这一个大艺术家，给这座大建筑定下了规模，以后虽有增改，但大体总是依照着他的。教堂内部参照卡拉卡拉浴场的式样，许多高大的圆拱门稳稳地支着那座穹隆顶。教堂长六百九十六英尺，宽四百五十英尺，穹隆顶高四百零三英尺，可是乍看不觉得这么大。因为平常看屋子大小，总以屋内饰物等来衡量，饰物等的尺寸无形中是有谱子的。圣彼得教堂里的东西却大得离了谱，天使像巨人，鸽子像老鹰，所以教堂真正的大小，一下倒不容易看出来。但是你若是看里面走动着的人，便渐渐觉得不同。教堂用彩色大理石砌墙，加上好些嵌石的大幅的名画，大都是亮蓝与朱红二色，鲜明丰丽，不像普通教堂一味阴沉沉的。密凯安杰罗雕的圣彼得像，温和光洁，别是一格，在教堂的犄角上。

圣彼得教堂两边的列柱回廊像两只胳膊拥抱着圣彼得教堂圆场，留下一个口子，却又像个玦。场中央是一座埃及的纪功方尖柱，左右各有大喷泉。那两道回廊是十七世纪时亚历山大第三所造，成于倍里尼（Bellini）之手。廊子里有四排多力克式石柱，共二百八十四根，顶上前后都有阑干，前面阑干上并有许多小雕像。场左右地上有两块圆石头，站在上面看同一边的廊子，觉得只有一排柱子，气魄更雄伟了。这个圆场外，有一道弯弯的白石线，便是梵蒂冈与意大利的分界。教皇每年复活节站在圣彼得教堂的露台上为人民祝福，这个场子内外据说是拥挤不堪的。

圣保罗教堂在南城外，相传是圣保罗葬地的遗址。门前一个方院子，四面廊子里都是些整块石头凿出来的大柱子，比圣彼得的两道廊子却质朴得多。教堂里面也简单空廓，没有什么东西。但中间那八十根花岗石的柱子，和尽头处那六根蜡石的柱子，纵横地排着，看上去仿佛到了人迹罕至的远古的森林里。柱子上头墙上，周围安着嵌石的历代教皇像，一律圆框子。教堂旁边另有一个小柱廊，是十二世纪造的。这座廊子围着一所方院子，在低低的墙基上排着两层各色各样的细柱子——有些还嵌着金色玻璃块儿。这座廊子的精工可以说像湘绣，秀美却又像王羲之的书法。

在城中心的威尼斯方场上巍然蟠踞着的，是也马奴儿第二的纪功廊。这是

近代意大利的建筑,不缺少力量。一道弯弯的长廊,在高大的石基上。前面三层石级:第一层在中间,第二三层分开左右两道,通到廊子两头。这座廊子左右上下都匀称,中间又有那一弯,便兼有动静之美了。从廊前列柱间看到暮色中的罗马全城,觉得幽远无穷。

罗马艺术的宝藏自然在梵蒂冈宫,卡辟多林博物院中也有一些,但比起梵蒂冈来就太少了。梵蒂冈有好几个雕刻院,收藏约有四千件,著名的《拉奥孔》(Laocoon)便在这里。画院藏画五十幅都是精品,拉斐尔的《基督现身图》是其中之一,现在却因修理关着。梵蒂冈的壁画极精彩,多是拉斐尔和他门徒的手笔,为别处所不及。有四间拉斐尔室和一些廊子,里面满是他们的东西。拉斐尔由此得名。他是乌尔比诺人,父亲是诗人兼画家。他到罗马后,极为人所爱重,大家都要叫他画,他忙不过来,只好收些门徒作助手。他的特长在于画人体。这是实在的人,肢体圆满而结实,有肉有骨头。这自然受了些佛罗伦萨派的影响,但大半还是来源于他的天赋。他对于气韵、远近、大小与颜色也都有敏锐的感觉,所以成为大家。他在罗马住的屋子还在,坟在国葬院里。歇司丁堂与拉斐尔室齐名,也在宫内。这个神坛是十五世纪时歇司土司第四造的,长一百三十三英尺,宽四十五英尺。两旁墙的上部,都由佛罗伦萨派画家装饰,有波铁乞利在内。屋顶的画满都是密凯安杰罗的,歇司丁堂著名在此。密凯安杰罗是佛罗伦萨派的极峰。他不多作画,一生精华都在这里。他画这屋顶时候,以深沉肃穆的心情渗入画中。他的构图里气韵流动,形体的勾勒也自然灵妙,还有那雄伟出尘的风度,都是他独具的妙处。堂中祭坛的墙上也是他的大画,叫做《最后的审判》。这幅壁画是多年以后画的,费了他七年工夫。

罗马城外有好几处隧道,是一世纪到五世纪时候基督教徒挖下来做墓穴的,但也用作敬神的地方。尼罗搜杀基督教徒,他们往往避难于此。最值得看的是圣卡里斯多隧道,那儿还有一种热诚花,十二瓣,据说是代表十二使徒的。我们看的是圣赛巴司提亚堂底下的那一处,大家点了小蜡烛下去。曲曲折折的狭路,两旁是大大小小深深浅浅的墓穴,现在自然是空的,可是有时还能看见些零星的白骨。有一处据说圣彼得住过,成了龛堂,壁上的画画得很好,别处也还有些壁画的残迹。这个隧道似乎有四层,占的地方也不小。圣赛巴司提亚堂里保存着一块石头,上有大脚印两个,他们说是耶稣基督的,现在供奉在神龛里。

另一个教堂也供着这么一块石头，据说是仿本。

缧绁堂建于第五世纪，专为供奉拴过圣彼得的一条铁链子。现在这条链子还好好地在一个精美的龛子里。堂中周理乌司第二纪念碑上有密凯安杰罗雕的几座像，《摩西像》尤为著名。那种原始的坚定的精神和勇猛的力量从眉目上、胡须上、胳膊上、手上、腿上，处处透露出来，让你觉得见着了一个伟大的人。又有个阿拉古里堂，中有《圣婴像》。这个圣婴自然便是耶稣基督，是十五世纪耶路撒冷一个教徒用橄榄木雕的。他带它到罗马，供奉在这个堂里。四方来许愿的人很多，据说非常灵验，它身上密层层地挂着许多金银饰器，都是人家还愿的。还有好些信写给它，表示敬慕的意思。

罗马城西南角上，挨着古城墙，是英国坟场或叫做新教坟场。这里边葬的大都是艺术家与诗人，所以来参谒、凭吊的意大利人和别国的人终日不绝。其中最有名的自然是十九世纪英国浪漫诗人雪莱与济兹的墓。雪莱的心葬在英国，他的遗灰在这儿。墓在古城墙下的斜坡上，盖有一块长方的白石，第一行刻着“心中心”，下面两行是生卒年月，再下三行是莎士比亚《风暴》中的诗歌：

彼无毫毛损，
海涛变化之，
从此更神奇。

好在恰恰关合雪莱的死和他的为人。济兹墓相去不远，有墓碑，上面刻着：

这座坟里葬的是
英国一位少年诗人的遗体；
他临死时候，
想着他仇人们的恶势力，
痛心极了，就将下面这一句话
刻在他的墓碑上：
“这儿躺着一个人，
他的名字是用水写的。”

末一行是速朽的意思，但他的名字正所谓“不废江河万古流”，又岂是当时的人们所能料到的。后来有人别作新解，根据这一行话作了一首诗，连同济兹的小像一块儿刻铜嵌在他墓旁墙上。这首诗的原文是很有风趣的：

济兹名字好，
说是水写成；
一点一滴水，
后人的泪痕。
英雄枯万骨，
难如此感人。
安睡罢，
陈词虽挂漏，
高风自峥嵘。

这座坟场是罗马富有诗意的一角，有些爱罗马的人虽不死在意大利也会立遗嘱要葬在这座“永远的城”的永远的一角里。

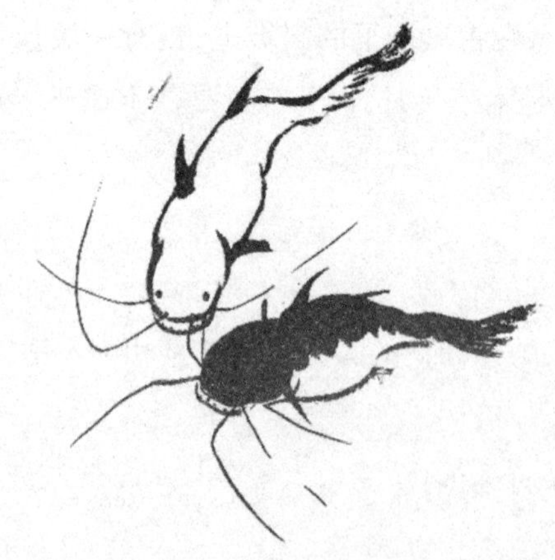

好聪明的北平商人

刘半农

现在的刘半农本来不愿意多管闲事，但到了国难临头国家民族生死存亡之际，心火在内中燃燎着，要叫我不说话自己却抑制不住。

在北平住了十多年，觉得北平的商人，是世界上最聪明，最富于弹性，最不会吃亏，最不会跌倒的理性动物！

20 年来的军阀战斗，北平地方此去彼来，此来彼去，商人先生们照例是对来者即欢迎，对去者即欢送，从来没有过某些的表示。

这且不必说，因为军阀究竟还是我们本国人，胡打过了一阵也就算了。

可是，自从“五三”以后，抵制日货的口号叫了两三年，各商店始终没有摸摸良心，多卖些本国货，少卖些日本货。所以到了今天，十家铺子里九家堆满了日本货，一旦说声要封存，真要他们的命。

于是乎商会也开会了，请求缓封的代表也派出了。

当真，一旦把这些货物封存了，他们的血本一定要大受损失。但你们的是血本，难道南京上海等处的商人的资本就叫屁本！若然你们的反对封存是聪明的，他们的赞成封存就应当是傻子。呜呼，智愚之别，其在斯乎！其在斯乎！

但我对于这一点，并不十分坚持，只需你们能向负责任的机关做到可以缓封，我也不再多说。我所要研究的是：

到了今天，你们已经有了切实反对日本的决心没有？

我敢斩钉截铁地说：没有，没有！其证据就在你们所用的“仇货”两个字上。

夫所谓仇货云者，诚不胜其滑头之至，对于中国人，可以说“仇国当然是日本，除日本以外还有哪一国是咱们的仇国”；对于日本人（假定是日本兵来到了北平了），却又可以说：“我们所说的仇国另有所指，并不是你们贵国大日本。瞧，我们铺子里不满是你们贵国货吗？”真聪明，不知道开会的时候哪一位先生绞尽了脑汁才想出来了这么一个好字眼，谁谓商人不通文墨耶！

不说日本而说仇国，不说日本货而说仇货，这与挖去“打倒日本帝国主义”中“日本”两字而成两个窟窿一样滑稽，一样卑劣，一样无耻。

我索性教会了你们罢！你们可以赶快多开办些日文商业讲习班。目前对于中国人，可以说“我们因为要对付日本，所以不得不加紧学习日本的语言文字”，将来日本兵来到了北平了，却可以用为招待贵客的工具，看见日本人进门，可以不说“您来啦”而说“空尼溪瓦”，送日本人出门，可以不说“您走啦”而说“阿里阿驾”，这是何等方便啊！

朝鲜、安南、印度三个亡国区域我都到过，境内愚蠢的小商人大都只能说土话，必须是聪明人，能说征服国的语言的，才能开设大商店，聪明的北平商人乎，其亦有见及此乎？

我常以预言家自命。三年前，我作文反对钞票、邮票、商店招牌等并用中外文字，今年夏季中央政府居然有明令禁止了。半年前我反对营业跳舞场，今天报纸上，居然登载了内政部咨请各省市政府封闭营业跳舞场的消息了。现在又说北平商人将来的阿里阿笃化，亦许是一个预言罢。但是，皇天后土，我希望我这一次预言就失败了罢！

可怕的冷静

闻一多

一个从灾荒里长成的民族，挨着一切的苦难，总像挨着天灾一样，以麻木的坚忍承受打击，没有招架，没有愤怒，甚至没有呻吟，像冬眠的蛰虫一般，只在半死状态中静候着第二个春天的来临——这样便是今天的中国，快挨过了第七个年头的国难，它会准备再挨下去，直到那一天，大概一觉醒来，自然会发现胜利就在眼前。客观上，战争与饥饿本也久已打成一片了，因此，愈是实在的战斗员，愈有挨饿的责任，不像人家最前线的人们吃得最好最饱，我们这里真正的饿殍恰恰就是真正的兵士。抗战与灾荒既已打成一片，抗战期中的现象，便更酷肖荒年的现象了。照例是灾情愈重，发财的愈多，结果贫穷的更加贫穷，富贵的更加富贵。照例是灾情严重了，呼吁的声音海外比国内更响，于是救济的主要责任落在外人身上，而国内人士，相形之下，便愈能显出他们那“不动心”的沉着而雍容的风度了。现在一切荒年的社会现象在抗战中又重演一次，不过规模更大，严重性更深刻些罢了。但是说来奇怪，分明是痼疾愈深，危机愈大，社会表层偏要装出一副太平景象的面孔。配合着冠冕堂皇的要人谈话和报纸社评的，是一般社会情绪——今天一个画展，明天一个堂会，“顾左右而言他”的副刊和小报一天天充斥起来，内容一天比一天软性化。从抗战开始以来，没有见过今天这样“众人熙熙如享太牢，如登春台”的景象，这不知道是肺结核患者脸上的红晕呢，还是将死前的回光返照！

一部分人为着旁人的剥削，在饥饿中像畜生似的沉默着，另一部分人却在舒适中兴高采烈地粉饰着太平，这现象是叫人不能不寒心的，如果他还有一点同情心与正义感的话。然而不知道是为了谁的体面，你还不能声张。最可虑的是不通世故而血气方刚的青年，面对这种事实，又将作何感想？对了，怕动摇抗战，但饥饿能抗战吗？粉饰饥饿就是抗战吗？如果抗战是天经地义，不要忘记当年的青年，便是撑持这天经地义最有力的支柱，可见青年盲目而又不盲目，在平时他不免盲目，但在非常时期他永远是不盲目的。原来非常时期所需要的往往不是审慎，而是勇气，而在这上面，青年是比任何人都强的。正如当年激起抗战怒潮的是青年，今天将要完成抗战大业的力量，也正是这蕴藏在青年心灵中的烦躁。这不是浮动，而是活力的脉搏。民族必须生存，抗战必须胜利，在这最高原则之下，任何平时的规范都是暂时可以搁置的枝节。

火烧上了眉毛，就得抢救。这是一个非常时期！

如果老年人中年人能负起责任，那自然更好，但事实上，战争先天的是青年人的工作（它需要青年的体质和青年的热情），所以如果老年人中年人肯负起责任，也只是参加青年的工作，或与青年分工合作，而不是代替青年的工作。战争既先天的是青年的工作，那么战时的国家就得以青年的意志为意志，虽然在战争的技术上，老年人中年人的智慧也是不可缺少的。

从抗战开始到今天，我们遭遇过两个关键，当初要不要抗战，是第一个关键，今天要不要胜利，是第二个关键，而第一个关键本来早已决定了第二个，因为既打算抗战，当然要胜利。但事实上目前的一切分明是朝着与胜利相反的方向发展，所以可怪的，是一部分人虽然看出方向的错误，却还要力持冷静，或从一些烦琐的立场，认为不便声张，不必声张。眼看青年完成抗战，争取胜利的意志必须贯彻，然而没有老年人中年人的智慧予以调节与指导，青年的力量不免浪费。万一还有人固执起来，利用他们的地位与力量，阻止了青年意志的贯彻，那结果便更不堪设想了。时机太危急了，这不是冷静的时候，希望老年人中年人的步调能与青年齐一，早点促成胜利的来临！大众的坚忍的沉默是可原谅的，因为他们是在灾荒中生长的，而灾荒养成了他们的麻木，有着粉饰太平的职责的人们是可原谅的，因为他们也有理由麻木。可是负有领导青年责任的人们，如果过度的冷静，也是可怕的，当这不宜冷静的时候！

走 狗

邹韬奋

“走狗”这个名称大家向来都是很耳熟的。说起“走”这件事，并不是狗独有，猪猡会走，自称“万物之灵”的人也会走，何以独有“走狗”特别以“走”闻名于世？飞禽走兽，飞是禽的本能；走是兽的本能；这原是很寻常的事实，并不含有褒贬的意味。但是“走狗”的徽号，却没有人肯承认——虽则这个人的行为的的确确是在表示着他是一位地道十足的走狗，换句话说，被人称为走狗，大概没有不认为是一件不大名誉的事情。倘若你很冒昧地对你的朋友当面说“老兄是个走狗”，无疑是得不到什么愉快的反应的。这又是什么道理呢？

玩狗是西洋女子的一件很普遍的消遣的事情——这些女子当然是属于有闲阶级的。中国的“阔”女子中也有很少数的染着这样的“洋气”。听说中国某著名外交官的太太便极爱养狗，养了十几只小哈巴狗，她的丈夫贵为公使，有时和她出门带着秘书，一等秘书二等秘书三等秘书等等都要很小心谨慎地替她抱狗，恭恭敬敬地伺候着。但这在中国，毕竟寥寥可数，所以我们未曾做过著名外交家的骄贵太太的随从者，对于玩着狗的游戏，终究不易得到“赏鉴”的机会。依记者“萍踪”所到，在英国看见太太小姐们拖着狗在公园里或小山上从容闲步的很多。

我在伦敦有一处住宅的附近有一个很广大的草原(Hampsterd Heath)，遇着

星期日，在这里游逛的男女老幼非常多，你在这里可以看见许多妇女手里拖着一只小狗。有许多的妇女把拉狗的皮带解下，让狗自由地跟随着。在这种地方，我才无意中仔细看出走狗的特色。你可以常看到这种跟随着的小狗，它的主人可以随便地带着它玩，无不如意。它的主人把一只皮球往前远抛，它就兴致淋漓地往前跑，拼命把那个皮球抓着衔回来给它的主人；它的主人再抛，它再跑，再拼命抓着球衔回来。有的没有带着皮球，只要拾着一根树枝，也可以这样抛着玩。这大草原上有池塘，有的狗主人领着狗走近池边，把一根树枝抛在远处的池里，呼唤着狗去衔回来，这狗也兴致淋漓地往小池里钻，拼命游泳过去，很吃力地把那根树枝衔回来，主人顾盼着取乐。至于这主人是怎样的人，平日干的什么事，叫它干的是什么事，有什么意义，有什么效果，在这疲于奔命的走狗，并没有什么分别，只要你豢养它，它就对你“唯命是听”。

自号“万物之灵”的人类里面的走狗，最大的特色，无疑也是这个和狗“比美”的美德。其实，“衣冠禽兽”的人类中的“走狗”较真的走狗，还要胜一筹的，是真的走狗除非是疯狗，至多是供人玩玩，有的在乡村里还能担负守夜的责任，“衣冠禽兽”中的“走狗”却要帮着豢养他（或它）的主子无恶不作，越“忠实”越“兴致淋漓”就越糟糕！在这种地方也可以说是人不如狗，不要再吹嘘着什么“万物之灵”了。

山阴道上

徐蔚南

一条修长的石路,右面尽是田亩,左面是一条清澈的小河。隔河是个村庄,村庄的背后是一连青翠的山冈。这条石路,原来就是所谓“山阴道上,应接不暇”的山阴道。诚然,“青的山,绿的水,花花世界”。我们在路上行时,望了东又要望西,苦了一双眼睛。道上行人很少,有时除了农夫自城中归来,简直没有别的人影了。我们正爱那清冷,一月里总来这道上散步二三次。道上有个路亭,我们每次走到路亭里,必定坐下来休息一会。路亭的左右墙上,常有人写上许多粗俗不通的文句,令人看了发笑。我们穿过路亭,再往前走,来到一座石桥边,就坐在桥栏上了望四周的野景。

桥下的河水,清洁可见。它那喃喃的流动声,似在低诉那宇宙的永久秘密。

下午,一片斜晖,映照河面,有如将河水镀了一层黄金。一群白鸭聚成三角形,最魁梧的一只做向导,最后的是一排瘦瘠的,在那镀金的水波上向前游去,向前游去。河水被鸭子分成二路,无数软弱的波纹向左右展开,展开,展开,展到河边的小草里,展到河边的石子上,展到河边的泥里……

我们在桥栏上这样注视着河水的流动,心中便充满了一种喜悦。但是这种喜悦,只有唇上的微笑,轻匀的呼吸,与和善的目光,才能表现得出。我还记得那一天,我和他两人,当时看了这幅天然的妙画,默然相视了一会,似乎我们的

心灵已在一起，已互相了解，彼此的友谊，已无须用言语解释，更何必用言语来解释呢？

远地的山冈，不似早春时候尽被白漫漫的云雾笼罩了，巍然站在四围，闪出一种很散漫的青的薄光来。山腰里寥落的松柏也似乎看得清楚了。桥左边山的形式，又自不同，独立在那边，黄色里泛出青绿来。不过山上没有一棵树木，似乎太单调了；山麓下却有无数的竹林和丛薮。

离桥头右端三四丈处，也有一座小山，只有三四丈高，山巅纵横四五丈，方方的犹如一个露天的戏台，上面铺满短短的碧草。我们每登上这山顶，便如到了自由国土一般，将久被遏制的游戏本能，尽情发泄出来，我们毫无一点害羞，毫无一点畏惧，尽我们的力量，唱起歌来，做起游戏来。我们大笑，我们高叫。啊！多么活泼，多么快乐！几日来胸中郁积的烦闷都消尽了。玩得疲乏了，我们便在地上坐下来，卧下来，观看那青空里的白云。白云确有使人欣赏的价值，一团一团地如棉花，一卷一卷地如波涛，像连山一般地拥在那儿，像野兽一般地站在这边，万千状态，无奇不有。这一幅最神秘、最美丽、最复杂的画片，只有睁开我们的心灵的眼睛来，才能看出其间的意义和幽妙。

太阳落山了，它的分外红的强光，从树梢头喷射出来，将白云染成血色，将青山也染成血色。在这血色中，它渐渐向山后落下，忽而变成一个红球，浮在山腰里。这时它的光已不耀眼了，山也暗淡了，云也暗淡了，树也暗淡了——这红球原来是太阳的影子。

苍茫暮色里，有几点星火在那边闪动，这是城中电灯泛的光，我们不得不匆匆回去。

塞纳河畔的早晨

阿纳托尔·法郎士

在给景物披上无限温情的淡灰色的清晨,我喜欢从窗口眺望塞纳河和它的两岸。

我见过那不勒斯海湾的明净的蓝天,但我们巴黎的天空更加活跃、更加亲切、更加蕴蓄。它像人们的眼睛,懂得微笑、愤慨、悲伤和欢乐。此刻的阳光照耀着城内为生计忙碌的居民和牲畜。

对岸,圣尼古拉港的强者忙着从船上卸下牛角,而站在跳板上的搬运工轻快地传递着糖块,把货物装进船舱里。北岸,梧桐树下排列着出租马车和马匹,那马匹把头埋在饲料袋里,平静地咀嚼着燕麦。而车夫们站在酒店的柜台前喝酒,一面用眼角窥伺着可能出现的早起的顾客。

旧书商把他们的书箱安放在岸边的护墙上。这些善良的精神商人长年累月生活在露天里,任风儿吹拂他们的长衫。经过风雨、霜雪、烟雾和烈日的磨炼,他们变得好像大教堂的古老雕像。他们都是我的朋友。每当我从他们的书箱前走过,都能发现一两本我需要的书,一两本我在别处找不到的书。

一阵风刮起了街心的尘土、有叶翼的梧桐籽和从马嘴里漏下的干草末。别人对这飞扬的尘土可能毫无感触,可是它使我忆起了我在童年时代凝视过的同样的情景,使我这个老巴黎人的灵魂为之激动。我面前是何等宏伟的图景:状

如顶针的凯旋门、光荣的塞纳河和河上的桥梁、蒂伊勒里宫的椴树、好像雕镂的珍品的文艺复兴时代的卢浮宫、最远处的夏约岗,右边新桥方向是令人肃然起敬的古老的巴黎,它的塔楼和高耸的尖屋顶。这一切就是我的生命,就是我自己。要是没有这些以我的思想的无数细微变化反映在我身上,激励我、赐我活力的东西,我也就不存在了。因此,我以无限的深情热爱巴黎。

然而,我厌倦了。我觉得生活在一座思想如此活跃并且教会我思想和敦促我不断思想的城市里,人们是无法休息的。在这些不断撩拨我的好奇心,使它疲惫但又永远不能使它满足的书堆里,怎么能够不兴奋、激动呢?

(程依荣　译)

沉思，世间的烟云朦胧

从格朗维尔岸边观海

米什莱

有个勇敢的荷兰海员，是一位坚定而冷静的观察家，他的整个一生都是在海上度过的。他坦率地说起大海给他的第一个印象便是恐惧。对于陆地上的生物来说，水是一种不适合呼吸的、令人窒息的元素。这道永远不可逾越的天堑截然把两个世界分开了。若是人们称之为海的这泓浩渺的水，迷茫、阴沉而深不可测，它的出现在人的想象中留下了极其恐怖的气氛，我们也不必大惊小怪。

东方人认为海只是苦涩的漩涡，黑夜的深渊。在所有印度或是爱尔兰的古代语言里，"海"这个字的同义词和类似词乃是沙漠和黑夜。

每天傍晚，观看太阳——这世界的欢乐和一切生命之父，没入万顷波涛，真给人以极大的苍凉之感。这是世界，尤其是西方的悲哀。尽管我们每天都看到这个景象，但仍然感觉到一种同样的力量、同样的惆怅压上心头。

倘若人没入海中，下沉到一定深度，立即就看不见亮光。人进入了某种混沌朦胧之中，这里永远是一种色泽，阴森森的红色。再往下去，连这点色泽也消失了，只剩下晦暗的长夜，除了偶然意外地闪过几道可怕的磷光之外，完全是一片漆黑。这无限广阔、无限深沉的海域覆盖着地球的大部分，仿佛是一个幽冥的世界。这就是使得原始时代的初民震惊、畏惧的原因。他们以为没有亮光的地方生命即已终止，除了上层之外，这整个深不可测的厚度，它的底（如果这深渊还有底）是一个黑魆魆的偏僻去处，那里除去无数骨殖和断残的木片，只有荒寂的沙、碎石，悭吝困顿的环境只取不予，它们怀着妒意把那么多人类失去的财物埋葬在它深深的宝库之中。

这空灵剔透的海水丝毫不能使我们安心。这不是动人的女仙居住的幽涧清泉。这水浩渺冥蒙，昏暗而沉重，终日猛烈地拍击着海岸。谁到海里去冒险，谁就会感到仿佛被高高托起。是的，它帮助了游泳者，但一切仍然由它操纵；你会感觉到自己仿佛一个孱弱的孩子似的，被一只强有力的手臂摇晃，荡漾，不过，记着：它随时都能使你粉身碎骨。

小船只要解开了缆绳，谁知道一阵狂风，一股无法抵御的潮流，会把它冲到哪里去呢？就是这样，我们北方的渔夫才在无意之间找到了美洲极地，带回了不幸的格陵兰的恐怖消息。每个民族都有自己关于海的传说和故事。荷马、《一千零一夜》给我们保留了大量令人骇异的传说，多少暗礁和风暴，危险万分的大洋的静止状态，人们遇上它往往就被困在海上渴死，还有吃人的生番、妖魔、海怪、长蛇和海中巨蟒，等等。从前最勇敢的航海家、腓尼基人和迦太基人，曾经企图囊括全球的阿拉伯征服者，为黄金和赫斯珀里德斯四个女儿的传说所吸引，跨过地中海，朝着大海进发，但马上就停止了。在到达赤道之前他们遇到了永远是彤云密布的那条黑线，他们无法前进，只好停下，叹息：“这是幽冥之海啊。”于是调转船头，返回故乡。

“假如侵犯这一圣地，就是渎神。对于按照亵渎的好奇心行事的人，灾祸必将降临到他头上！他们在最后一个岛屿背后看见一个巨人，一个可怕的神灵。神灵大声说：‘不准再走远了。’”

对于旧世界这种颇有点稚气的恐惧跟一个从内地来的、毫无经验的普通人突然看到了海的那种激动心情并没有什么不同。可以说任何人意想不到地见到大海都会产生这种印象。动物显然会惊慌失措。甚至退潮了，这时海水显得柔和、宽容、懒洋洋地曳过岸边的时候，马仍然不禁为之辟易，浑身颤栗，嘶鸣不已，用它自己的方式诅咒可怕的浪花。它永远不会跟这个它觉得充满敌意的可疑事物和睦相处。一位旅行家曾对我们讲起堪察加的狗，要说它早该习惯于这种景象了，但仍不免于恐惧、激动、愤怒。它们千百成群地在漫漫长夜中向呼啸

的波涛大声咆哮,疯狂地向着北冰洋冲击。

西北部的江河那忧郁的流水,南方广阔的沙漠或是布列塔尼的旷野,都是天然的津梁,海洋的前庭,从这些地方就能预感到海的伟大。任何人倘若从这些渠道到海上去,一定会为这种预示海洋的过渡地带惊叹不止。沿着这些河流,全是灯芯草、柳树,各种植物,宛如波浪翻腾,一望无际。水也是依次混合,渐渐发咸,最后终于变成近海。在这片荒野中,在到达大海之前,先看到的往往是生长着蕨类和欧石楠属的粗而低矮的草的浅海地区。当你还在一二法里之外的时候,你就可以看到不少瘦小、羸弱、若有愠色的树木,用它们的形态(我是说它们各具奇异的姿势)预示已经接近这位伟大的暴君和它威慑的气息了。如果说这些树木根部没有被攫住,那么它们显然是想逃遁;它们背对仇敌,向着陆地眺望,仿佛准备离开,披头散发地奔溃疾走。它们弓着身子,一直弯到地面,好像无法站定,尽在那儿随着风暴扭来扭去。还有些地方,树干短矬,让枝叶向横里无限延伸开去。海滩上,贝壳散散落落,涌起一些细沙,树木都已为沙土侵入,淹没。没有空气,毛孔全堵塞了,树已窒息而死,但却依然保留着原来的姿态,待在那儿,成了石头树、鬼树,被禁锢在死亡之中,凄凉的影子永远不会消失。

在没有看见大海以前,人们就听说并猜想到它的可怕了。开始,远处一阵阵苍郁而整齐的嘈杂声。渐渐地,一切喧哗都给它让位,都被它淹没了。一会儿,人们注意到这庄严的更迭,同样的强烈而低沉的吼声不住地回旋,愈来愈翻腾狂舞起来。大钟不规则的响声,荡漾起伏,这是在给我们计时吧!不过这钟摆没有那种机械的单调乏味。人们仿佛感觉到生命的颤动声息。确实,涨潮的时候,海上一浪推过一浪,无边无际,有如电掣,随着海涛而来的贝壳、千万种不同生物的嘈杂声和疯狂澎湃的潮音交错在一起。落潮了,一阵阵轻微的嘁嘁嚓嚓声使人知道海水和着沙土把这帮忠实的水族又带回去,纳入了它浩瀚的怀抱。

海还有多少别的声音啊!只要她激动起来,她的怨喃和深沉的叹息跟忧郁的海岸的岑寂适成对比。海岸仿佛正在凝神谛听海的威胁,大海昨天还曾经以她温馨的柔波抚弄过他呢。现在她要对他说什么呢?我不想预测。在这儿我一点也不想谈起兴许她将要给予的可怕的交响音乐和山岩的二重唱,她在洞穴深处发出的低音和沉闷的雷鸣，或者那种令人震惊的呼喊(人还以为听到的是喊“救命!”呢)。不，让我们在她低沉的日子倾听吧，这时她矫健有力，但不凶猛。

格朗维尔原属诺曼底，但外观绝类布列达尼。它骄傲地用它的悬崖峭壁抵挡住巨浪的凶猛冲击；巨浪有时从北方带来英吉利海峡不调和的狂怒，有时从西方卷来千里奔驰中不断壮大的洪波，以从大洋积累起来的全部力量进行搏斗。

我喜欢这奇特而略略带点哀愁的小城，这小城的居民们依靠最危险的行当——远海捕鱼为生。家家都懂得他们所恃的只是碰运气的彩头，或生或死，拼着性命干活。这一切使得这海岸严肃的性格中染上了一种认真而和谐的气氛。我常常在这里领略这份黄昏的惆怅，或是在下面已经显得有些阴暗的海滩上散步，或者，我从位于山崖绝顶的城堡上观看日头渐渐沉入微蒙雾霭的天边。那茫无际涯的半圆时常印上一道道黑色和红色的纹路，逐渐沉没，不停地在天空绘制出奇妙的幻境，万道霞光，令人目眩。八月，已是秋季。这里已经不大有黄昏了。太阳刚下山，立即吹起凉风，浪花涌起，黯淡无光，只见不少披着白色衬里的黑斗篷的妇女的影子在活动。倾斜的山坡牧场俯临海滩，高可百尺，野草稀疏，还有一些羊群滞留在那边，发出咩咩的哀鸣，益发增人愁思。

城堡很小，面临大海，北面全呈黑色，笔直地耸立在深谷边缘，迎风独立，极其冷峭。这里不过是一些陋屋。人们把我带到一个专门制作贝壳画的手艺人家，踏着石级，走进一间阴暗无光的小屋，从窄狭的窗户里我看见这份凄惨的景象。这使我就像从前在瑞士的时候一样激动，那时，我也是从一扇窗子里，完全出其不意地，眺望到格兰瓦尔德的冰川。我看冰川好像一个尖头的冰雪巨魔向我迎面扑来。而这里，格朗维尔的海，波涛汹涌，犹如千军万马，奔腾而至。

这位屋主人并不老，但身体非常虚弱，易于激动。八月天气，他家的窗户还用破纸堵塞着。我一边观看他的作品一边谈话。我看得出他的脑筋有些颓唐，已经被某些家庭事故所损坏了。他的兄弟早已在一次残酷的冒险中在这个海滩上死去。他觉得海就是灾难，海似乎总是对他怀着恶意。冬天的时候，大海总是不倦地用冰雪和凛冽的寒风抽打着他的窗子，不让他安睡。在漫长的黑夜里她一刻也不停息地冲击着他屋下的山崖。夏季，海向他显示出不可估量的雷雨，漫天闪电。逢上大潮的时候，那就更糟。海水上涨到六十尺，狂怒的浪花跳跃得更高更欢，蛮横地一直打进他的窗子里。当然不能肯定海永远坚持在那里。海满含敌意，会狠狠地捉弄他一番的。他真的无法觅得一个避身之所，兴许他在不知不觉间被什么鬼魅吸住了吧。他好像不敢跟这位可怕的神彻底闹翻，他对海仍然保持着某种敬意。他从来不谈起海，通常总是暗指但从不直呼其名，就像冰岛人在海上航行时不敢呼叫“乌尔格”一样，以免它听见了就会到来。屋主人凝望着海滩说：“这叫我害怕。”现在，我还能看到他那张面色苍白的脸。

（徐知免　译）

生活在大自然的怀抱里

卢 梭

为了要到花园看日出，我比太阳起得更早，如果这是一个晴天，我最殷切的期望是不要有信件或来访扰乱这一天的清宁。

我用上午的时间做各种杂事。每件事都是我乐意完成的，因为这都不是非立即处理不可的急事，然后我匆忙用膳，为的是躲避那些不受欢迎的来访者，并且使自己有一个充裕的下午。即使最炎热的日子，在中午一点钟前我就顶着烈日带着小狗芳夏特出发了。由于担心不速之客会使我不能脱身，我加紧了步伐。

可是，一旦绕过一个拐角，我觉得自己得救了，就激动而愉快地松了口气，自言自语地说："今天下午我是自己的主宰了！"

接着，我迈着平静的步伐，到树林中去寻觅一个荒野的角落，一个人迹不至因而没有任何奴役和统治印记的荒野的角落，一个我相信在我之前从未有人到过的幽静的角落，那儿不会有令人厌恶的第三者跑来横隔在大自然和我之间。那儿，大自然在我眼前展开一幅永远清新的华丽的图景。

金色的燃料木、紫红的欧石南非常繁茂，给我留下深刻的印象，使我欣悦。我头上树木的宏伟、我四周灌木的纤丽、我脚下花草的惊人的纷繁使我眼花缭乱,不知道是应该观赏还是赞叹。

这么多美好的东西竞相吸引我的注意力,使我在它们面前留步,从而助长我懒惰和爱空想的习惯,使我常常想:“不,全身辉煌的所罗门也无法同它们当中任何一个相比。”

我的想象不会让如此美好的土地长久渺无人烟。我按自己的意愿在那儿立即安排了居民,我把舆论、偏见和所有虚假的感情远远驱走,使那些配享受如此佳境的人迁进这大自然的乐园。我将把他们组成一个亲切的社会,而我相信自己并非其中不相称的成员。我按照自己的喜好建造一个黄金的世纪,并用那些我经历过的给我留下甜美记忆的情景和我的心灵还在憧憬的情境充实这美好的生活。

我多么神往人类真正的快乐,如此甜美、如此纯洁,但如今已经远离人类的快乐。甚至每当念及此,我的眼泪就夺眶而出!啊!这个时刻,如果有关巴黎、我的世纪、我这个作家的卑微的虚荣心的念头来扰乱我的遐想,我就怀着无比轻蔑立即将它们赶走,使我能够专心陶醉于这些充溢于我心灵的美妙的感情。然而,在遐想中,我承认,我幻想的虚无有时会突然使我的心灵感到痛苦。甚至即使我所有的梦想变成现实,我也不会感到满足,我还会有新的梦想、新的期望、新的憧憬。

我觉得我身上有一种没有什么东西能够填满的无法解释的空虚,有一种虽然我无法阐明,但我感到需要对某种其他快乐的向往。然而,先生,甚至这种向往也是一种快乐,因为我从而充满一种强烈的感情和一种迷人的感伤——而这都是我不愿意舍弃的东西。

我立即将我的思想从低处升高,转向自然界所有的生命,转向事物普遍的体系,转向主宰一切的不可思议的上帝。此刻我的心灵迷失在大千世界里,我停止思维,我停止冥想,我停止哲学的推理,我怀着快感,感到肩负着宇宙的重压。

我陶醉于这些伟大观念的混杂,我喜欢任由我的想象在空间驰骋,我禁锢在生命的疆界内的心灵感到这儿过于狭窄,我在天地间感到窒息,我希望投身到一个无限的世界中去。我相信,如果我能够洞悉大自然所有的奥秘,我也许就不会体会这种令人惊异的心醉神迷,而处在一种没有那么甜美的状态里,我的心灵所沉湎的这种出神入化的佳境使我在亢奋激动中有时高声呼喊:“啊,伟大的上帝呀!啊,伟大的上帝呀!”但除此之外,我不能讲出也不能思考任何别的东西。

(程依荣　译)

雪

鲁　迅

暖国的雨，向来没有变过冰冷的坚硬的灿烂的雪花。博识的人们觉得它单调，它自己也以为不幸否耶？江南的雪，可是滋润美艳之至了。那是还在隐约着的青春的消息，是极壮健的处子的皮肤。雪野中有血红的宝珠山茶，白中隐青的单瓣梅花，深黄的磬口的腊梅花，雪下面还有冷绿的杂草。蝴蝶确乎没有，蜜蜂是否来采山茶花和梅花的蜜，我可记不真切了。但我的眼前仿佛看见冬花开在雪野中，有许多蜜蜂们忙碌地飞着，也听得它们嗡嗡地闹着。

孩子们呵着冻得通红，像紫芽姜一般的小手，七八个一齐来塑雪罗汉。因为不成功，谁的父亲也来帮忙了。罗汉就塑得比孩子们高得多，虽然不过是上小下大的一堆，终于分不清是壶卢还是罗汉。然而很洁白，很明艳，以自身的滋润相连结，整个地闪闪地生光。孩子们用龙眼核给他做眼珠，又从谁的母亲的脂粉奁中偷得胭脂来涂在嘴唇上。这回确是一个大阿罗汉了。他也就目光灼灼地嘴唇通红地坐在雪地里。

第二天还有几个孩子来访问他，对他拍手，点头，嘻笑。但他终于独自坐着了。晴天又来消释他的皮肤，寒夜又使他结一层冰，化作不透明的水晶模样，连续的晴天又使他成为不知道算什么，而嘴上的胭脂也褪尽了。

但是，朔方的雪花在纷飞之后，却永远如粉，如沙，它们绝不粘连，洒在屋上，地上，枯草上，就是这样。屋上的雪是早已就消化了的，因为屋里居人的火的温热。别的，在晴天之下，旋风忽来，便蓬勃地奋飞，在日光中灿灿地生光，如包藏火焰的大雾，旋转而且升腾，弥漫太空，使太空旋转而且升腾地闪烁。

在无边的旷野上，在凛冽的天宇下，闪闪地旋转升腾着的是雨的精魂……

是的，那是孤独的雪，是死掉的雨，是雨的精魂。

芦沟晓月

王统照

“苍凉自是长安日，呜咽原非陇头水。”

这是清代诗人咏芦沟桥的佳句，也许，“长安日”与“陇头水”六字有过分的古典气息，读去有点碍口？但，如果你们明了这六个字的来源，用联想与想象的力量凑合起，提示起这地方的环境、风物以及历代的变化，你自然感到像这样“古典”的应用确能增加芦沟桥的伟大与美丽。

打开一本详明的地图，从现在的河北省、清代的京兆区域里你可找得到那条历史上著名的桑干河。在外古的战史上，在多少吊古伤今的诗人的笔下，“桑干河”三字并不生疏。但，说到“治水”“㶟水”“漯水”这三个专名似乎就不是一般人所知了。还有，凡到过北平的人，谁不记得北平城外的永定河——即不记得永定河，而外城的正南门，永定门，大概可说是“无人不晓”罢。我虽不来与大家谈考证，讲水经，因为要叙叙芦沟桥，却不能不谈到桥下的水流。

治水、㶟水、漯水，以及俗名的永定河，其实都是那一道河流——桑干河。

还有，河名不甚生疏，而在普通地理书上不大注意的是另外一道大流——浑河。浑河源出浑源，距离著名的恒山不远，水色浑浊，所以又有“小黄河”之称。在山西境内已经混入桑干河，经怀仁、大同，委弯曲折，至河北的怀来县。向东南流入长城，在昌平县境的大山中如黄龙似的转入宛平县境，二百多里，才到这座巨大雄壮的古桥下。

原非陇头水，是不错的，这桥下的汤汤流水，原是桑干河与浑河的合流，也就是所谓治水、隰水、漯水、永定与浑河、小黄河、黑水河（浑河的俗名）的合流。

桥工的建造既不在北宋时代，也不开始于蒙古人的占据北平。金人与南宋南北相争时，于大定二十九年六月方将这河上的木桥换了，用石料造成。这是见之于金代的诏书，据说："明昌二年三月桥成，敕命名广利，并建东西廊以便旅客。"

马哥孛罗来游中国，服官于元代初年时，他已看见这雄伟的工程，曾在他的游记里赞美过。

经过元明两代都有重修，但以正统九年的加工比较伟大，桥上的石栏、石狮，大约都是这一次重修的成绩。清代对此桥的大工役也有数次，乾隆十七年与五十年两次的动工，确为此桥增色不少。

"东西长六十六丈，南北宽二丈四尺，两栏宽二尺四寸，石栏一百四十，桥孔十有一，第六孔适当河之中流。"

按清乾隆五十年重修的统计，对此桥的长短大小有此说明，使人（没有到过的）可以想象它的雄壮。

从前以北平左近的县分属顺天府，也就是所谓京兆区。经过名人题咏的，京兆区内有八种胜景，例如西山雾雪、居庸叠翠、玉泉垂虹等，都是很幽美的山川风物。芦沟不过有一道大桥，居然也与西山居庸关一样刊入八景之一，便是极富诗意的"芦沟晓月"。本来，"杨柳岸晓风残月"是最易引动从前旅人的感喟与欣赏的凌晨早发的光景，何况在远来的巨流上有这一道雄伟壮丽的石桥，又是出入京都的孔道，多少官吏、士人、商贾、农、工，为了事业，为了生活，为了游览，他们不能不到这名利所萃的京城，也不能不在夕阳返照，或东方未明时打从这古代的桥上经过。你想：在交通工具还没有如今迅速便利的时候，车马，担簦，来往奔驰，再加上每个行人谁没有忧、喜、欣、戚的真感横在心头，谁不为"生之活动"在精神上负一份重担？盛景当前，把一片壮美的感觉移入渗化于自己的忧喜欣戚之中，无论他是有怎样的观照，由于时间与空间的变化错综，面对着这个具有崇高美的压迫力的建筑物，行人如非白痴，自然以其鉴赏力的差别，与环境的相异，生发出种种的触感。于是留在他们的心中，或留在借文字绘画表

达出的作品中，对于“芦沟桥”三字真有很多的酬报。

不过，单以“晓月”形容芦沟桥之美，据传说是另有原因：每当旧历的月尽头（晦日），天快晓时，下弦的钩月在别处还看不分明，如有人到此桥上，他偏先得清光。这俗传的道理是否可靠，不能不令人疑惑。其实，芦沟桥也不过高起一些，难道同一时间在西山山顶，或北平城内的白塔（北海山上）上，看那晦晓的月亮，会比芦沟桥上不如？不过，话还是不这么拘板说为妙，用“晓月”陪衬芦沟桥的实是一位善于想象而又身经的艺术家的妙语，本来不预备后人去做科学的测验。你想：“一日之计在于晨”，何况是行人的早发。朝气清蒙，烘托出那钩人思感的月亮——上浮青天，下嵌白石的巨桥。京城的雉堞若隐若现，西山的云翳似近似远，大野无边，黄流激奔……这样光，这样色彩，这样地点与建筑，不管是料峭的春晨，凄冷的秋晓，景物虽然随时有变，但若无雨雪的降临，每月末五更头的月亮，白石桥，大野，黄流，总可凑成一幅佳画，渲染飘浮于行旅者的心灵深处，发生出多少样反射的美感。

你说：偏以“晓月”陪衬这“碧草芦沟”（清刘履芬的《鸥梦词》中有长亭怨一阕，起语是：叹销春间关轮铁，碧草芦沟，短长程接），不是最相称的“妙境”吗？

无论你是否身经其地，现在，你对于这名标历史的胜迹，大约不止于“发思古之幽情”罢？其实，即以思古而论也尽够你深思，咏叹，有无穷的兴感！何况血痕染过那些石狮的鬈鬣，白骨在桥上的轮迹里腐化，漠漠风沙，呜咽河流，自然会造成一篇悲壮的史诗。就是万古长存的“晓月”也必定对你惨笑，对你冷觑，不是昔日的温柔、幽丽，只引动你的“清念”。

桥下的黄流，日夜呜咽，泛挹着青空的灏气，伴守着沉默的郊原……

他们都等待着有明光大来与洪涛冲荡的一日——那一日的清晓。

又是一年春草绿

梁遇春

一年四季，我最怕的却是春天。夏的沉闷，秋的枯燥，冬的寂寞，我都能够忍受，有时还感到片刻的欣欢。灼热的阳光，憔悴的霜林，浓密的乌云，这些东西跟满目疮痍的人世是这么相称，真可算作这出永远演不完的悲剧的绝好背景。当个演员，同时又当个观客的我虽然心酸，看到这么美妙的艺术，有时也免不了陶然色喜，传出灵魂上的笑涡了。坐在炉边，听到呼呼的北风，一页一页翻阅一些畸零人的书信或日记，我的心境大概有点像人们所谓的春的情调罢。可是一看到阶前草绿，窗外花红，我就感到宇宙的不调和，好像在弥留病人的榻旁听到少女的清脆的笑声，不，简直好像参加婚礼时候听到凄楚的丧钟。这到底是恶魔的调侃呢，还是垂泪的慈母拿几件新奇的玩物来哄临终的孩子呢？每当大地春回的时候，我常想起《哈姆雷特》里面那位姑娘戴着鲜花圈子，唱着歌儿，沉到水里去了。这真是莫大的悲剧呀，比哈姆雷特的命运还来得可伤，叫人们啼笑皆非，只好朦胧地徜徉于迷途之上，在谜一样的空气里度过鲜血染着鲜花的一生了。坟墓旁年年开遍了春花，宇宙永远是这样二元，两者错综起来，就构成了这个杂乱下劣的人世了。其实不单自然界是这样子安排颠倒遇颠连，人事也无非如白莲与污泥相接，在卑鄙坏恶的人群里偏有些雪白晶清的魂，可是旷世的伟人又是三寸名心未死，落个白玉之玷了。天下有了伪君子，我们虽然亲

眼看见美德,也不敢贸然去相信了。可是极无聊,极不堪的下流种子有时却磊落大方,一鸣惊人,情愿把自己牺牲了。席勒说:“只有错误才是活的,真理只好算作个死东西罢了。”可见连抽象的境界里都不会有个称心如意的事情了。“可哀惟有人间世”,大概就是为着这个原因罢。

我是个常带笑脸的人,虽然心绪凄凄的时候居多。可是我的笑并不是百无聊赖时的苦笑,假使人生单使我们觉得无可奈何,“独闭空斋画大圈”,那么这个世界也不值得一笑了。我的笑也不是世故老人的冷笑,忙忙扰扰的哀乐虽然尝过了不少,鬼鬼祟祟的把戏虽然也窥破了一二,我却总不拿这类下流的伎俩放在眼里,以为不值得尊称为世故的对象,所以不管我多么焦头烂额,立在这片瓦砾场中,我向来不屑对于这些加之以冷笑。我的笑也不是哀莫大于心死以后的狞笑。我现在最感到苦痛的就是我的心太活跃了,不知怎的,无论到哪儿去,总有些触目伤心,凄然泪下的意思,大有失恋与伤逝冶于一炉的光景,怎么还会狞笑呢?我的辛酸心境并不是年轻人常有的那种署带诗意的感伤情调,那是生命之杯盛满后溅出来的泡花,那是无上的快乐呀,释迦牟尼佛之所以会那么陶然,也就是为着他具了那个清风朗月的慈悲境界罢。走入人生迷园而不能自拔的我怎么会有这种的闲情逸致呢?我的辛酸心境也不是像丁尼生所说的“天下最沉痛的事情莫过于回忆起欣欢的日子”。这位诗人自己却又说道:“曾经亲爱过,后来永诀了,总比绝没有亲爱过好多了。”我是没有过这么一度的鸟语花香,我的生涯好比没有绿洲的空旷沙漠,好比没有棕榈的热带国土,只是挂着蛛网,未曾听过管弦声的一所空屋。我的辛酸心境更不是像近代仕女们脸上故意贴上的“黑点”,朋友们看到我微笑着道出许多伤心话,总是不能见谅,以为这些娓娓酸语无非拿来点缀风光,更增生活的妩媚罢了。“知己从来不易知”,其实我们也用不着这样苛求,谁敢说真知道了自己呢,否则希腊人也不必在神庙里刻上“知道你自己”那句话了,可是我就没有走过芳花缤纷的蔷薇的路,我只看见枯树同落叶。狂欢的宴席上排了一个白森森的人头固然可以叫古代的波斯人感到人生的倏忽而更加沉醉,骷髅搂着如花的少女跳舞固然可以使荒山上月光里的撒旦摇着头上的两角哈哈大笑,但是八百里的荆棘岭总不能算作愉快的旅程罢。梅花落后,雪月空明,当然是个好境界,可是牛山濯濯的峭壁上一年到底只有一阵一阵的狂风瞎吹着,那就会叫人思之欲泣了。这些话虽然言之过甚,缩小来看,也可以映出我这个无可为欢处的心境了。

在这个无时无地都有哭声回响着的世界里年年都有这么一个春天,在这个满天湛蓝,遍地草绿的季节,毒蛇却也换了一套春装睡眼蒙眬地来跟人们做伴了,禁闭于层冰底下的秽气也随着春水的绿波传到情侣的身旁了。这些矛盾恐怕就是数千年来贤哲所追求的宇宙本质罢!蓦尔的我大概也分了一份上帝的这份礼物罢。笑涡里贮着泪珠儿的我活在这个乌云里夹着闪电,早上彩霞暮雨凄凄的宇宙里,天人合一,也可以说是无憾了,何必再去寻找那个无根的解释呢。“满眼春风百事非”,这般就是这般。

夜的奇迹

庐 隐

宇宙僵卧在夜的暗影之下，我悄悄地逃到这黑黑的林丛里——群星无言，孤月沉默，只有山隙中的流泉潺潺溅溅地悲鸣，仿佛孤独的夜莺在哀泣。

山巅古寺危立在白云间，刺心的钟磬，断续地穿过寒林，我如受弹伤的猛虎，奋力地跃起，由山麓蹿到山巅，我追寻完整的生命，我追寻自由的灵魂，但是夜的暗影，如厚幔般围裹住，一切都显示着不可挽救的悲哀。吁！我何爱惜这被苦难剥蚀将尽的尸骸，我发狂似的奔回林丛，脱去身上血迹斑斓的征衣。我向群星忏悔，我向悲涛哭诉！

这时流云停止了前进，群星忘记了闪烁，山泉也停住了呜咽，一切一切都沉入死寂！我绕过丛林，不期来到碧海之滨，呵！神秘的宇宙，在这里我发现了夜的奇迹！

黑黑的夜幔轻轻地拉开，群星吐着清幽的亮光，孤月也踯躅于云间，白色的海浪吻着翡翠的岛屿，五彩缤纷的花丛中隐约见美丽的仙女在歌舞，她们显示着生命的活跃与神妙！

我惊奇，我迷惘，夜的暗影下，何来如此奇迹！

我怔立海滨，注视那岛屿上的美景，忽然从海里涌起一股凶浪，将岛屿全个淹没，一切一切又都沉入在死寂！

我依然回到黝黑的林丛——群星无言，孤月沉默，只有山隙中的流泉潺潺溅溅地悲鸣，仿佛孤独的夜莺在哀泣。

吁！宇宙布满了罗网，任我百般挣扎，努力地追寻，而完整的生命只如昙花一现，最后依然消逝于恶浪，埋葬于尘海之心，自由的灵魂，永远是夜的奇迹！在色相的人间，只有污秽与残酷。吁！我何爱惜这被苦难剥蚀将尽的尸骸——总有一天，我将焚毁于自己的余怒，抛下这不值一钱的脓血之躯，因此而释放我可怜的灵魂！

这时我将摘下北斗，抛向阴霾满布的尘海。

我将永远歌颂这夜的奇迹！

旁若无人

梁实秋

在电影院里，我们大概都常遇到一种不愉快的经验。在你聚精会神地静坐着看电影的时候，会忽然觉得身下坐着的椅子颤动起来，动得很匀，不至于把你从座位里掀出去，动得很促，不至于把你颠摇入睡，颤动之快慢急徐，恰好令你觉得它讨厌。大概是轻微地震罢？左右探察震源，忽然又不颤动了。在你刚收起心来继续看电影的时候，颤动又来了。如果下决心寻找震源，不久就可以发现，毛病大概是出在附近的一位先生的大腿上。他的足尖踏在前排椅掌上，绷足了劲，利用腿筋的弹性，很优游地在那里发抖。如果这拘挛性的动作是由于羊癫疯一类的病症的暴发，我们要原谅他，但是不像，他嘴里并不吐白沫。看样子也不像是神经衰弱，他的动作是能收能发的，时作时歇，指挥如意。若说他是有意使前后左右两排座客不得安生，却也不然。全是陌生人无仇无恨，我们站在被害人的立场上看，这种变态行为只有一种解释，那便是他的意志过于集中，忘记旁边还有别人，换言之，便是"旁若无人"的态度。

"旁若无人"的精神表现在日常行为上不只一端。例如欠伸，原是常事，"气乏则欠，体倦则伸"。但是在稠人广众之中，张开血盆巨口，做吃人状，把口里的獠牙显露出来，再加上伸胳臂伸腿如演太极，那样子就不免吓人。有人打哈欠还带音乐的，其声呜呜然，如吹号角，如鸣警报，如猿啼，如鹤唳，音容并茂，礼记:“侍坐于君子,君子欠伸,撰杖履,视日蚤莫,侍坐者请出矣。”是欠伸合于古礼,但亦以“君子”为限,平民岂可援引,对人伸胳臂张嘴,纵不吓人,至少令人觉得你是在逐客,或是表示你自己不能管制你自己的肢体。

邻居有叟,平常不大回家,每次归来必令我闻知。清晨有三声喷嚏,不只是清脆,而且洪亮,中气充沛,根据那声音之响我揣测必有异物入鼻,或是有人插入纸捻,那声音撞击在脸盆之上有金石声!随后是大排场的漱口,真是排山倒海,犹如骨鲠在喉,又似苍蝇下咽。再随后是三餐的饱嗝,一串串的咯声,像是下水道不甚畅通的样子。可惜隔着墙没能看见他剔牙,否则那一份刮垢磨光的钻探工程,场面也不会太小。

这一切“旁若无人”的表演究竟是偶然突发事件,经常令人困恼的乃是高声谈话。在喊救命的时候,声音当然不嫌其大,除非是脖子被人踩在脚底下,但是普通的谈话似乎可以令人听见为度,而无需一定要力竭声嘶地去振聋发聩。生理学告诉我们,发音的器官是很复杂的,说话一分钟要有九百个动作,有一百块筋肉在弛张,但是大多数人似乎还嫌不足,恨不得嘴上再长一个扩大器。有个外国人疑心我们国人的耳鼓生得异样,那层膜许是特别厚,非扯着脖子喊不能听见,所以说话总是像打架。这批评有多少真理,我不知道。不过我们国人会嚷的本领,是谁也不能否认的。电影场里电灯初灭的时候,总有几声“嗳哟,小三儿,你在哪儿哪?”在戏院里,演员像是演哑剧,大锣大鼓之声依稀可闻,主要的声音是观众鼎沸,令人感觉好像是置身蛙塘。在旅馆里,好像前后左右都是庙会,不到夜深休想安眠,安眠之后难免没有橡皮底的大皮靴毫无惭愧地在你门前踱来踱去。天未大亮,又有各种市声前来侵扰。一个人大声说话,是本能;小声说话,是文明。以动物而论,狮吼,狼嗥,虎啸,驴鸣,犬吠,即是小如促织蚯蚓,声音都不算小,都不会像人似的有时候也会低声说话。大概文明程度愈高,说话愈不以声大见长。群居的习惯愈久,愈不容易存留“旁若无人”的幻觉。我们以农立国,乡间地旷人稀,畎亩阡陌之间,低声说一句“早安”是不济事的,必得扯长了脖子喊一声“你吃过饭啦?”可怪的是,在人烟稠密的所在,人的喉咙还是不能缩小。更可疑的是,驴嗓,破锣嗓,喇叭嗓,公鸡嗓,并不被一般的认为是缺陷,而且麻衣相法还公然地说,声音洪亮者主贵!

叔本华有一段寓言:

一群豪猪在一个寒冷的冬天挤在一起取暖，但是它们的刺毛开始互相击刺，于是不得不分散开。可是寒冷又把它们驱在一起，于是同样的事又发生了。最后，经过几番的聚散，它们发现最好是彼此保持相当的距离。同样的，群居的需要使得人形的豪猪聚在一起，只是他们本性中的带刺的令人不快的刺毛使得彼此厌恶。他们最后发现使彼此可以相安的那个距离，便是那一套礼貌，凡违犯礼貌者便要受严词警告——用英语来说——Please keep the distance。用这方法，彼此取暖的需要只是相当的满足了，可是彼此可以不至互刺。自己有些暖气的人情愿走得远远的，既不刺人，又可不受人刺。

逃避不是办法。我们只是希望人形的豪猪时常地提醒自己：这世界上除了自己还有别人，人形的豪猪既不只我一个，最好是把自己的大大小小的刺毛收敛一下，不必像孔雀开屏似的把自己的刺毛都尽量地伸张。

吹牛的妙用

庐 隐

吹牛是一种夸大狂，在道德家看来，也许认为是缺点，可是在处事接物上却是一种刮刮叫的妙用。假使你这一生缺少了吹牛的本领，别说好饭碗找不到，便连黄包车夫也不放你在眼里的。

西洋人究竟近乎白痴，什么事都只讲究脚踏实地去做，这样费力气的勾当，我们聪明的中国人，简直连牙齿都要笑掉了。西洋人什么事都讲究按部就班地慢慢来，从来没有平地登天的捷径，而我们中国人专门走捷径，而走捷径的第一个法门，就是善吹牛。

吹牛是一件不可轻看的艺术，就如“修辞学”上不可缺少“张、喻”一类的东西一样，像李白什么“黄河之水天上来”，又是什么“白发三千丈”，这在“修辞学”上就叫作“张、喻”，而在不懂“修辞学”的人看来就觉得李太白在吹牛了。

而且实际上说来，吹牛对于一个人的确有极大的妙用。人类这个东西，就有这么奇怪，无论什么事，你若老老实实地把实话告诉他，不但不能激起他共鸣的情绪，而且还要轻蔑你冷笑你，假使你见了那摸不清你根底的人，你不管你家里早饭的米是当了被褥换来的，你只要大言不惭地说“某部长是我父亲的好朋友，某政客是我拜把子的叔公，我认得某某某巨商，我的太太同某军阀的第五位太太是干姊妹”，吹起这一套法螺来，那摸不清你的人，便服服帖帖地向你合十顶礼，说不定碰得巧还恭而且敬地请你大吃一顿燕菜席呢！

吹牛有了如许的好处，于是无论哪一类的人，都各尽其力地大吹其牛了。但是且慢！吹牛也要认清对方的，不然的话，必难打动他或她的心弦，那么就失掉吹牛的功效了。比如说你见了一个仰慕文人的无名作家或学生时，而你自己要自充老前辈时，你不用说别的，只要说胡适是我极熟的朋友，郁达夫是我最好的知己，最好你再转弯抹角地去探听一些关于胡适、郁达夫琐碎的轶事。比如说胡适最喜听什么，郁达夫最讨厌什么，于是便可以亲亲切切地叫着"适之怎样怎样，达夫怎样怎样"，这样一来，你便也就成了胡适、郁达夫同等的人物，而被人所尊敬了。

如果你遇见一个好虚荣的女子呢，你就可以说你周游过列国，到过土耳其、南非洲，并且还是自费去的。这样一来，就可以证明你不但学识、阅历丰富，而且还是个资产阶级。于是乎，你的恋爱便立刻成功了。

你如遇见商贾、官僚、政客、军阀，都不妨察言观色，投其所好，大吹而特吹之。总而言之，好色者以色吹之，好利者以利吹之，好名者以名吹之，好权势者以权势吹之，此所谓以毒攻毒之法，无往而不利。

或曰吹牛妙用虽大，但也要善吹，否则揭穿西洋镜，便没有戏可唱了。

这当然是实话，并且吹牛也要有相当的训练，第一要不红脸，你虽从来没有著过一本半本的书，但不妨咬紧牙根说："我的著作等身，只可恨被一把野火烧掉了！"你家里因为要请几个漂亮的客人吃饭，现买了一副碗碟，你便可以说："这些东西十年前就有了。"以表示你并不因为请客受窘。假如你荷包里只剩下一块大洋，朋友要邀你坐下来八圈，你就可以说："我的钱都放在银行里，今天竟匀不出工夫去取！"假如哪天你的太太感觉你没多大出息时，你就可以说张家大小姐说我的诗作得好，王家少奶奶说我脸子漂亮而有丈夫气，这样一来太太便立刻加倍地爱你了。

这一些吹牛经，说不胜说，但神而明之，存乎其人！

白马湖

朱自清

今天是个下雨的日子，这使我想起了白马湖。因为我第一回到白马湖，正是微风飘萧的春日。

白马湖在甬绍铁道的驿亭站，是个极小极小的乡下地方，在北方说起这个名字，管保一百个人一百个人不知道。但那却是一个不坏的地方。这名字先就是一个不坏的名字。据说从前有个姓周的骑白马入湖仙去，所以有这个名字。这个故事也是一个不坏的故事。假使你乐意搜集，或也可编成一本小书，交北新书局印去。

白马湖并非圆圆的或方方的一个湖，如你所想到的，这是曲曲折折大大小小许多湖的总名。湖水清极了，如你所能想到的，一点儿不含糊像镜子一样。沿铁路的水，再没有比这里清的，这是公论。遇到旱年的夏季，别处湖里都长了草，这里却还是一清如故。白马湖最大的，也是最好的一个，便是我们住过的屋的门前那一个。那个湖不算小，但湖口让两面的山包抄住了。外面只见微微的碧波而已，想不到有那么大的一片。湖的尽里头，有一个三四十户人家的村落，叫做西徐岙，因为姓徐的多。这村落与外面本是不相通的，村里人要出来得撑

船。后来春晖中学在湖边造了房子,这才造了两座玲珑的小木桥,筑起一道煤屑路,直通到驿亭车站。那是窄窄的一条人行路,蜿蜒曲折,路上虽常不见人,走起来却不见寂寞。尤其在微雨的春天,一个初到的来客,他左顾右盼,是会觉得热闹的。

春晖中学在湖的最胜处,我们住过的屋也相去不远,是半西式的。湖光山色从门里、从墙头进来,到我们窗前、桌上。我们几家接连着,逋翁的家最讲究。屋里有名人字画,有古瓷,有铜佛,院子里种满着花。屋子里的陈设又常常变换,给人新鲜的受用。他有这样好的屋子,又是好客如命,我们便不时地上他家里喝老酒。

逋翁夫人的烹调也极好,每回总是满满的盘碗拿出来,空空地收回去。白马湖最好的时候是黄昏,湖上的山笼着一层青色的薄雾,在水里映着参差的模糊的影子。水光微微地暗淡,像是一面古铜镜。轻风吹来,有一两缕波纹,但随即平静了。天上偶见几只归鸟,我们看着它们越飞越远,直到不见为止。这个时候便是我们喝酒的时候。我们说话很少,上了灯话才多些,但大家都已微有醉意,是该回家的时候了。若有月光也许还得徘徊一会,若是黑夜便在暗里摸索醉着回去。

白马湖的春日自然最好。山是青得要滴下来,水是满满的、软软的。小马路的两边,一株接一株地种着小桃与杨柳。小桃上各缀着几朵重瓣的红花,像夜空的疏星。杨柳在暖风里不住地摇曳。在这路上走着,时而听见锐而长的火车的笛声是别有风味的。

在春天,不论是晴是雨,是月夜是黑夜,白马湖都好。雨中田里菜花的颜色最是鲜艳,黑夜虽什么都不见,但可静静地受用春天的力量。夏夜也有好处,有月时可以在湖里划小船,四面满是青霭。船上望别的村庄,像是海市蜃楼,浮在水上,迷离惝恍的,有时听见人声或犬吠,大有世外之感。若没有月呢,便在田野里看萤火。那萤火不是一星半点的,如你们的城中所见,那是成千成百的萤火。一片儿飞出来,像金线网似的,又像耍着许多火绳似的。只有一层使我愤恨。那里水田多，蚊子太多，而且几乎全是闪闪烁烁的疟蚊子。我们一家都染了疟疾，至今三四年了，还有未断根的。蚊子多足以减少露坐夜谈或划船夜游的兴致，这未免是美中不足了。

离开白马湖是三年前的一个冬日。前一晚“别筵”上，有逋翁与云君。我不能忘记逋翁，那是一个真挚豪爽的朋友。但我也不能忘记云君，我应该这样说，那是一个可爱的——孩子。

春雨

梁遇春

整天的春雨，接着是整天的春阴，这真是世上最愉快的事情了。我向来厌恶晴朗的日子，尤其是骄阳的春天。在这个悲惨的地球上忽然来了这么一个欣欢的气象，简直像百无聊赖的主人宴饮生客时拿出来的那副古怪笑脸，完全显出宇宙里的白痴成分。在所谓大好的春光之下，人们都到公园大街或者名胜地方去招摇过市，像猩猩那样嘻嘻笑着，真是得意忘形，弄得变成为四不像了。可是阴霾四布或者急雨滂沱的时候，就是最沾沾自喜的财主也会感到苦闷，因此也略带了一些人的气味，不像好天气的时候那样望着阳光，盛气凌人地大踏步走着，颇有上帝在上我得其所的意思。至于懂得人世哀怨的人们，黯淡的日子可说是他们唯一光荣的时光。苍穹替他们流泪，乌云替他们皱眉，他们觉到四围都是同情的空气，仿佛一个堕落的女子躺在母亲怀中，看见慈母一滴滴的热泪溅到自己的泪痕，真是润遍了枯萎的心田。斗室中默坐着，忆念十载相违的密友，已经走去的情人，想起生平种种的坎坷，一身经历的苦楚，倾听窗外檐前凄清的滴沥，仰观波涛浪涌，似无止期的雨云，这时一切的荆棘都化做洁净的白莲花了，好比中古时代那班圣者被残杀后所显的神迹。“最难风雨故人来”，阴森森的天气使我们更感到人世温情的可爱，替从苦雨凄风中来的朋友倒上一杯热茶的时候，我们很有放下屠刀，立地成佛的心境。“风雨如晦，鸡鸣不已”，人类真是只有从悲哀里滚出来才能得到解脱，千锤百炼，腰间才有这一把明晃晃的钢刀，“今日把示君，谁有不平事”。“山雨欲来风满楼”，这很可以象征我们孑立人间，尝尽辛酸，远望来日大难的气概，真好像思乡的客子拍着阑干，看到郭外的牛芋，想起故里的田园，怀念着宿草新坟里当年的竹马之交，泪眼里仿佛模糊辨出龙钟的父老蹒跚地走着，或者只瞧见几根靠在破壁上的拐杖的影子。所谓生活术恐怕就在于怎么样当这么一个临风的征人罢。无论是风雨横来，无论是澄江如练，始终好像惦记着一个花一般的家乡，那可说就是生平理想的结晶，蕴在心头的诗情，也就是明哲保身的最后壁垒了。可是同时还能够认清眼底的江山，把住自己的步骤，不管这个异地的人们是多么残酷，不管这个他乡的水土是多么不惯，却能够清瘦地站着，戛戛然好似狂风中的老树。能够忍受，却没有麻木，能够多情，却不流于感伤，仿佛楼前的春雨，悄悄下着，遮住耀目的阳光，却滋润了百草同千花。檐前的燕子躲在巢中，对着如丝如梦的细雨呢喃，真有点像向我道出此中的消息。

可是春雨有时也凶猛得可以，风驰电掣，像从高山倾泻下来似的，万紫千红，都付诸流水，看起来好像是煞风景的，也许是别有怀抱罢。

生平性急，一二知交常常焦急万分地苦口劝我，可是暗自扪心，自信绝不是追逐事功的人，不过对于纷纷扰扰的劳生却常感到厌倦，所谓性急无非是疲累的反响罢。有时我却极有耐心，好像废殿上的琉璃瓦，一任他风吹雨打，霜蚀日晒，总是那样子痴痴地望着空旷的青天。我又好像能够在没字碑面前坐下，慢慢地去冥想这块石板的深意，简直是个蒲团已碎，呆然趺坐着的老僧。想赶快将世事了结，可以抽身到紫竹林中去逍遥，跟把世事撇在一边，大隐隐于市，就站在热闹场中来仰观天上的白云，这两种心境原来是不相矛盾的。我虽然还没有，而且绝不会跳出人海的波澜，但是拳拳之意自己也略知一二，大概摆动于焦躁与倦怠之间，总以无可奈何的天为中心罢。所以我虽然爱漾漾茸茸的细雨，我也爱大刀阔斧的急雨，纷至沓来，洗去阳光，同时也洗去云雾，使我们想起也许此后永无风恬日美的光阴了，也许老是一阵一阵的暴雨，将人世哀乐的踪迹都漂到大海里去，白浪一翻，什么渣滓也看不出了。焦躁同倦怠的心境在此都得到涅槃的妙悟，整个世界就像客走后，撇下筵席洗得顶干净，排在厨房架子上的杯盘。

当个主妇的创造主看着大概也会微笑罢,觉得一天的工作总算告终了。最少我常常臆想这个还了本来面目的大地。

可是最妙的境界恐怕是尺牍里面那句滥调,所谓"春雨缠绵"罢。一连下了十几天的霉雨,好像再也不会晴了,可是时时刻刻都有晴朗的可能。有时天上现出一大片的湛蓝,雨脚也慢慢收束了,忽然间又重新点滴起凄清来,那种捉摸不到,万分别扭的神情真可以作这个哑谜一般的人生的象征。记得十几年前每当连朝春雨的时候,常常剪纸作和尚形状,把它倒贴在水缸旁边,意思是叫老天不要再下雨了,虽然看到院子里雨脚下一滴一滴新生的水泡,我总觉到无限的欣欢,尤其当急急走过檐前,脖子上溅几滴雨水的时候。可是那时我对于春雨的情趣是不知不觉之间领略到的,并没有凝神去寻找,等到知道怎么样去欣赏恬适的雨声时候,我却老在干燥的此地做客,单是夏天回去,看看无聊的骤雨,过一过雨瘾罢了。

因此"小楼一夜听春雨"的快乐当面错过,从我指尖上滑走了。盛年时候好梦无多,到现在彩云已散,一片白茫茫,生活不着边际,如坠云里雾中,对于春雨的惆怅只好算作内中的一小节罢,可是仿佛这一点很可以代表我整个的悲哀情绪。但是我始终喜欢冥想春雨,也许因为我对于自己的愁绪很有顾惜爱抚的意思。我常常把陶诗改过来,向自己说道:"衣沾不足惜,但愿恨无违。"我会爱凝恨似的缠绵春雨,大概也因为自己有这种的心境罢。

谦 让

梁实秋

谦让仿佛是一种美德，若想在眼前的实际生活里寻一个具体的例证，却不容易。类似谦让的事情近来似乎很难得发生一次。就我个人的经验来说，在一般宴会里，客人入席之际，我们最容易看见类似谦让的事情。

一群客人挤在客厅里，谁也不肯先坐，谁也不肯坐首座，好像“常常登上座，渐渐入祠堂”的道理是人人所不能忘的。于是你推我让，人声鼎沸。辈分小的，官职低的，垂着手远远地立在屋角，听候调遣。自以为有占首座或次座资格的人，无不攘臂而前，拉拉扯扯，不肯放过他们表现谦让的美德的机会。有的说：“我们叙齿，你年长！”有的说：“我常来，你是稀客！”有的说：“今天非你上座不可！”事实固然是为让座，但是当时的声浪和唾沫星子却都表示像在争座。主人腆着一张笑脸，偶然插一两句嘴，作鹭鸶笑。这场纷扰，要直到大家的兴致均已低落，该说的话差不多都已说完，然后急转直下，突然平息，本就该坐上座的人便去就了上座，并无苦恼之相，而往往是显着踌躇满志顾盼自雄的样子。

我每次遇到这样谦让的场合，便首先想起《聊斋》上的一个故事：一伙人在热烈地让座，有一位扯着另一位的袖子，硬往上拉，被拉的人硬往后躲，双方势均力敌，突然间拉着袖子的手一松，被拉的那只胳臂猛然向后一缩，胳臂肘尖正撞在后面站着的一位驼背朋友的两颗特别凸出的大门牙上，咯吱一声，双牙落

地！我每忆起这个乐极生悲的故事，为明哲保身起见，在让座时我总躲得远远的。等风波过后，剩下的位置是我的，首座也可以，坐上去并不头晕，末座亦无妨，我也并不因此少吃一嘴。我不谦让。

考让座之风之所以如此盛行，其故有二。第一，让来让去，每人总有一个位置，所以一面谦让，一面稳有把握。假如主人宣布，位置只有十二个，客人却有十四位，那便没有让座之事了。第二，所让者图个虚荣，本来无关宏旨，凡是半径都是一般长，所以坐在任何位置（假如是圆桌）都可以享受同样的利益。假如明文规定，凡坐过首席若干次者，在铨叙上特别有利，我想让座的事情也就少了。我从不曾看见，在长途公共汽车车站售票的地方，如果没有木制的长栅栏，而还能够保留一点谦让之风！因此我发现了一般人处世的一条道理，那便是：可以无需让的时候，则无妨谦让一番，于人无利，于己无损；在该让的时候，则不谦让，以免损己；在应该不让的时候，则必定谦让，于己有利，于人无损。

小时候读到"孔融让梨"的故事，觉得实在难能可贵，自愧弗如。一只梨的大小，虽然是微屑不足道，但对于一个四五岁的孩子，其重要或者并不下于一个公务员之心里盘算简、荐、委。有人猜想，孔融那几天也许肚皮不好，怕吃生冷，乐得谦让一番。我不敢这样妄加揣测。不过我们要承认，利之所在，可以使人忘形，谦让不是一件容易的事。"孔融让梨"的故事，发扬光大起来，确有教育价值，可惜并未发生多少实际的效果。今之孔融，并不多见，谦让作为一种仪式，并不是坏事，像天主教会选任主教时所举行的仪式就蛮有趣。就职的主教照例地当众谦逊三回，口说"nolo episcopari"意即"我不要当主教"，然后照例地敦促三回终于勉为其难了。我觉得这样的仪式比宣誓就职之后再打通电话声明固辞不获要好得多。谦让的仪式行久了之后，也许对于人心有潜移默化之功，使人在争权夺利奋不顾身之际，不知不觉地也举行起谦让的仪式。可惜我们人类的文明史尚短，潜移默化尚未能奏大效，露出原始人的狰狞面目的时候要比雍雍穆穆地举行谦让仪式的时候多些。我每次从公共汽车售票处杀进杀出，心里就想先王以礼治天下，实在有理。

祈祷，幸福的曼妙音韵

来 源

泰戈尔

流泛在孩子两眼的睡眠,有谁知道它是从什么地方来的?是的,有个谣传,说它是住在萤火虫朦胧地照耀着林荫的仙村里,在那个地方,挂着两个迷人的羞怯的蓓蕾。它便是从那个地方来吻孩子的两眼的。

当孩子睡时,在他唇上浮动着的微笑,有谁知道它是从什么地方生出来的?是的,有个谣传,说新月的一线年轻的清光,触着将消未消的秋云边上,于是微笑便初生在一个浴在清露里的早晨的梦中了。当孩子睡时,微笑便在他的唇上浮动着。

甜蜜柔嫩的新鲜生气,像花一般地在孩子的四肢上开放着,有谁知道它在什么地方藏得这样久?是的,当妈妈还是一个少女的时候,它已在爱的温柔而沉静的神秘中,潜伏在她的心里了。甜蜜柔嫩的新鲜生气,像花一般地在孩子的四肢上开放着。

(吴岩　译)

沙与沫

纪伯伦

诗不是一种表白出来的意见。它是从一个伤口或是一个笑口涌出的一首歌曲。

如果你歌颂美，即使你是在沙漠中心，你也会有听众。

诗是迷醉心怀的智慧。

智慧是心思里歌唱的诗。

如果我们能够迷醉人的心怀，同时也在他的心思中歌唱。

那么他就真的在神的影中生活了。

灵感总是歌唱，灵感从不解释。

能唱出我们的沉默，是一个伟大的歌唱家。

他们说夜莺唱着恋歌的时候，把刺扎进自己的胸膛。

我们也都是这样的，不这样我们还能唱歌吗？

在母亲心里沉默着的诗歌，在她孩子的唇上唱了出来。

当你达到生命的中心的时候，你将在万物中甚至于在看不见美的人的眼睛里，也会找到美。

友谊永远是一个甜柔的责任，从来不是一种机会。

当你背向太阳的时候，你只看到自己的影子。

慈善的狼对天真的羊说:“你不光临寒舍吗?”

羊回答说:“我们将以造访为荣,如果你的贵府不是在你肚子里的话。”

能把手指放在善恶分野的地方的人,就是能够摸到上帝圣袍的边缘的人。

怜悯只是半斤公平。

把唇上的微笑来遮掩眼里的憎恨的人是多么愚蠢啊!

奇怪的是,你竟可怜那脚下慢的人,而不可怜那心里慢的人。可怜那盲于目的人,而不可怜那盲于心的人。

你要人们用你的翅翼飞翔,而却连一根羽毛也拿不出的时候,你是那么轻率啊。

我宁可做人类中有梦想和有完成梦想的愿望的、最渺小的人,而不愿做一个最伟大的、无梦想无愿望的人。

我曾对一条小溪谈到大海,小溪认为我只是一个幻想的夸张者。

我也曾对大海谈到小溪,大海认为我只是一个低估的毁谤者。

一场争论可能是两个心思之间的捷径。

当智慧骄傲到不肯哭泣,庄严到不肯欢笑,自满到不肯看人的时候,就不成为智慧了。

执拗的人是一个极聋的演说家。

妒忌的沉默是太吵闹了。

一个羞赧的失败比一次骄傲的成功还要高贵。

在任何一块土地上挖掘,你都会找到珍宝,不过你必须以农民的信心去挖掘。

他们对我说:“你能自知,你就能了解所有的人。”

一个哲学家对一个清道夫说:“我可怜你,你的工作又苦又脏。”

清道夫说:“谢谢你,先生。请告诉我,你做什么工作?”

哲学家回答说:“我研究人的心思、行为和愿望。”

清道夫一面扫街一面微笑说:“我也可怜你。”

愿望是半个生命,淡漠是半个死亡。

只在一个变戏法的人接不到球的时候,他才能吸引我。

(冰心　译)

快阁的紫藤花

徐蔚南

细雨,百无聊赖之时,偶然从《花间集》里翻出了一朵小小枯槁的紫藤花,花色早褪了,花香早散了。啊,紫藤花!你真令人怜爱呢。岂仅怜爱你,我还怀念着你的姊妹们——一架白色的紫藤,一架青莲色的紫藤——在那个园中静悄悄地消受了一宵冷雨,不知今朝还能安然无恙否?

啊,紫藤花!你常住在这诗集里吧,你是我前周畅游快阁的一个纪念。

快阁是陆放翁饮酒赋诗的故居,离城西南三里,正是鉴湖的绝胜之处。去岁初秋,我曾经去过了,寒中又重游一次,前周复去是第三次了。但前两次都没有给我多大印象,这次去后,情景不同了,快阁的景物时时在眼前显现——尤其使人难忘的,便是那园中的两架紫藤。

快阁临湖而建,推窗外望:远处是一带青山,近处是隔湖的田亩。田亩间分成红绿黄三色:红的是紫云英,绿的是豌豆叶,黄的是油菜花。一片一片互相间着,美丽得远胜人间锦绣。东向,丛林中,隐约间露出一个塔尖,尤有诗意,桨声渔歌又不时从湖面飞来。这样的景色,晴天固然好,雨天也必神妙,诗人居此,安得不颓放呢?放翁自己说:"桥如虹,水如空,一叶飘然烟雨中,天教称放翁。"是的,确然天叫他称放翁的。

阁旁有花园二,一在前,一在后。前面的一个又以墙壁分成为二,前半叠假山，后半凿小池。池中植荷花，如在夏日，红莲白莲盖满一池，自当另有一番风味。池前有春花秋月楼，楼下有匾额曰“飞跃处”，此是指池鱼言。其实，池中只有很小很小的小鱼，要它跃也跃不起来，如何会飞跃呢？

园中的映山红和紫竹都很鲜妍，但远不及山中野生的自然。

自池旁折向北，便是那后花园了。

我们一踏进后花园，使一架紫藤呈在我们眼前。这架紫藤正在开花最盛的时候，一球一球重叠盖在架上的，俯垂在架旁的尽是花朵。花心是黄的，花瓣是洁白的，而且看上去似乎很肥厚。更有无数的野蜂在花朵上下左右嗡嗡地叫着——乱哄哄地飞着。它们是在采蜜吗？它们是在舞蹈吗？它们是在和花朵游戏吗？……

我在架下仰望这一堆花，一群蜂，我便想象这无数的白花朵是一群天真无垢的女孩子，伊们赤裸裸地在一块儿拥着，抱着，偎着，卧着，吻着，戏着；那无数的野蜂便是一大群男孩，他们正在唱歌给伊们听，正在奏乐给伊们听。渠们是结恋了。渠们是在痛快地享乐那阳春。渠们是在创造只有青春，只有恋爱的乐土。

这种想象绝不是仅我一人所有，无论谁看了这无数的花和蜂都将生出一种神秘的想象来。同我一块儿去的方君看见了也拍手叫起来，他向那低垂的一球花朵热烈地亲了个嘴，说道：“鲜美呀！呀，鲜美！”他又说，“我很想把花朵摘下两枝来挂在耳上呢。”

离开这架白紫藤十几步，有一围短短的冬青。绕过冬青，穿过一畦豌豆，又是一架紫藤。不过这一架是青莲色的，和那白色的相比，各有美处。但是就我个人说，却更爱这青莲色的，因为淡薄的青莲色呈在我眼前，便能使我感到一种平和，一种柔婉，并且使我有如饮了美酒，有如进了梦境。

很奇异，在这架花上，野蜂竟一只也没有，落下来的花瓣在地上已有薄薄的一层。原来这架花朵的青春已逝了，无怪野蜂散尽了。

我们在架下的石凳上坐了下来，观看那正在一朵一朵飘下的花儿。花也知道求人爱怜似的，轻轻地落了一朵在我膝上，我俯下看时，颈项里感到飕飕的一冷，原来又是一朵。它接连着落下来，落在我们的眉上，落在我们的脚上，落在我们的肩上。我们在这又轻又软又香的花雨里几乎睡去了。

猝然“咕噜噜”一声怪响，我们如梦初醒，四目相向，颇形惊诧。即刻又是“咕噜噜”地响了。

方君说：“这是啄木鸟。”

临去时，我总舍不得这架青莲色的紫藤，便在地上拾了一朵夹在《花间集》里。夜深人静的时候，我每取出这朵花来默视一会儿。

音 乐

罗曼·罗兰

生命飞逝，肉体与灵魂像流水似的过去，岁月镌刻在老去的树身上，整个有形的世界都在消耗、更新。不朽的音乐，唯有你常在。你是内在的海洋，你是深邃的灵魂。在你明澈的眼瞳中，人生绝不会照出阴沉的面目。成堆的云雾，灼热的、冰冷的、狂乱的日子，纷纷扰扰、无法安宁的日子，见了你都逃避了，唯有你常在。你是在世界之外的，你自个儿就是一个完整的天地。你有你的太阳，领导你的行星，你的吸力，你的数，你的律。你跟群星一样平和恬静，它们在黑夜的天空划出光明的轨迹，仿佛由一头无形的金牛拖拽着银铧。

音乐，你是一个心地清明的朋友，你的月白色的光，对于被尘世的强烈的阳光照得眩晕的眼睛是多么柔和。大家在公共的水槽里喝水，把水都搅浑了，那不愿与世争饮的灵魂却急急扑向你的乳房，寻他的梦境。音乐，你是一个童贞的母亲，你纯洁的身体中积蓄着所有的热情，你的眼睛像冰山上流下来的青白色的水，含有一切的善，一切的恶。不，你是超乎恶，超乎善的。凡是栖息在你身上的人都脱离了时间的洪流，所有的岁月对他不过是一日，吞噬一切的死亡也没有用武之地了。

音乐，你抚慰了我痛苦的灵魂。音乐，你恢复了我的安静、坚定、欢乐，恢复了我的爱，恢复了我的财富。音乐，我吻着你纯洁的嘴，我把我的脸埋在你蜜也似的头发里,我把我滚热的眼皮放在你柔和的手掌中。咱们都不作声,闭着眼睛,可是我从你眼里看到了不可思议的光明,从你缄默的嘴里看到了笑容,我蹲在你的心头听着永恒的生命跳动。

(傅雷 译)

人体美

温克尔曼

艺术家在美少年身上发现了美的原因在于统一、多样与和谐。由于美的身体形式是由线决定的，这些线不断地变化着自己的中心，并在不断延续，任何时间不会形成圆形，因此它们比圆形单纯和多样。

不论圆形是大是小，它有固定的中心，它包含了其他的圆形或者它本身包括在其他圆形之内。

希腊人几乎在自己的所有作品中努力追求这种多样性，他们的这些观念同样表现在日用陶制器皿和彩瓶的形式中，这些制品优美、典雅的轮廓正与这一法则相吻合，也就是说，它们是由几个圆形的线条组成的。

因为这些制品有椭圆的形式，所以它们包含了美。但是在形式的组合中越有统一性和从一种形式到另一种形式的转换越多，整体的美感也越强。由这些形式组成的优美的青年人体，犹如大海的表面一样统一，在离它稍远的地方，它似乎是平静的，像镜子一般，虽然它永远在运动，在掀起波澜。

然而，尽管青年人身体的形很统一，但由于形的边界不明显地相互毗连，在许多形中真正的交点和轮廓线不可能是准确和肯定的。由此说来，在青年人的身体中一切都具有，一切都应该具有，但无任何突出之处，也不应该有突出之处。

画青年人的身体比画成年人和老年人的身体困难得多,因为大自然已经在成年人的身体中结束了自己的创造,也就是说,它已完全定型;而在老年人的身体中,大自然则开始破坏自己的创造。

不论在成年人或老年人的身体中,各部位的构成都历历可见。所以再画肌肉或其他部位的比例,都无碍大局。

画青年人的身体却不一样,最微小的偏差也会成为明显的瑕疵,最细微的阴影,正如通常所说的那样,也会使身体的样子受到损害。因为这里像射箭一样“过”与“不及”,都没有击中目标。

(潘示番　译)

关于儒·道·土匪

闻一多

医生临症,常常有个观望期间,不到病势相当沉重,病象充分发作时,正式与有效的诊断似乎是不可能的。而且,在病人方面,往往愈是痼疾,愈要讳疾忌医,因此恐怕非等到病势沉重,病象发作,使他讳无可讳,忌无可忌时,他也不肯接受诊断。

事到如今,我想即使是最冥顽的讳疾忌医派,如钱穆教授之流,也不能不承认中国是生着病,而且病势严重。病象的昭著,也许赛过了任何历史记录。唯其如此,为医生们下诊断,今天才是最成熟的时机。

向来是"旁观者清",无怪乎这回最卓越的断案来自一位英国人。这是韦尔斯先生观察所得:

"大部分中国人的灵魂里,斗争着一个儒家、一个道家、一个土匪。"(《人类的命运》)

为了他的诊断的正确性,我们不但钦佩这位将近八十高龄的医生,而且感激他,感激他给我们查出了病源,也给我们至少保证了半个得救的希望,因为有了正确的诊断,才谈得到适当的治疗。

但我们对韦尔斯先生的拥护,不是完全没有保留的,我认为假如将"儒家、道家、土匪",改为"儒家、道家、墨家",或"偷儿、骗子、土匪",这个不但没有损害韦氏的原意，而且也许加强了它的原意，因为这样说话，可以使那些比韦氏更熟悉中国历史和文化的人，感觉更顺理成章点，因此也更乐于接受点。

先讲偷儿和土匪，这两种人作风的不同，只在前者是巧取，后者是豪夺罢了。“巧取豪夺”这成语，不正好用韩非的名言“儒以文乱法，侠以武犯禁”来说明吗？而所谓侠者不又是堕落了的墨家吗？至于以“骗子”代表道家，起初我颇怀疑那徽号的适当性，但终于还是用了它。“无为而无不为”也就等于说：无所不取，无所不夺。而看去又像是一无所取，一无所夺，这不是骗子是什么？偷儿、骗子、土匪是代表三种不同行为的人物；儒家、道家、墨家是代表三种不同的行为理论的人物。尽管行为产生了理论，理论又产生了行为，如同鸡生蛋，蛋生鸡一样，但你既不能说鸡就是蛋，你也就不能将理论与行为混为一谈。所以韦尔斯先生叫儒家、道家和土匪站作一排，究竟是犯了混淆范畴的逻辑错误。这一点表明过以后，韦尔斯先生的观察，在基本意义上，仍不失为真知灼见。

就历史发展的次序说，是儒、墨、道。要明白儒墨道之所以成为中国文化的病，我们得从三派思想如何产生讲起。

由于封建社会是人类物质文明成熟到某种阶段的结果，而它自身又确乎能维持相当安定的秩序，我们的文化便靠那种安定而得到迅速的进步，而思想也便开始产生了。但封建社会的组织本是家庭的扩大，而封建社会的秩序是那家庭中父权式的以上临下的强制性的秩序，它的基本原则至多也只是强权第一，公理第二。当然秩序是生活必要的条件，即便是强权的秩序，也比没有秩序好。尤其对于把握强权，制定秩序的上层阶级，那种秩序更是绝对的宝贵。儒家思想便是以上层阶级的立场给予那种秩序的理论的根据。然而父权下的强制性的秩序，毕竟有几分不自然，不自然的便不免虚伪，虚伪的秩序终久必会露出破绽来，墨家有见于此，想以慈母精神代替严父精神来维持秩序。无奈秩序已经动摇后，严父若不能维持，慈母更不能维持。儿子大了，父亲管不了，母亲更管不了，所以墨家之归于失败，是势所必然的。

墨家失败了，一气愤，自由行动起来，产生所谓的游侠了，于是秩序便愈加解体了。秩序解体以后，有的分子根本怀疑家庭存在的必要，甚至诅咒家庭组织的本身，于是独自逃掉了，这种分子便是道家。

一个家庭的黄金时代，是在夫妇结婚不久以后，有了数目不太多的子女，而子女又都在未成年的期间。这时父亲如果能够保持着相当丰裕的收入,家中当然充满一片天伦之乐,即令不然,儿女人数不多,只要分配得平均,也还可以过得相当快乐,万一分配不太平均,反正儿女还小,也不至闹出大乱子来。但事实是一个庞大的家庭,儿女太多,又都成年了,利害互相冲突,加之分配本来就不平均,父亲年老力衰,甚至已经死了,家务由不很持平的大哥主持,其结果不会好,是可想而知了。儒家劝大哥一面用父亲在天之灵的大帽子实行高压政策,一面叫大家以黄金时代的回忆来策励各人的良心,说是那样,当年的秩序和秩序中的天伦之乐,自然会恢复。他不晓得当年的秩序,本就是一个暂时的假秩序,当时的相安无事,是沾了当时那特殊情形的光,于今情形变了,自然会露出马脚来。墨家的母性的慈爱精神不足以解决问题,原因也只在儿女大了,实际的利害冲突,不能专凭感情来解决,这一层前面已经提到。在这一点上,墨家犯的错误,和儒家一样,不过墨家确乎感觉到了那秩序中分配不平均的基本症结,这一点就是他后来走向自由行动的路的心理基础。墨家本意是要实现一个以平均为原则的秩序,结果走向自由行动的路,是破坏秩序。只看见破坏旧秩序,而没有看见建设新秩序的具体办法,这是人们所痛恶的,因为正如前面所说的,秩序是生活的必要条件。尤其是中国人的心理,即令不公平的秩序,也比完全没有秩序强。

这里我们看出了墨家之所以失败,正是儒家之所以成功。至于道家因根本否认秩序而逃掉,这对于儒家,倒因为减少了一个掣肘的而更觉方便,所以道家的遁世实际是帮助了儒家的成功。因为道家消极地帮了儒家的忙,所以儒家之所以反对道家,只是口头的,表面的,不像他对于墨家那样的真心的深恶痛绝。因为儒家的得势,和他对于墨道两家态度的不同,所以在上层阶级的士大夫中,道家还能存在,而墨家却绝对不能存在。墨家不能存在于士大夫中,便一变为游侠,再变为土匪,愈沉愈下了。

捣乱分子墨家被打下去了,上面只剩了儒与道,他们本来不是绝对不相容的,现在更可以合作了。合作的方案很简单。这里恕我曲解一句古书,《易经》说"肥遁,无不利",我们不妨读肥为本字。而把"肥遁"解为肥了之后再遁,那便是说一个儒家做了几任"官",捞得肥肥的,然后撒开腿就跑,跑到一所别墅或山庄里,变成一个什么居士,便是道家了。这当然是对己最有利的办法了,甚至还用不着什么实际的“遁”，只要心理上念头一转，就身在宦海中也还是“遁”，所谓“身在魏阙，心在江湖”和“大隐隐朝市”者，是儒道合作中更高一层的境界。在这种合作中，权利来了，他以儒的名分来承受，义务来了，他又以道的资格说，本来我是什么也不管的，儒道交融的妙用，真不是笔墨所能形容的，在这种情形之下，称他们为偷儿和骗子，能算冤屈吗？

“成则为王，败则为寇”，“窃钩者诛，窃国者侯”，这些古语中所谓王侯如果也包括了“不事王侯，高尚其事”的道家，便更能代表中国的文化精神。事实上成语中没有骂到道家，正表示道家手段的高妙。讲起穷凶极恶的程度来，土匪不如偷儿，偷儿不如骗子，那便是说墨不如儒，儒不如道，韦尔斯先生列举三者时，不称墨而称土匪，也许因为外国人到中国来，喜欢在穷乡僻壤跑，吃土匪的亏的机会特别多，所以对他们特别深恶痛绝。在中国人看来，三者之中，其实土匪最老实，所以也最好防备。从历史上看来，土匪的前身墨家，动机也最光明。如今不但在国内，偷儿骗子在儒道的旗帜下，天天剿匪，连国外的人士也随声附和地口诛笔伐，这实在欠公允，但我知道这不是韦尔斯先生的本意，因为我知道在他们本国，韦尔斯先生的同情一向是属于那一种人的。

话说回来，土匪究竟是中国文化的病，正如偷儿骗子也是中国文化的病。我们甚至应当感谢韦尔斯先生在下诊断时，没有忘记土匪以外的那两种病源——儒家和道家。韦尔斯先生用《春秋》的笔法，将儒道和土匪并称，这是他的许多伟大贡献中的又一个贡献。

谈“流浪汉”

梁遇春

当人生观论战已经闹个满城风雨，大家都谈厌烦了不想再去提起的时候，我一天忽然写一篇短文，叫做《人死观》。这件事实在有些反动嫌疑，而且该挨思想落后的罪名，后来仔细一想，的确很追悔。前几年北平有许多人讨论 Gentleman，这字应该要怎么样子翻译才好，现在是几乎谁也不说这件事了，我却又来喋喋，谈那和“君子”Gentleman 正相反的“流浪汉”Vagabond，将来恐怕免不了自悔。但是想写文章，哪能够顾到那么多呢？

Gentleman 这字虽然难翻译，可是还不及 Vagabond 这字那样古怪，简直找不出适当的中国字眼来。普通的英汉字典都把它翻译作“走江湖者”、“流氓”、“无赖之徒”、“游手好闲者”……但是我觉得都失丢这个字的原意。Vagabond 既不像走江湖的卖艺为生，也不是流氓那种一味敲诈。“无赖之徒”、“游手好闲者”都带有贬骂的意思，Vagabond 却是种可爱的人儿。在此无可奈何的时候，我只好暂用“流浪汉”三字来翻译，自然也不是十分合式的。我以为 Gentleman、Vagabond 这些字所以这么刁钻古怪，是因为它们被人们活用得太久，原来的意义已消失。于是每个人用这个字的时候都添些自己的意思，这字的涵义越大，更加好活用了。因此在中国寻不出一个能够引起那么多的联想的字来。本来Gent1eman、Vagabond这两个词和财产都有关系的,一个是拥有财产,丰衣足食的公子;一个是毫无恒产,四处飘零的穷光蛋。因为有钱,自然能够受良好的教育,行动举止也温文尔雅,谈吐也就蕴藉不俗,更不至于跟人铢锱必较,言语冲撞了。Gent1eman这字的意义就由世家子弟一变变作斯文君子。所以现在我们不管一个人出身的贵贱,财产的有无,只要他的态度是温和,做人很正直,我们都把他当作Gentleman。一班穷酸的人们被人冤枉时节,也可以答辩道:"我虽然穷,却是个Gent1eman。"Vagabond这个字意义的演化也经过了同样的历程,本来只指那班什么财产也没有,天天随便混过去的人们。他们既没有一定的职业,有时或者也干些流氓的勾当。但是他们整天随遇而安,倒也无忧无虑,他们过惯了放松的生活,所以就是手边有些钱,也是糊里糊涂地用光,对人们当然是很慷慨的。他们没有身家之虑,做事也就痛痛快快,并不像富人那种畏首畏尾,瞻前顾后。酒是大杯地喝下去,话是随便地顺口开河,有时也胡诌些有趣味的谎语。他们万事不关怀,天天笑呵呵,规矩的人们背后说他们没有责任心。他们与世无争,既不会桌上排着一斗黄豆,一斗黑豆,打算盘似的整天数自己的好心思和坏心思,也不会皱着眉头,弄出连环巧计来陷害人们。他们的行为是糊涂的,他们的心肠是好的。他们是大个顽皮小孩,可是也带了小孩的天真。他们脑里存了不少奇奇怪怪的幻想,满脸春风,老是笑眯眯的,一些心机也没有……我们现在把凡是带有这种心情的人们都叫做Vagabond,就是他们是王侯将相的子孙,生平没有离开过家乡也不碍事。他们和中国古代的侠客有些相像,可是他们又不像侠客那样朴刀横腰,给夸大狂迷住,一脸凶气,走遍天下专为打不平。他们对于伦理观念,没有那么死板地痴痴着。我不得已只好翻作"流浪汉",流浪是指流浪的心情,和我所赞美的流浪汉或者同守深闺的小姐一样,终生未出乡里一步。

英国十九世纪末叶的诗人和小品文作家史密斯Alexander Smith对于流浪汉是无限地颂扬。他有一段描写流浪汉的文章,说得很妙。他说:"流浪汉对于

很多事情的确有他的特别意见。比如他从小是同密尼表妹一起长大,心里很爱她,而她小孩时候对于他的感情也是跟着年龄热烈起来,他俩结合后大概也可以好好地过活,他一定把她娶来,并没有考虑到他们的收入将来能够不能够允许他请人们来家里吃饭或者时髦地招待朋友。这自然是太鲁莽了。可是对于流浪汉你是没法子说服他。他自己有他一套再古怪不过的逻辑(他自己却以为是很自然的推论),他以为他是为自己娶亲的,并不是为招待他的朋友的缘故;他把得到一个女人的真心同纯洁的胸怀比袋里多一两镑钱看得重得多。规矩的人们不爱流浪汉。那班膝下有还未出嫁的姑娘的母亲特别怕他——并不是因他为子不孝,或者将来不能够做个善良的丈夫,或者对朋友不忠,但是他的手不像别人的手,总不会把钱牢牢地握着。他对于外表丝毫也不讲究。他结交朋友,不因为他们有华屋美酒,却是爱他们的性情,他们的好心肠,他们讲笑话听笑话的本领,以及许多别人看不出的好处。因此他的朋友是不拘一类的,在富人的宴会里却反不常见到他的踪迹。我相信他这种流浪态度使他得到许多好处。他对稀奇古怪的地方都有接触过。他对于人性晓得更透彻,好像一个人走到乡下,有时舍开大路,去凭吊荒墟古冢,有时在小村逆旅休息,路上碰到人们也攀谈起来,这种人对乡下自然比那坐在四轮马车里骄傲地跑过大道的知道得多,我们因为这无理的骄傲,丢失了不少见识。一点流浪汉的习气都没有的人是没有什么价值的。"史密斯说到流浪汉的成家立业的法子,可见现在所谓的流浪汉并不限于那无家可归,脚跟如蓬转的人们。史密斯所说的只是一面,让我再由另一个观察点——流浪汉和 Gentleman 的比较——来论流浪汉,这样子一些一些凑起来或者能够将流浪汉的性格描摹得很完全,而且流浪汉的性格复杂万分(汉既以流浪名,自不是安分守己,方正简单的人们),绝不能一气说清。

英国文学里分析 Gentleman 的性格最明晰深入的文章,公推是那位叛教分子纽门 G.H.Newman(纽门,英国作家,红衣主教)的《大学教育的范围同性质》。纽门说:"说一个人他从来没有给别人以苦痛,这句话几乎可以做'君子'的定义……'君子'总是从事于除去许多障碍,使同他接近的人们能够自然地随意行动;'君子'对于他人行动是取赞同合作态度,自己却不愿开首主动……真正的'君子'极力避免使同他在一块的人们心里感到不快或者颤震,以及一切意见的冲突或者感情的碰撞,一切拘束、猜疑、沉闷、怨恨;他最关心的是使每个人都很随便安逸像在自己家里一样。"这样小心翼翼的君子,我们当然很愿意和他们结交,但是若使天下人都是这么我让你,你体贴我,扭扭捏捏的,谁也都是捧着同情等着去附和别人的举动,可是谁也不好意思打头阵。你将就我,我将就你,大家天天只有个互相将就的目的,此外是毫无成见的,这种的世界和平固然很和平,可惜是死国的和平。迫得我们不得不去欢迎那豪爽英迈,勇往直前的流浪汉。他对于自己一时兴想到干的事趣味太浓厚了,只知道口里吹着调子,放手做去,既不去打算这事对人是有益是无益,会成功还是容易失败,自然也没有虑及别人的心灵会不会被他搅乱,而且"君子"们袖手旁观,本是无可无不可的,大概总会穿着白手套轻轻地鼓掌。流浪汉干的事情不一定对社会有益,造福于人群,可是他那股天不怕,地不怕,不计得失,不论是非的英气总可以使这麻木的世界呈现些许生气,给"君子"们以赞助的材料,免得"君子"们整天掩着手打呵欠(流浪汉才会痛快地打呵欠,"君子"们总是像林黛玉那样子抿着嘴儿)找不出话讲。我承认偷情的少女,再嫁的寡妇都是造福于社会的,因为没有她们,那班贞洁的小姐,守节的孀妇就失丢了谈天的材料,也无从来赞美自己了。并且流浪汉整天瞎闹过去,不仅目中无人,简直把自己都忘却了。真正的流浪汉之所以不会引起人们的厌恶,因为他已经做到无人无我的境地,那一刹那间的冲动是他唯一的指导,他自己爱笑,也喜欢看别人的笑容,别的他什么也不管了。

"君子"们处处为他人着想,弄得不好,反使别人怪难受,倒不如流浪汉的有饭大家吃,有酒大家喝,有话大家说,先无彼此之分,人家自然会觉得很舒服,就是有冲撞地方,也可以原谅,而且由这种天真的冲撞更可以见流浪汉的毫无机心。真是像中国旧文人所爱说文章本天成,妙手偶得之,流浪汉任性顺情,万事随缘,丝毫没有想到他人,人们却反觉得他是最好的伴侣,在他面前最能够失去世俗的拘束,自由地行动。许多人爱流连在乌烟瘴气的酒肆小茶店里,不愿意

去高攀坐在王公大人们客厅的沙发上,一班公子哥儿喜欢跟马夫下流人整天搭伙,不肯到他那客气温和的亲戚家里走走,都是这种道理。纽门又说:“君子知道得很清楚,人类理智的强处同弱处,范围同限制。若使他是个不信宗教的人,他是太精明太雅量了,绝不会去嘲笑或者反宗教;他太智慧了,不会武断地或者热狂地反教。他对于虔敬同信仰又相当尊敬,有些制度他虽然不肯赞同,可是他还以为这些制度是可敬的良好的或者有用的;他礼遇牧师,自己仅仅是不谈宗教的神秘,没有去攻击否认。他是信教自由的赞助者,这并不只是因为他的哲学教他对于各种宗教一视同仁,一半也是由于他的性情温和近于女性,凡是有文化的人们都是这样。”

这种人修养功夫的确很到家,可谓火候已到,丝毫没有火气,但是同时也失去活气,因为他所磨炼去的火是 Prometheus(普罗米修斯)由天上偷来做人们灵魂用的火。十八世纪第一画家 Reynolds(雷诺兹,英国画家)是位脾气顶好的人,他的密友约翰生(就是那位麻脸的胖子)一天对他说:“Reynolds 你对于谁也不恨,我却爱那个恨人的人。”约翰生伟大的脑袋蕴蓄着许多对于人生微妙的观察,他通常冲口而出的牢骚都是入木三分的慧话。恨人恨得好(a good hater)真是一种艺术,而且是人人不可不讲究的。我相信不会热烈地恨人的人也是不知道怎地热烈地爱人。流浪汉是知道如何恨人,如何爱人。他对于宗教不是拼命地相信,就是尽力地嘲笑。Donne(约翰·顿,英国教士,诗人),Herrick(罗·赫里克,英国传教士,诗人),Cellini(B. 塞里尼,意大利作家,雕刻家)都是流浪汉气味十足的人,他们对于宗教都有狂热;Voltaire(伏尔泰),Nietzsche(尼采,德国哲学家)这班流浪汉就用尽俏皮的词句,热嘲冷讽,掉尽花枪,来讥骂宗教。在人生这幕悲剧的喜剧或者喜剧的悲剧里,我们实在应该旗帜分明地对于一切不是打倒,就是拥护,否则到处妥协,灰色地独自踯躅于战场之上,未免太单调了,太寂寞了。

我们既然知道人类理智的能力是有限的,那么又何必自作聪明,僭居上帝的地位,盲目地对于一切主张都持个大人听小孩说梦话态度,保存一种白痴的无情脸孔,暗地里自夸自己的眼力不差,晓得可怜同原谅人们低弱的理智。真正对于人类理智的薄弱有同情的人是自己也加入跟着人们胡闹,大家一起乱来,对人们自然会有无限同情。和人们结伙走上错路,大家当然能够不言而喻地互相了解。当浊酒三杯过后,大家拍桌高歌,莫名其妙地相视而笑,莫逆于心,那时人们才有真正同情,对于人们的弱点又愿意谅解,并不像"君子"们的同情后面常带有我佛如来怜悯众生的冷笑。我最怕那人生的旁观者,所以我对于厚厚的《约翰生传》会不倦地温读,听人提到Adison(爱迪逊,英国诗人,散文家)的旁观报就会皱眉,虽然我也承认他的文章是珠圆玉润,修短适中,但是我怕他那像死尸一般的冰冷。纽门自己说"君子"的性情温和近于女性(The gentleness and effeminacy of feeling),流浪汉虽然没有这类在台上走S式步伐的旖旎风光,他却具有男性的健全。他敢赤身露体地和生命肉搏,打个你死我活。不管流浪汉的结果如何,他的生活是有力的,充满趣味的,他没有白过一生,他尝尽人生的各种味道,然后再高兴地去死的国土里遨游。这样在人生中的趣味无穷翻身打滚的态度,已经值得我们羡慕,绝不是女性的"君子"所能晓得的。

耶稣说过:"凡想要保全生命的,必丧掉生命。凡丧掉生命的,必救活生命。"流浪汉无时不是只顾目前的痛快,早把生命的安全置之度外。可是他却无时不尽量地享受生之乐。守己安分的人们天天守着生命,战战兢兢,只怕丢失了生命,反把生命真正的快乐完全忽略,到了盖棺论定,自己才知道白宝贵了一生的生命,却毫无受到生命的好处,可惜太迟了,连追悔的时候都没有。他们对于生命好似守财奴的念念不忘于金钱,不过守财奴还有夜夜关起门来,低着头数血汗换来的钱财的快乐,爱惜生命的人们对于自己的生命,只有刻刻不忘的担心,连这种沾沾自喜的心情也没有,守财奴为了金钱缘故还肯牺牲了生命,比那什么想头也消失了,光会顾惜自己皮肤的人们到底是高一等,所以上帝也给他那份应得的快乐。用句罗素的老话,流浪汉对于自己生命不取占有冲动,是被创造冲动的势力鼓舞着。实在说起来,宇宙间万事万物流动不息,哪里真有常住的东西。只有灭亡才是永存不变的,凡是存在的天天总脱不了变更,这真

是“法轮常转”。Walter Pater(裴特尔,英国散文家)在他的《文艺复兴研究》的结论中曾将这个意思说得非常美妙,可惜写得太好了,不敢翻译。尤其生命是瞬刻之间,变幻万千的,不跳动的心是属于死人的。所以除非顺着生命的趋势,高兴地什么也不去管往前奔,人们绝不能够享受人生。

近代小品文家 Jackson(杰克逊,美国法学家)在他那篇论“流浪汉”文里说:“流浪汉在如人生命的波涛汹涌的狂潮里生活。”他不把生命紧紧地拿着(普通人将生命握得太紧,反把生命弄僵化死了),却做生命海中的弄潮儿,伸开他的柔软身体,跟着波儿上下,他感觉到处处触着生命,他身内的热血也起共鸣。最能够表现流浪汉这种精神的是美国放口高歌、不拘韵脚的惠提曼(Walt Whitman)。他那本诗集《草之叶》(Leaves of Grass)里句句诗都露出流浪汉的本色,真可说是流浪汉的圣经。流浪汉生活之所以那么有味,一半也由于他们的生活是很危险的。踢足球,当兵,爬悬崖峭壁……之所以会那么饶有趣味,危险性也是一个主因。在这个单调寡趣,平淡无奇的人生里凡有血性的人们常常觉到不耐烦,听到旷野的呼声,猿人时代啸游山林,到处狩猎的自由化做我们的本能,潜伏在黑礼服的里面,因此我们时时想出外涉险,得个更充满的不羁生活。万顷波涛的大海谁也知道覆灭过无数的大船,可是年年都有许多盎格罗·萨格逊的小孩恋着海上危险的生涯,宁愿抛弃家庭的安逸,违背父母的劝谕,跑去过碧海苍天中辛苦的水手生涯。海之所以会有那么大的魔力就是因为它是世上最险的地方,而身心健全的好汉哪个不爱冒险,爱慕海洋的生活,不仅是一“海上夫人”而已也。所以海洋能够有小说家们像 Marryat(墨雅特,英国小说家),Cooper(科伯,英国诗人),Loti(洛蒂,法国小说家),Conrad(康拉德,英国小说家),等等去描写它,而他们的名著又能够博多数人的同情。蔼理斯曾把人生比作跳舞,若使世界真可说是个跳舞场,那么流浪汉是醉眼蒙眬,狂欢地跳二人旋转舞的人们。规矩的先生们却坐在小桌边无精打采地喝无聊的咖啡,空对着似水的流年惆怅。

流浪汉在无限度地享受当前生活之外,他还有丰富的幻想做他的伴侣。

Dickens(狄更斯,英国小说家)的《块肉余生述》(今译《大卫·科波菲尔》)里面的Micawber在极穷困的环境中不断地说:“我们快交好运了。”这确是流浪汉的本色。他总是乐观的,走的老是蔷薇的路。他相信前途一定会光明,他的将来果然会应了他的预测,因为他一生中是没有一天不是欣欣向荣的,就是悲哀时节,他还是肯定人生,痛痛快快地哭一阵后,他的泪珠已滋养大了希望的根苗。他信得过自己,所以他在事情还没有做出之前,就开口说莲花,说完了,另一个新的冲动又来了,他也忘却自己讲的话,那事情就始终没有干好。这种言行不能一致,孔夫子早已反对在前,可是这类英气勃勃的矛盾是多么可爱!蔼理斯在他的名著《生命的跳舞》里说:“我们天天变更,世界也是天天变更,这是顺着自然的路,所以我们表面的矛盾有时就全体来看却是个深一层的一致。”(他的话大概是这样,一时记不清楚。)流浪汉跟着自然一团豪兴,想到哪里就说到哪里,他的生活是多么有力。行为不一定是天下一切主意的唯一归宿,有些微妙的主张只待说出已是值得赞美了,做出来或者反见累赘。神话同童话里的世界哪个不爱,虽然谁也知道这是不能实现的。流浪汉的快语在惨淡的人生上布一层彩色的虹。这就很值得我们谢谢了,并且有许多事情起先自己以为不能胜任,若使说出话来,因此不得不努力去干,倒会出乎意料地成功。倘然开头先怕将来不好,连半句话也不敢露,一碰到障碍,就随它去,那么我们的做事能力不是一天天退化了。一定要言先乎事,做我们努力的刺激,生活才有兴味,才有发展。就是有时失败,富有同情心的人们定会原谅,尖酸刻薄,人们的同情是得不到的,并且是不值一文的。我们的行为全藉幻想来提高,所以Masefield(梅斯菲尔德,英国文学家)说:“缺乏幻想能力的人民是会灭亡的。”幻想同矛盾是良好生活的经纬。流浪汉心里想出七古八怪的主意,干出离奇矛盾的事情。什么传统正道也束缚他不住,他真可说是自由的骄子,在他的眼睛里,世界变作天国,因为他过的是天国里的生活。

若使我们翻开文学史来细看,许多大文学家全带有流浪汉气味。Shakespeare(莎士比亚)偷过人家的鹿,Ben Jonson(本·约森,英国诗人,剧作家)，Marlowe(马娄，英国作家，诗人)等都是 Mermaid Tavern 这家酒店的老主顾，Goldsmith(古尔德史密斯，爱尔兰文学家)吴市吹箫，靠着他的口笛遍游大陆，Steele(斯蒂尔，英国散文家)整天忙着躲债，Charles Lamb(兰姆，英国作家)，Leigh Hunt(亨特，英国作家)癫头癫脑，吃大烟的 Coleridge(柯勒律治，英国诗人，哲学家)，De Quincey(德昆西，英国散文家)更不用讲了，拜伦、雪莱、济兹那是谁也晓得的。就是 Wordsworth(华兹华斯，英国诗人)那么道学先生神气，他在法国时候，也有过一个私生女，他有一首有名的十四行诗就是说这个女孩。目光如炬专说精神生活的塔果尔，小孩时候最爱的是逃学。Browning(勃朗宁，英国诗人)带着人家的闺秀偷跑，Mrs. Browning(勃朗宁夫人)违着父亲淫奔，前数年不是有位好事先生考究出 Dickens(狄更斯)年轻时许多不轨的举动，其他如 Swinburne(斯文伯恩，英国诗人，批评家)，Stevenson(斯蒂文生，英国小说家)以及黄书杂志那班唯美派作家那是更不用说了。为什么偏是流浪汉才会写出许多不朽的书，让后来“君子式”的大学生整天整夜按部就班地念呢？头一下因为流浪汉敢做敢说，不晓得掩饰求媚，委曲求全，所以他的话真挚动人。有时加上些瞒天大谎，那谎却是那样大胆地杜撰的，是一般拘谨人和假君子所绝对不敢说的。谎言因此有谎言的真实在，这真实是扯谎者的气魄所逼成的。而且文学是个性的结晶，个性越显明，越能够坦白地表现出来，那作品就更有价值。流浪汉是具有出类拔萃的个性的人物，他们的思想同行事全有他们的特别性格的色彩，他们豪爽直截的性情使他们能够把这种怪异的性格跃然地呈现于纸上。史密斯说得不错：“天才是个流浪汉。”希腊哲学家讲过知道自己最难，所以在世界文学里写得好的自传很少，可是世界中所流传几本不朽的自传全是流浪汉写的。Cellini(B. 塞里尼，意大利雕刻家，作家)杀人不眨眼，并且敢明明白白地记下，他那回忆录《Memoirs》过了几千年还没有失去光辉。Augustine(奥古斯丁，古罗马思想家)少年时放荡异常，他的忏悔录却同托尔斯泰(他在莫斯科纵欲的事迹也是不可告人的)的忏悔录，卢梭的《忏悔录》同垂不朽。富兰克林也是有名的流浪汉，不管他怎样假装做正人君子，他那浪子的骨头总常常露出，只要一念 Cobbett(考贝特,英国新闻记者)攻击他的文章就知道他是多么古怪的一个人。De Quincey(德昆西)的《英国一个吃鸦片人的忏悔录》,这个名字已经可以告诉我们那内容了。做《罗马衰亡史》的 Gibbon(吉朋,英国历史学家),他年轻时候爱同教授捣乱,他那本薄薄的自传也是个愉快的读物。Jeffries(杰弗里斯,英国小说家)一心全在自然的美上面,除开游荡山林外,什么也不注意,他那《心史》是本冰雪聪明,微妙无比的自白。记得从前美国一位有钱老太太希望她的儿子成个文学家,写信去请教一位文豪,这位文豪回信说:"每年给他几千镑,让他自己鬼混去罢。"这实在是培养创造精神的无上办法。我希望想写些有生气的文章的大学生不死滞在文科讲堂里,走出来当一当流浪汉罢。最近半年北大的停课对于中国将来文坛大有裨益,因为整天没有事只好逛市场跑前门的文科学生免不了染些流浪汉气息。这种千载一时的机会,希望我那些未终业的同学们好好地利用,免贻后悔。

前几年才死去的一位英国小说家 Conrad(康拉德)在他的散文集《人生与文学》内,谈到一位有流浪汉气的作家 Luffmann,说起有许多小女读他的书以后,写信去向他问好,不禁醋海生波,顾影自怜地(虽然他是老舟子出身)叹道:"我平生也写过几本故事(我不愿意无聊地假装自谦)既属纪实,又很有趣。可是没有女人用温柔的话写信给我。为什么?只是因为我没有他那种流浪汉气。家庭中可爱的专制魔王对于这班无法无天的人物偏动起怜惜的心肠。"流浪汉确是个可爱的人儿,他具有完全的男性,情怀潇洒,磊落大方,哪个怀春的女儿见他不会倾心。俗语说:"痴心女子负心汉。"就是因为负心汉全是处处花草颠连的浪子,什么事情都不放在心头,他那痛快淋漓的气概自然会叫那老被人拘在深闺里的女孩儿一见心倾,后来无论他怎地负心总是痴心地等待着。中古的贵女爱骑士,中国从前的美人爱英雄,总是如花少女对于风尘中飘荡人的一往情深的表现。红拂的夜奔李靖,乌江军帐里的虞姬,随着范蠡飘荡五湖的西施……这些例子也不知道有多少。清朝上海窑子爱姘马夫,现在电影明星姘汽车夫,姨太太跟马弁偷情也是同样的道理。总之流浪汉天生一种叫人看着不得

不爱的情调，他那种古怪莫测的行径刚中女人爱慕热情的易感心灵。岂只女人的心见着流浪汉会融，我们不是有许多瞎闹胡乱用钱行事乖张的朋友，常常向我们借钱捣乱，可是我们始终恋着他们率直的态度，对他们总是怜爱帮忙。天下最大的流浪汉是基督教里的魔鬼，可是哪个人心里不喜欢魔鬼。在莎士比亚以前英国神话剧盛行的时候，丑角式的魔鬼一上场，大家都忙着拍手欢迎，魔鬼的一举一动看客必定跟着捧腹大笑。Robert Lynd（林德，爱尔兰散文家）在他的小品文集《橘树》里《论魔鬼》那篇中说："《失乐园》诗中所说的撒旦在我们想象中简直等于儿童故事里面伟大英猛的海盗。"凡是儿童都爱海盗，许多人念了密尔敦史诗觉得诡谲的撒旦比古板的上帝来得有趣得多。魔鬼的堪爱地方太多了，不是随便说得完，留得将来为文细论。

清末有几位王公贝勒常在夏天下午换上叫花子的打扮，偷跑到什刹海路旁口唱莲花向路人求乞，黄昏时候才解下百衲衣回王府去。我在北京住了几年，心中很羡慕旗人知道享乐人生，这事也是一个证明。大热天气里躺在柳荫底下，顺口唱些歌儿，自在地饱看来往的男男女女；脱下朝服，着半件轻轻的破衫，尝一尝暂时流浪生活的滋味，这是多么知道享受人生。戏子的生活也是很有流浪汉的色彩，粉墨登场，去博人们的笑和泪，自己仿佛也变作戏中人物，清末宗室有几位很常上台串演，这也是他们会寻乐的地方。白浪滔天半生奔走天下，最后入艺者之家，做一伶门弟子，他自己不胜感慨，我却以为这真是浪人应得的涅槃。不管中外，戏子女优必定是人们所喜欢的人物，全靠着她们是社会中最明显的流浪汉。Dickens（狄更斯）的小说所以会那么出名，每回出版新书时候，要先通知警察到书店门口守卫，免得购书的人争先恐后打起架来，也是因为他书内大角色全是流浪汉，Pick-wick 俱乐部那四位会员和他们周游中所遇的人们，《双城记》中的 Carton 等等全是第一等的流浪汉。《儒林外史》的杜少卿，《水浒》的鲁智深，《红楼梦》的柳二郎，《老残游记》的补残老是深深地刻在读者的心上，变成模范的流浪汉。

流浪汉自己一生快活，并且凭空地布下快乐的空气，叫人们看到他们也会高兴起来，说不出地喜欢他们，难怪有人说："自然创造我们的时候，我们个个都是流浪汉，是这俗世把我弄成个讲究体面的规矩人。"在这点我要学着卢梭，高呼"返于自然"。无论如何，在这麻木不仁的中国，流浪汉精神是一剂极好的兴奋剂，是最需要的强心针。就是把什么国家，什么民族一笔勾销，我们也希望能够过个有趣味的一生，不像现在这样天天同不好不坏，不进不退的先生们敷衍。写到这里，忽然记起东坡一首《西江月》，觉得很能道出流浪汉的三昧，就抄出做个结论罢！

顷在黄州，春夜行蕲水中，过酒家，饮酒醉。乘月至一溪桥上，解鞍曲肱，醉卧少休。及觉已晓，乱山攒拥，流水锵然，疑非尘世也。书此语桥柱上。

照野弥弥浅浪，
横空隐隐层霄，
障泥未解玉骢骄，
我欲醉眠芳草。
可惜一溪风月，
莫教踏碎琼瑶，
解鞍欹枕绿杨桥，
杜宇一声春晓。

久仰得很

邹韬奋

说谎话是恶习惯，是不名誉的事，这是大家都知道的，但是在中国社交方面，有一种“当面说谎话”而犹自以为“有礼貌”！寻常遇着一位生人，无论是由自己问起“尊姓大名”，或是由熟友介绍，第一次总要说一句“久仰得很”！这句话对于真有声望的人说，还说得过去，但通常无论第一次遇着的阿猫阿狗，总要说“久仰得很”！嘴里尽管这样说，心里到底“仰”不“仰”，似乎一点不管！有一次我遇某校开校友会，欢迎该校新校长，开会之前，那位做主席的朋友，未曾问清那位新校长的“大名”，后来他立起来致开会词，大说“这位新校长是我们久仰得很的”。开会辞说完之后，他要想请新校长演说，叫不出他的“大名”，只得左右顾盼，窃问他的“大名”，窃问了还不够，还要张着喉咙宣言：“这位新校长的大名，我还没有请教过，对不住得很！”连“大名”都没有听见过，居然“久仰得很”，不知道他到底“仰”些什么？西方第一次看见生人，常说“我见你很愉快”，说这句话的人到底心里愉快不愉快，当然也很难说，但是比对于一点不知道的人大吹其“久仰得很”，似乎近情些。

礼俗与民生

许地山

礼俗是合礼仪与风俗而言。礼是属于宗教的及仪式的;俗是属于习惯的及经济的。风俗与礼仪乃国家民族的生活习惯所成,不过礼仪是比较强迫的,风俗是比较自由的。风俗的强迫不如道德那么属于主观的命令,也不如法律那样有客观的威胁,人可以遵从它,也可以违背它。风俗是基于习惯,而此习惯是于群己都有利,而且便于举行和认识。我国古来有"风化""风俗""政俗""礼俗"等名称。风化是自上而下言;风俗是自一社团至一社团言;政俗是合法律与风俗言;礼俗是合道德与风俗言。唐朝的书刘子风俗篇说:"风者气也;俗者习也。土地水泉,气有缓急,声有高下,谓之风焉。人居此地,习以成性,谓之俗焉。风有薄厚,俗有淳浇,明王之化,当称风使之雅,易俗使之正。是以上之化下,亦为之风焉。民习而行,亦为之俗焉……"我国古代书中说礼俗是和地方环境有密切关系的,地方环境实际上就是经济生活。所以风俗与民生有相因而成的关系。

人类和别的动物不同的地方,最显然的是他有语言文字的衣冠和礼仪。礼仪是社会的产物,没有社会也就没有礼仪风俗。古代社会几乎整个生活是被礼仪风俗所捆绑住,所谓礼仪三百,成仪三千,是指人没有一举一动不是在礼仪与

习俗里头。在风俗里最易辨识的是礼仪,它是一种社会公认的行为,用来表示精神与物质的生活的象征、行为的警告、和危机的克服。不被公认的习惯,便不是风俗,只可算为人或家族的特殊行为。

生活的象征。所谓生活的象征,意思是我们在生活上有种种方面,如果要在很短的时间把它们都表现出来,那是不可能的,不得已就得用身体的动作表示出来。

如此,有人说,中国人的"作揖",是种地时候,拿锄头刨土的象征行为。有时两个人相见,彼此的语言不一定相通,但要表示友谊时,作揖是彼此生活上共同的行为,意思是说,"你要我帮忙种地,我很喜欢效劳"。朋友本有互助的情分,所以这刨土的姿势,便成表现友谊的"作揖"了。又如欧洲人"拉手或顿手"与中国的"把臂"有点相同,不过欧洲的文化是从游牧民族生活发展的,不像中国作揖是从农业文化发展的,拉手是象征赶羊入圈的互助行为。又如,中国的叩头礼,原是表示奴隶对于主人的服从;欧洲的脱帽礼原是武士遇到人家,把头盔脱下,表示解除武装,不伤害人的意思。这些都是生活的象征。

行为的警告。依据生活的经验,凡在某种情境上不能做某样事,或得做某样事,于是用一种仪式把它表示出来。好像官吏就职的宣誓典礼,是为警告他在职位时候应尽忠心,不得做辜负民意的事情。又如西洋轮船下水时,要行香槟酒瓶礼,据说是不要船上的水手因狂饮而误事的意思。又如古代社会的冠礼,多半是用仪式来表示成年人在社会里应尽的义务,同时警告他不要做那违抗社会或一个失败的人。

危机的克服。人在生活的历程上,有种种危机。如生产的时候,母子的性命都很危险。这危险的境地,当在过得去与过不去之间,便是一个危机。从旧生活要改入新生活的时期,也是一个危机。如社会里成年的男女,在没有结婚的时候,依赖父母家长,一到结婚时候,便要从依赖的生活进入独立的生活,在这个将入未入的境地,也是生活的一个危机。因所要娶要嫁的男女在结合以后,在生活上能否顺利地过下去,是没有把握的。又如家里的主人就是担负一家经济生活的主角,一旦死了,在这主要的生产者过去,新的主要生产者将要接上的时候,也是一个危机。过年过节,是为时间的进行,于生产上有利不利的可能，所以也是一种危机。风俗礼仪由巫术渐次变成，乃至生活方式变迁了，仍然保留着，当做娱乐日，或休息日。

礼俗与民生的关系从上述所说三点的演进可以知道。生活上最大的四个阶段是生、冠、婚、丧。生产的礼俗现在已渐次消灭了。女人坐月子，三朝洗儿，周岁等，因生活形式改变，社会组织更变，知识生活提高，人们也不再找这些麻烦了。

做生日并不是古礼，是近几百年官僚富家借此夸耀及收受礼物的勾当，我想这是应当要禁止的。冠礼也早就不行了。在礼仪上，与民生最有关系的是婚礼与丧礼。这两礼原来会有很重的巫术色彩，人是要用巫术把所谓不祥的境遇克服过来。现在拿婚礼来说，照旧时的礼仪，新娘从梳头、上轿，乃至三朝回门，层层节节，都有许多禁忌，许多迷信的仪式，如像新娘拿镜子，新郎踢轿门，闹新人等等，都含有巫术在内。说到丧礼，迷信行为更多，因为人怕死鬼，所以披麻，变形，神主所以点主，后来生活进步，便附上种种意义，人因风习也就不问而随着做了。

今天并不是要讲礼俗之起源，只要讲我们应当怎样采用礼仪，使它在生活上有意思而不至于浪费时间、金钱、与精力。礼仪与风俗习惯是人人都有的，但行者须顾到国民的经济生活。自入民国以来，没工夫顾到制礼作乐，变服剪发乃成风俗，不知从此例的没顾到国民的经济与工业，以致简单的纽扣一项，每年不知向外买入多少，有的矫枉过正，变本加厉，只顾排场，不管自己财力如何，有的甚至全盘采取西礼。要知道民族生存是赖乎本地生活上的传统习惯和理想，如果全盘采用别人的礼仪风俗，无异自己毁灭自己，古人说要灭人国，得先灭人的礼俗，所以婚丧应当保留固有的，如其不便，可从简些。风俗礼仪凡于生活上没有经验的，可以不必去学人家，像披头纱，拿把花，也于我们没有意义，为何要行呢？至于贺礼，古人对于婚丧在亲友分上，本有助理之分，不过得有用，现在人最没道理的是送人银盾，丧礼的幛，甚至有子送终父母的，也是男用女语女用男语的，最可笑的，有个殡仪，幛上写着“川流不息”！这又是乱用了。丧礼而张灯结彩，大请其客，也应该的，婚礼有以“文凭”为嫁妆扛着满街游行的，这也不对。

故生活简单,用钱的机会少,所以一旦有事,要行繁重的仪式,但也得依其人之经济与地位而行,不是随意的。

生产方式变迁,礼俗也当变,如丧礼在街游行,不过是要人知道某人已死,而且是个好人,因城市上个个那么忙,谁有心读个人的历史呢?礼仪与民生的关系密切,有时因习俗所驱,有人弄到倾家荡产,故当局者应当提倡合乎国民生活与经济的礼俗,不让固有的文化沦丧了。

夏的歌颂

庐　隐

出汗不见得是很坏的生活吧，全身感到一种特别的轻松。尤其是出了汗去洗澡，更有无穷的舒畅，仅仅为了这一点，我也要歌颂夏天。

其久被压迫，而要挣扎过——而且要很坦然地过去，这也不是毫无意义的生活吧——春天使人柔困，四肢瘫软，好像受了酒精的毒，再无法振作；秋天呢，又太高爽，轻松使人忘记了世界上有骆驼——说到骆驼，谁也不忘了它那高峰凹谷之间的重载，和那慢腾腾，不尤不怨地往前走的姿势吧！冬天虽然是风雪严厉，但头脑尚不受压轧。只有夏天，它是无隙不入地压迫你，你每一个毛孔，每一根神经，都受着重大的压轧。同时还有臭虫蚊子苍蝇助虐地四面夹攻，这种极度紧张的夏日生活，正是训练人类变成更坚强而有力量的生物。因此我又不得不歌颂夏天！

二十世纪的人类，正度着夏天的生活——纵然有少数阶级，他们是超越天然，而过着四季如春享乐的生活，但这太暂时了，时代的轮子，不久就要把这特殊的阶级碎为齑粉——夏天的生活是极度紧张而严重，人类必要努力地挣扎过，尤其是我们中国不论士农工商军，哪一个是喘着气，出着汗，与紧张压迫的生活拼命呢？脆弱的人群中，也许有诅咒，但我却以为只有虔敬地承受，我们尽量地出汗，我们尽量地发泄我们的生命之力，最后我们的汗液，便是甘霖的源泉，这炎威逼人的夏天，将被这无尽的甘霖所毁灭，世界变成清明爽朗。

夏天是人类生活中，最雄伟壮烈的一个阶段，因此，我永远地歌颂它。

窗外的春光

庐 隐

几天不曾见太阳的影子,沉闷包围了她的心。今早从梦中醒来,睁开眼,一线耀眼的阳光已映射在她红色的壁上,连忙披衣起来,走到窗前,把洒着花影的素幔拉开。前几天种的素心兰,已经开了几朵,淡绿色的瓣儿,衬了一颗朱红色的花心,风致真特别,即所谓"冰洁花丛艳小莲,红心一缕更嫣然"了。同时一股沁人心脾的幽香,喷鼻醒脑,平板的周遭,立刻涌起波动,春神的薄翼,似乎已扇动了全世界凝滞的灵魂。

说不出是喜悦,还是惆怅,但是一颗心灵涨得满满的——莫非是满园春色关不住——不,这连她自己都不能相信,然而仅仅是为了一些过去的眷恋,而使这颗心不能安定吧!本来人生如梦,在她过去的生活中,有多少梦影已经模糊了,就是从前曾使她惆怅过,甚至于流泪的那种情绪,现在也差不多消逝净尽,就是不曾消逝的而在她心头的意义上,也已经变了色调,那就是说从前以为严重了不得的事,现在看来,也许仅仅只是一些幼稚的可笑罢了!

兰花的清香,又是一阵浓厚地包袭过来,几只蜜蜂嗡嗡地在花旁兜的圈子,她深切地意识到,窗外已充满了春光,同时二十年前的一个梦影,从那深埋的心底复活了:一个仅仅十零岁的孩子,为了脾气的古怪,不被家人们了解,于是把她送到一所囚牢似的教会学校去寄宿。那学校的校长是美国人——一个五十岁的老处女，对于孩子们管得异常严厉，整月整年不许孩子走出那所筑建庄严的楼房外去。四围的环境又是异样的枯燥，院子是一片沙土地，在角落里时时可以发现被孩子们踏陷的深坑，坑里纵横着人体的骨骼，没有树也没有花，所以也永远听不见鸟儿的歌曲。春风有时也许可怜孩子们的寂寞吧！在那洒过春雨的土地上，吹出一些青草来——有一种名叫“辣辣棍棍”的，那草根有些甜辣的味儿，孩子们常常伏在地上，寻找这种草根，放在口里细细地咀嚼，这可算是春给她们特别的恩惠了！

那个孤零的孩子，处在这种阴森冷漠的环境里，更是犟强，没有朋友，在她那小小的心灵中，虽然还不曾认识什么是世界，也不会给这个世界一个估价，不过她总觉得自己所处的这个世界，是有些乏味，她追求另一个世界。在一个春风吹得最起劲的时候，她的心也燃烧着更热烈的希冀。但是这所囚牢似的学校，那一对黑漆的大门仍然严严地关着，就连从门缝看看外面的世界，也只是一个梦想。于是在下课后，她独自跑到地窖里去，那是一个更森严可怕的地方，四周是石板做的墙，房顶也是冷冰冰的大石板，走进去便有一股冷气袭上来，可是在她的心里，总觉得比那死气沉沉的校舍，多少有些神秘性吧。最能引诱她当然还是那几扇矮小的窗子，因为窗子外就是一座花园。这一天她忽然看见窗前一丛蝴蝶兰和金钟罩，已经盛开了，这算给了她一个大诱惑，自从发现了这窗外的春光后，这个孤零的孩子，在她生命上，也开了一朵光明的花，她每天像一只猫儿般，只要有工夫，便蜷伏在那地窖的窗子上，默然地幻想着窗外神秘的世界。

她没有哲学家那种富有根据的想象，也没有科学家那种理智的头脑，她小小的心，只是被一种天所赋予的热情紧咬着。她觉得自己所坐着的这个地窖，就是所谓人间吧——一切都是冷硬淡漠，而那窗子外的世界却不一样了。那里一切都是美丽的，和谐的，自由的吧！她欣羡着那外面的神秘世界，于是那小小的灵魂，每每跟着春风，一同飞翔了。她觉得自己变成一只蝴蝶，在那盛开着美丽的花丛中翱翔着，有时她觉得自己是一只小鸟，直扑天空，伏在柔软的白云间甜睡着。她整日支着颐不动不响地尽情陶醉，直到夕阳逃到山背后，大地垂下黑幕时，她才怏怏地离开那灵魂的休憩地，回到陌生的校舍里去。

她每日每日照例地到地窖里来，一直过完了整个的春天。忽然她看见蝴蝶

兰残了,金钟罩也倒了头,只剩下一丛深碧的叶子,苍茂地在熏风里撼动着,那时她竟莫名其妙地流下眼泪来。这孩子真古怪得可以,十岁的孩子前途正远大着呢,这春老花残,绿肥红瘦,怎能惹起她那么深切的悲感呢?!但是孩子从小就是这样古怪,因此她被家人所摒弃,同时也被社会所摒弃。在她的童年里,便只能在梦境里寻求安慰和快乐,一直到她否认现实世界的一切,她终成了一个疏狂孤介的人。在她三十年的岁月里,只有这些片段的梦境,维系着她的生命。

阳光渐渐地已移到那素心兰上,这目前的窗外春光,撩拨起她童年的眷恋,她深深地叹息了:"唉,多缺陷的现实的世界呵!在这春神努力地创造美丽的刹那间,你也想遮饰起你的丑恶吗?人类假使连这些梦影般的安慰也没有,我真不知道人们怎能延续他们的生命哟!"

但愿这窗外的春光,永驻人间吧!她这样虔诚地默祝着,素心兰像是解意般地向她点着头。

渴望，生命的华丽蜕变

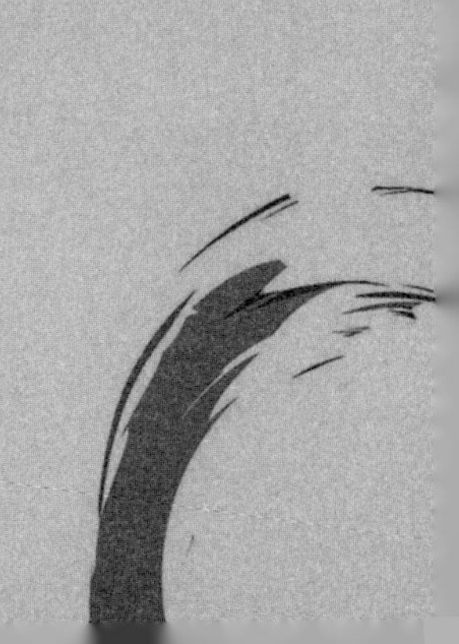

完 美

纪伯伦

兄弟,你问我:人,什么时候才能变得完美?

请听我的回答:

一个人渐臻完美的时候,会感到自己是广阔无垠的宇宙,是浩渺无边的大海,是始终在燃烧的烈火,是永远璀璨夺目的火焰,是时而呼啸、时而静默的大风,是裹挟着电闪、雷鸣、滂沱大雨的云彩,是浅吟悄唱或如泣如诉的溪流,是春天繁花满枝、秋天卸妆的树木,是高耸的峰峦,是深沉的山谷,是有时丰硕富庶、有时荒芜萧索的田园。

倘若这个人感觉到这一切,那他已走完了完美道路的一半。如果他要到达完美道路的尽头,他还应当在内省的时候感到自己是依恋慈母的儿童,是对子嗣负有责任的长者,是正在希望和爱情中彷徨的青年,是正在同过去和未来进行搏斗的中年人,是幽居茅舍的隐士,是身陷囹圄的罪人,是埋头于书稿的学者,是黑夜白昼均无所见的愚人,是置身在信念的鲜花和孤寂的蒺藜之间的修女,是一个正受着利爪和獠牙的撕咬、软弱而怀有需求的娼妓,是满怀痛苦、逆来顺受的穷汉,是贪得无厌却又谦恭备至的富翁,是好在暮霭和朝霞之中徘徊的诗人。

倘若这个人有了上述的体验,明白了这全部的事理,那他就达到了完美,会成为上帝的一个影子。

(冰心 译)

断想钩沉(节选)

泰戈尔

24

我们生活于其中的那个物的世界,在它同爱的世界之间断绝交通的时候,便失去了它的平衡。于是我们就不得不为极低廉的东西,付出灵魂的代价。而这种事情只能发生在物的监狱以其铜墙铁壁永远牢不可破威胁吓唬我们的时候。

于是就引起了可怕的战斗,嫉妒和压迫,争夺空间和机会,因为这些都是有限的。我们痛苦地意识到这种事情的邪恶,努力采取一切措施,在一个残缺不全的真理的狭窄范围内加以调整。这种努力导致失败。只有他帮助了我们,他以他的一生给我们证明:我们有个灵魂,它的住所建筑在爱的王国里,当我们达到精神上自由的境界时,物就无从以其虚假的价格横行霸道欺压我们了。

25

我们所获得的财物控制着我们,我们很难把自己解放出来。因为,财物的吸引力是在把我们导向我们的自我中心。而完美的爱情之力所起的作用,则导向相反的方向。这就是为什么爱情给我们以力量从财物的重压下解放出来的缘故。

所以,我们欢乐的日子,便是我们花费的日子。我们为了求得自由解放,需要的并不是在外在世界里减轻压力,而是有力量轻松愉快地承担世界重压的爱情。

26

仅仅因为我们关闭了通向自由的内在世界的道路,外在世界的苛求便变得可怕之至。继续生活在一个事物存在而其意义被蒙蔽的世界里,那便是接受奴役。已经变得可能由人们这样说了:生存之所以是邪恶的,只不过因为我们在盲目之中错过了我们的生存自有其真理寄托其中的某种事物。如果鸟儿试图只用一只翅膀在天空中飞翔,因为风把它打落在尘土里,它就对风生气。一切破碎不完整的真理都是邪恶的。

它们伤害人的感情,因为它们所建议的,它们可并不提供。死亡并不伤害我们的感情,疾病却伤害我们的感情,因为疾病老是使我们想到健康,却又不把健康给我们。生活在一个半吊子的世界里是邪恶的,因为它在显然并不完美的时候冒充终极的大好世界,给我们酒杯而不给生命之酒。

27

来到人生的戏院里,我们愚蠢地背对舞台而坐。我们看到镀金的柱子和装饰,我们瞧着人群来来往往。末了,灯光熄灭时,我们惶惑地问我们自己:这一切的意义是什么呢?如果我们把注意力集中于内在的舞台,我们就能亲眼目睹灵魂的永恒的爱情的戏剧,得以确信这戏剧有停顿,可是没有尽头,确信豪华的布置并不是事物的壮丽的谵妄状态。

28

当我们在心里把自然和人性分割开来时,我们从外部来批评自然,责备它缺乏同情心和正义感。让烛芯为剩下的蜡烛缺乏光亮而愤怒地燃烧吧,然而,烛芯其实倒是在照明上代表整个儿蜡烛的。

障碍是表达的必然伴侣,而我们知道,语言的积极因素可并不存在于其障碍之中。排除其他因素,专门从障碍这一方面来考察,自然就显得与道德观念互相矛盾了。然而,如果这是绝对正确的话,道德生活就永远不可能存在。

生活,不论是道德的或物质的,都不是个完整圆满的事实,而是一个继续不断的过程,倚靠两个相反的力量——抵制的力量和表达的力量——而活动不息。把这些力量区分成两个互相对立的原则,对我们毫无帮助,因为真理并不存在于敌对之中,而是存在于它继续不断的协调一致之中。

29

真正理解一首诗所需要的良好的审美趣味,来自按照想象力所见到的统一体内的幻象。在我们对人生的领会方面,信念也有同样的功能。它是视觉的精神器官,它使我们在其实只见到部分时得以本能地认识到整体的幻象。怀疑论者也许嘲笑这种幻象是精神错乱所产生的一种幻觉,他们也许用这样一种方式方法选择和安排事实,从而非难信念,然而信念却从来不怀疑它自己对内在真理的直接的心领神会。

内在真理约束人、造就人、治愈人,引导人走向圆满的理想。信念便是我们身心之中对于传遍一切的"是"的肯定的声音的自然而然的响应,因而它是人生的生活里一切创造性力量中最伟大的。它不是仅仅被动地认可真理,而且一直积极努力,以达到同和平、善、爱的团结等互相和谐的境界。

和平存在于宇宙中真理的节奏里,善存在于社会中结合的节奏里,而爱的团结,存在于灵魂中自我实现的节奏里。

仅仅是这样的节奏里的无数破绽,尽管是事实,在一个有信念的人看来,却不足以证明这种节奏是不现实的，正如在音乐家看来，刺耳的曲调和声音等普遍存在的事实，不足以否定音乐的真理。这等事实只不过召唤他鼓足干劲去修补破绽，建立起同真理相和谐的境界。

30

东方破晓，白昼像个蓓蕾突破花苞发为花朵。然而，如果这个事实只属于事物的外在世界，我们又怎么能找到门户进入这种境界呢？这是我们的意识的天空里的一次日出，这是我们的生活里的一个新的创造，一种鲜花初放的境界。

张开你的眼睛瞧瞧吧。就像一支活的长笛感受音乐的气息吹彻它的全身那样，在你的意识深处，感受你与创造性的欢乐相会的情趣吧。在你的生存的壮丽中与晨光相会吧，你在那儿是同它合为一体的。然而，如果你坐在那儿把脸转了过去，你就是在造化的并不分割的领域里设置了分隔的栅栏，而那个领域本是事实与创造性的意识相会的地方。

31

孤立我们的意识，使之局限在我们的自我的范围之内的，便是黑暗。它掩盖了我们与世界相统一的伟大真理，引起怀疑和争论。我们在黑暗中摸索，绊倒在物体上，我们抓牢这些物体，相信它们便是我们所拥有的唯一的东西。

光明来临时我们放松了我们所占有的东西，发觉它们不过是与我们相关的万物之中的一部分而已。从自我的孤立中解放出来，从强化我们的占有感的事物中解放出来——这就是自由。

我们的上帝便是那种自由，因为它就是光明，在这个光明里我们找到了真理，真理乃是我们同万物的完美的关系。

32

恐惧在黑暗中装出范围无限的模样,因为恐惧就是在万物之中失去立足点的自我的影子。这自我是个怀疑者、无信仰者,重视否定,把孤立的事实夸大为可怕的畸形变化。我们在光明里发现事物的和谐,知道世界是伟大的,因此我们也是伟大的。我们知道,随着真理愈来愈广泛的实现,冲突便将消失,因为存在本身便是和谐。

33

在大自然里,我们发现法则体现于真理之中,乐趣体现于美之中。我们迫切地需要认识真理,然而我们可以任意地无视美的体现。我们在生活里忘掉了早晨天明是不安全的,但我们能安全地忘掉早晨是美丽的而仍旧生活下去。

在真理的领域内,我们是受到约束的;在美的领域内,我们是自由的。在上帝统治我们的地方,我们必须表示敬意。然而,在上帝爱护我们的地方,我们倒可以嘲笑他。上帝在约束他自己的地方,约束我们;上帝在他广大无穷的地方,给我们以自由。

美的伟大的力量,在于它的谦虚。美为我们之中最渺小的人让路,美默默等候。美必须拥有我们的一切,或者干脆一无所获,因此美从不要求什么。美遭到拒绝便逆来顺受,然而美是永垂不朽的。

34

我的一个熟人突然死了,我再一次得以理解死亡问题,这个世界上一切老生常谈中最陈腐的问题。

道德家教导我们:通过对死亡的冥想,认识这个世界的虚幻。然而,谩骂这个世界以求容易舍弃,倒是既不真实,又不勇敢的。因为事物失掉了它的价值,那种舍弃就不是什么舍弃了。

恰巧相反,世界是那么真实,死亡的轮子在世界上可留不下痕迹。认为我们的自我,为了它自己的永久用途,竟能盗走世界上物体的微粒——这样的信念是荒唐的。死亡仅仅与我们的自我有关,与这个世界无涉。世界从不丧失一个原子,丧失的是我们的自我。

35

有的人对生命所抱的观念是静止的,他们盼望死后继续存在下去,只不过因为他们祈求的是永生而不是完美,他们喜欢想象他们所习惯的事物会永远持久不衰。他们在心灵里,把他们自己,跟他们的固定不变的环境,跟他们攒积起来的任何东西,完全打成一片了,要他们丢下这些东西,就是要他们的命。

他们忘记了生存的真正意义就是超生,这就是永远生长得超越它本身,更上一层楼。果实依附着茎,果皮依附着果肉,果肉依附着种子,只是在果实还没有成熟,还没有准备好进一步的生长过程的时候,果实的外层和内核还没有区分开来。

它只是以其坚韧性证明其生命。然而,种子成熟的时候,它对周围环境的依附便放松了。果肉香了,甜了,超脱了,奉献给需要它的众生了。鸟儿啄它,损害不了它,风暴把它刮下来,甩在尘土里,也毁灭不了它。它以它的舍弃,证实了它的不朽。

(吴岩　译)

死　亡

齐美尔

如果倒过来看的话，死亡也可被视作生命的塑造者。在生物界内部存在着这样的局面，生物体只有每时每刻通过适应才能生活，才能维持生命。一旦适应失灵就意味着死亡。

生物体的各自自发或自愿的行为可视作向生活挺进，意味着“更多生命”，那么，适应意味着逃避死亡。在这一观点下，我们人类的各种行为都找到了一种算术值的符号，这种值通过自下往上加或自上往下减都可成立。或者说，我们的积极性的实质也许是连我们自己都感到神秘的统一体，只有通过将它分解成征服生命和逃避死亡才能让人理解。人生的每一步不仅意味着在时间上走向死亡，而且通过死亡——这一人生的现实因素——意味着人生脚步的形式是正面的、先验的。

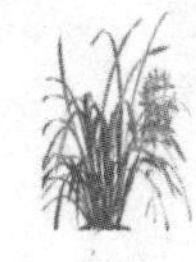

人们的奋斗和享乐、工作和休息，还有其他各种自然的处世方式都是自觉或不自觉地逃避死亡，那么这种形式正是直接通过避开死亡而确定下来。

我们好比在航向相反的船只中行进的人们，虽然在向南行进，而脚下的土地却将我们带向北方，这一行动的双向性决定着人们在空间中的各种方位。

通过死亡形成了生命的全过程，但迄今为止，这种形成只停留在空洞的形象上，尚不能由它本身促进某种结论。这关系到改换人们的习惯想象问题。通

常人们只把死亡看作是无机的，认为死亡是命运女神终止生命的一刀，而现在必须把死亡看作是有机的，即死亡从一开始就是对连续不断的生命过程进行形式造就的时刻。没有死亡，没有死亡时刻清晰可见的那一面，生命就完全是不可设想的另外一种东西。尽管人们把生命过程内部的缓慢延续视作一次性死亡事件的预作用或预阴影，尽管人们把这种延续视作各个生命时刻内在的固有形式或变化，可是毕竟是慢慢的延续和一下子死亡一起解释了关于灵魂的命运和本质等一系列形而上学的设想。

（涯鸣、宇声等译）

笑像一把刀

伍尔夫

要做到能够嘲笑一个人,你首先必须就他的本来面目来看他。财富、地位、学识等等这一切身外之物,都不过是一种浮面的积累,切不可让它们磨钝精神那快刀的利刃。孩子们往往比成年人更具识人的慧眼,而妇女对人的性格的裁夺,就是到末日审判那天也不致被否决。这是因为,他们的眼睛没有被学识的云翳所遮蔽,他们的大脑也没有因塞满书本理论而窒息。因而人和事依旧保存着原有的清晰轮廓。我们现代生活中所有那些生长过速的丑恶的赘疣,华而不实的矫饰,世俗因袭的正统,最害怕不过的就是笑的闪光,它有如闪电,灼得它们干瘪蜷缩起来,露出了光森森的骨骸。正因为孩子们的笑具有这样的特性,那些自惭虚伪不实的人才惧怕孩子。或许也正是由于同样的原因,在以学识见长的行当里,妇女们才遭人白眼。她们之所以危险,是因为她们会嘲笑,就像安徒生童话中那个孩子,当长辈们都朝着国王的那件并不存在的辉煌袍服顶礼膜拜时,他却直说国王是光着身子的。

我们热衷于参加葬礼,探望病人,远胜于参加婚礼和喜庆。我们头脑中总摆脱不掉一个信念,认为眼泪里含有某种美德,而黑色是最相宜的服色。真的,没有什么比笑更难做到,也没有比笑更难能可贵的了。笑是一把刀。它既修剪,又整枝,它使我们的行为举止,言辞文笔合乎分寸,真挚诚恳。

（刘文荣　译）

内 涵

邦达列夫

书——这是所有时代、所有民族精神财富的遗嘱执行人，是完美的保存者，这是从人类的童年发给我们的不熄的光源，这是信号和预告，是痛苦和磨难，是笑声和欢乐，是乐观和希望，这是意识的最高成就——精神力量高于物质力量的象征。

书——这是对思想发展和哲学流派的认识，是对社会民族历史条件的认识。在各个阶段，这些条件使人们产生了对善、智、教育和在自由、平等、社会关系的公正旗帜下革命斗争的信心。

以概念范畴进行思维、创造物质、体系和公式的科学能解释、发现和征服许多事物，但按其实质来说，它终究不能研究一样东西——人的感情，不能创造人的形象，而这正是应运而生的文学所做的事情。

一个人阅读一本书，就是仔细观察第二生活，就像在镜子深处寻找着自己，寻找着自己思想的答案，不由自主地将别人的命运、别人的勇敢精神与自己的性格特点相比较，感到遗憾、怀疑、懊恼，他会笑、会哭，会同情和参与——这样就开始了书的影响。所有这些，按照托尔斯泰的说法就是“感情的传染”。

几乎在每个人的命运中，印刷的话语都起了无与伦比的作用，最值得遗憾的人就是不曾醉心于一本严肃书籍的人，他抛弃了第二现实和第二经验，因而缩短了自己生命的时日。

（陈敬咏　译）

内心的深处

纪伯伦

自我内心的深处，有鸟飞起，飞向天空。

鸟越飞越高，却又越来越大。

起先，它只像燕子一般大小，而后像云雀，像兀鹰，像春天的云团，最后，竟至遮蔽了星光闪耀的天空。

自我内心的深处，有鸟飞向天空，鸟高飞而复巨硕，然而终没有飞出我的心扉。

啊，我的信仰，我难以驯服的真知！我如何才能飞到你的高度，与你同观映画在空中的人的"大我"？

我如何才能将心底的大海化为烟云，随你一道在辽阔不可测的空中轻扬？

那羁身于殿堂的囚徒，如何才能一睹殿堂金碧辉煌的穹窿？

果实的核心如何才能扩展，以至包含了果实？

啊，我的信仰，我锁链加身，身处这以白银黑檀为栅栏的牢笼，竟不能与你齐飞。

然而，自我心的深处，你飞向天空，是我的心包孕了你，我可以因此满足了。

（冰心　译）

希　望

鲁　迅

我的心分外地寂寞。

然而我的心很平安:没有爱憎,没有哀乐,也没有颜色和声音。

我大概老了。我的头发已经苍白,不是很明白的事吗?我的手颤抖着,不是很明白的事吗?那么,我的魂灵的手一定也颤抖着,头发也一定苍白了。

然而这是许多年前的事了。

这以前,我的心也曾充满过血腥的歌声:血和铁,火焰和毒,恢复和报仇。忽而这些都空虚了,但有时故意地填以没奈何的自欺的希望。希望,希望,用这希望的盾,抗拒那空虚中的暗夜的袭来,虽然盾后面也依然是空虚中的暗夜。然而就是如此,陆续地耗尽了我的青春。

我早先岂不知我的青春已经逝去了?但以为身外的青春固在:星,月光,僵坠的蝴蝶,暗中的花,猫头鹰的不祥之言,杜鹃的啼血,笑的渺茫,爱的翔舞……虽然是悲凉缥缈的青春罢,然而究竟是青春。

然而现在何以如此寂寞?难道连身外的青春也都逝去,世上的青年也都衰老了吗?

我只得由我来肉搏这空虚中的暗夜了。我放下了希望之盾,我听到 Petofi Sandor (1823-1849)的"希望"之歌:

希望是甚么？是娼妓：

她对谁都蛊惑，将一切都献给；

待你牺牲了极多的宝贝——

你的青春——她就弃掉你。

这伟大的抒情诗人，匈牙利的爱国者，为了祖国而死在哥萨克兵的矛尖上，已经七十五年了。悲哉死也，然而更可悲的是他的诗至今没有死。

但是，可惨的人生！桀骜英勇如 Petofi，也终于对了暗夜止步，回顾着茫茫的东方了。他说：

绝望之为虚妄，正与希望相同。

倘使我还得偷生在不明不暗的这“虚妄”中，我就还要寻求那逝去的悲凉缥缈的青春，但不妨在我的身外。因为身外的青春倘一消灭，我身中的迟暮也即凋零了。

然而现在没有星和月光，没有僵坠的蝴蝶以至笑的渺茫，爱的翔舞。然而青年们很平安。

我只得由我来肉搏这空虚中的暗夜了，纵使寻不到身外的青春，也总得自己来一掷我身中的迟暮。但暗夜又在哪里呢？现在没有星，没有月光以至笑的渺茫和爱的翔舞；青年们很平安，而我的面前又竟至于并且没有真的暗夜。

绝望之为虚妄，正与希望相同！

拿来主义

鲁　迅

中国一向是所谓“闭关主义”，自己不去，别人也不许来。自从给枪炮打破了大门之后，又碰了一串钉子，到现在，成了什么都是“送去主义”了。别的且不说罢，单是学艺上的东西，近来就先送一批古董到巴黎去展览，但终“不知后事如何”；还有几位“大师”们捧着几张古画和新画，在欧洲各国一路的挂过去，叫作“发扬国光”。听说不远还要送梅兰芳博士到苏联去，以催进“象征主义”，此后是顺便到欧洲传道。我在这里不想讨论梅博士演艺和象征主义的关系，总之，活人替代了古董，我敢说，也可以算得显出一点进步了。

但我们没有人根据了“礼尚往来”的仪节，说道：拿来！

当然，能够只是送出去，也不算坏事情，一者见得丰富，二者见得大度。尼采就自诩过他是太阳，光热无穷，只是给予，不想取得。然而尼采究竟不是太阳，他发了疯。中国也不是，虽然有人说，掘起地下的煤来，就足够全世界几百年之用，但是，几百年之后呢？几百年之后，我们当然是化为魂灵，或上天堂，或落了地狱，但我们的子孙是在的，所以还应该给他们留下一点礼品。要不然，则当佳节大典之际，他们拿不出东西来，只好磕头贺喜，讨一点残羹冷炙做奖赏。这种奖赏，不要误解为“抛来”的东西，这是“抛给”的，说得冠冕些，可以称之为“送来”，我在这里不想举出实例。

我在这里也并不想对于“送去”再说什么，否则太不“摩登”了。我只想鼓吹我们再吝啬一点，“送去”之外，还得“拿来”，是为“拿来主义”。

但我们被“送来”的东西吓怕了。先有英国的鸦片，德国的废枪炮，后有法国的香粉，美国的电影，日本的印着“完全国货”的各种小东西。于是连清醒的青年们，也对于洋货发生了恐怖。其实，这正是因为那是“送来”的，而不是“拿来”的缘故。

所以我们要运用脑髓，放出眼光，自己来拿！

譬如罢，我们之中的一个穷青年，因为祖上的阴功（姑且让我这么说说罢），得了一所大宅子，且不问他是骗来的，抢来的，或合法继承的，或是做了女婿换来的。那么，怎么办呢？我想，首先是不管三七二十一，“拿来”！但是，如果反对这宅子的旧主人，怕给他的东西污染了，徘徊不敢走进门，是孱头；勃然大怒，放一把火烧光，算是保存自己的清白，则是混蛋。不过因为原是羡慕这宅子的旧主人的，而这回接受一切，欣欣然地蹩进卧室，大吸剩下的鸦片，那当然更是废物。“拿来主义”者是全不这样的。

他占有，挑选。看见鱼翅，并不就抛在路上以显其“平民化”，只要有养料，也和朋友们像萝卜白菜一样的吃掉，只不用它来宴大宾；看见鸦片，也不当众摔在茅厕里，以见其彻底革命，只送到药房里去，以供治病之用，却不弄“出售存膏，售完即止”的玄虚。只有烟枪和烟灯，虽然形式和印度、波斯、阿拉伯的烟具都不同，确可以算是一种国粹，倘使背着周游世界，一定会有人看，但我想，除了送一点进博物馆之外，其余的是大可以毁掉的了。还有一群姨太太，也大可以请她们各自走散为是，要不然，“拿来主义”怕未免有些危机。

总之，我们要拿来。我们要或使用，或存放，或毁灭。那么，主人是新主人，宅子也就会成为新宅子。然而首先要这人沉着，勇猛，有辨别，不自私。没有拿来的，人不能自成为新人，没有拿来的，文艺不能自成为新文艺。

论雷峰塔的倒掉

鲁　迅

听说，杭州西湖上的雷峰塔倒掉了，听说而已，我没有亲见。但我却见过未倒的雷峰塔，破破烂烂的映掩于湖光山色之间，落山的太阳照在这些四近的地方，就是“雷峰夕照”，西湖十景之一。“雷峰夕照”的真景我也见过，并不见佳，我以为。

然而一切西湖胜迹的名目之中，我知道得最早的却是这雷峰塔。我的祖母曾经常常对我说，白蛇娘娘就被压在这塔底下。有个叫作许仙的人救了两条蛇，一青一白，后来白蛇便化作女人来报恩，嫁给了许仙；青蛇化作丫鬟，也跟着。一个和尚，法海禅师，得道的禅师，看见许仙脸上有妖气——凡讨妖怪做老婆的人，脸上就有妖气的，但只有非凡的人才看得出，便将他藏在金山寺的法座后，白蛇娘娘来寻夫，于是就“水漫金山”。我的祖母讲起来还要有趣得多，大约是出于一部弹词叫作《义妖传》里的，但我没有看过这部书，所以也不知道“许仙”“法海”究竟是否这样写。总而言之，白蛇娘娘终于上了法海的计策，被装在一个小小的钵盂里了。钵盂埋在地里，上面还造起了一座镇压的塔来，这就是雷峰塔。此后似乎事情还很多，如“白状元祭塔”之类，但我现在都忘记了。

那时我唯一的希望，就在这雷峰塔的倒掉。后来我长大了，到杭州，看见这破破烂烂的塔，心里就不舒服。后来我看看书，说杭州人又叫这塔作保叔塔，其实应该写作“保俶塔”，是钱王的儿子造的。那么，里面当然没有白蛇娘娘了，然而我心里仍然不舒服，仍然希望他倒掉。

现在，他居然倒掉了，则普天下的人民，其欣喜为何如？

这是有事实可证的。试到吴越的山间海滨，探听民意去。凡有田夫野老，蚕妇村氓，除了几个脑髓里有点贵恙的之外，可有谁不为白娘娘抱不平，不怪法海太多事的？

和尚本应该只管自己念经。白蛇自迷许仙，许仙自娶妖怪，和别人有什么相干？他偏要放下经卷，横来招是搬非，大约是怀着嫉妒罢，——那简直是一定的。

听说，后来玉皇大帝也就怪法海多事，以至荼毒生灵，想要拿办他了。他逃来逃去，终于逃在蟹壳里避祸，不敢再出来，到现在还如此。我对于玉皇大帝所做的事，腹诽的非常多，独于这一件却很满意，因为“水漫金山”一案，的确应该由法海负责，他实在办得很不错的。只可惜我那时没有打听这话的出处，或者不在《义妖传》中，却是民间的传说罢。

秋高稻熟时节，吴越间所多的是螃蟹，煮到通红之后，无论取哪一只，揭开背壳来，里面就有黄，有膏。倘是雌的，就有石榴子一般红的子。先将这些吃完，即一定露出一个圆锥形的薄膜，再用小刀小心地沿着锥底切下，取出，翻转，使里面向外，只要不破，便变成一个罗汉模样的东西，有头脸，身子，是坐着的，我们那里的小孩子都称他“蟹和尚”，就是躲在里面避难的法海。

当初，白蛇娘娘压在塔底下，法海禅师躲在蟹壳里。现在却只有这位老禅师独自静坐了，非到螃蟹断种的那一天为止出不来。莫非他造塔的时候，竟没有想到塔是终究要倒的么？

活该。

今

李大钊

我以为世间最可宝贵的就是“今”，最易丧失的也是“今”。因为他最容易丧失，所以更觉得他可宝贵。

为甚么“今”最可宝贵呢？最好借哲人耶曼孙所说的话答这个疑问：“尔若爱千古，尔当爱现在。昨日不能唤回来，明天还不确实，尔能确有把握的就是今日。今日一天，当明日两天。”

为甚么“今”最易丧失呢？因为宇宙大化，刻刻流转，绝不停留。时间这个东西，也不因为吾人贵他爱他稍稍在人间留恋。试问吾人说“今”说“现在”，茫茫百千万劫，究竟哪一刹那是吾人的“今”，是吾人的“现在”呢？刚刚说他是“今”是“现在”，他早已风驰电掣一般，已成“过去”了。吾人若要糊糊涂涂把他丢掉，岂不可惜？

有的哲学家说，时间但有“过去”与“未来”，并无“现在”。有的又说，“过去”“未来”皆是“现在”。我以为“过去未来皆是现在”的话倒有些道理。因为“现在”就是所有“过去”流入的世界，换句话说，所有“过去”都埋没于“现在”的里边。故一时代的思潮，不是单纯在这个时代所能凭空成立的，不晓得有几多“过去”时代的思潮，差不多可以说是由所有“过去”时代的思潮，一凑合而成的。

吾人投一石子于时代潮流里面，所激起的波澜声响，都向永远流动传播，不能消灭。屈原的《离骚》，永远使人人感泣。打击林肯头颅的枪声，呼应于永远的时间与空间。一时代的变动，绝不消失，仍遗留于次一时代，这样传演，至于无穷，在世界中有一贯相联的永远性。昨日的事件，与今日的事件，合构成数个复杂事件。此数个复杂事件，与明日的数个复杂事件，更合构成数个复杂事件。势力结合势力，问题牵起问题。无限的“过去”，都以“现在”为归宿。无限的“未来”，都以“现在”为渊源。“过去”“未来”的中间，全仗有“现在”以成其连续，以成其永远，以成其无始无终的大实在。一掣现在的铃，无限的过去未来皆遥相呼应。这就是过去未来皆是现在的道理，这就是“今”最可宝贵的道理。

现时有两种不知爱“今”的人：一种是厌“今”的人，一种是乐“今”的人。

厌“今”的人也有两派。一派是对于“现在”一切现象都不满足，因起一种回顾“过去”的感想。他们觉得“今”的总是不好，古的都是好。政治、法律、道德、风俗，全是“今”不如古。此派人唯一的希望在复古。他们的心力全施于复古的运动。一派是对于“现在”一切现象都不满足，与复古的厌“今”派全同。但是他们不想“过去”，但盼“将来”。盼“将来”的结果，往往流于梦想，把许多“现在”可以努力的事业都放弃不做，单是沉溺于虚无飘渺的空玄境界。这两派人都是不能助益进化，并且很阻滞进化的。

乐“今”的人大概是些无志趣无意识的人，是些对于“现在”一切满足的人。他们觉得所处境遇可以安乐优游，不必再图进取，再为创造。这种人丧失“今”的好处，阻滞进化的潮流，同厌“今”派毫无区别。

原来厌“今”为人类的通性。大凡一境尚未实现以前，觉得此境有无限的佳趣，有无疆的福利；一旦身陷其境，却觉不过尔尔，随即起一种失望的念，厌“今”的心。又如吾人方处一境，觉得无甚可乐；而一旦其境变易，却又觉得其境可恋，其情可思。前者为企望“将来”的动机，后者为反顾“过去”的动机。但是回想“过去”，毫无效用，且空耗努力的时间。若以企望“将来”的动机，而尽“现在”的努力，则厌“今”思想，却大足为进化的原动。乐“今”是一种惰性(inertia)，须再进一步，了解“今”所以可爱的道理。全在凭他可以为创造“将来”的努力，决不在得他可以安乐无为。

热心复古的人，开口闭口都是说“现在”的境象若何黑暗，若何卑污，罪恶若

何深重，祸患若何剧烈。要晓得“现在”的境象倘若真是这样黑暗，这样卑污，罪恶这样深重，祸患这样剧烈，也都是“过去”所遗留的宿孽，断断不是“现在”造的，全归咎于“现在”，是断断不能受的。要想改变他，但当努力以回复“过去”。

照这个道理讲起来，大时代的瀑流，永远由无始的时代向无终的时代奔流。吾人的“我”，吾人的生命，也永远合所有生活上的潮流，随着大时代的奔流，以为扩大，以为继续，以为进转，以为发展。故时代即动力，生命即流转。

忆独秀先生曾于《一九一六年》文中说过，青年欲达民族更新的希望，“必自杀其一九一五年之青年，而自重其一九一六年之青年”。我尝推广其意，也说过人生唯一的蕲向，青年唯一的责任，在“以现在青春之我，扑杀过去青春之我；促今日青春之我，禅让明日青春之我”。“不仅以今日青春之我，追杀今日白首之我，并宜以今日青春之我，豫杀来日白首之我。”实则历史的现象，时时流转，时时变易，同时还遗留永远不灭的现象和生命于宇宙之间，如何能杀得？所谓杀者，不过使今日的“我”不仍旧沉滞于昨天的“我”。而在今日之“我”中，固明明有昨天的“我”存在。不只有昨天的“我”，昨天以前的“我”，乃至十年二十年百千万亿年的“我”，都俨然存在于“今我”的身上。然则“今”之“我”，“我”之“今”，岂可不珍重自将，为世间造些功德。稍一失脚，必致遗留层层罪恶种子于“未来”无量的人，即未来无量的“我”。永不能消除，永不能忏悔。

我请以最简明的一句话写出这篇的意思来：

吾人在世，不可厌“今”而徒回思“过去”，梦想“将来”，以耗误“现在”的努力；又不可以“今”境自足，毫不拿出“现在”的努力，谋“将来”的发展。宜善用“今”，以努力为“将来”之创造。由“今”所造的功德罪孽，永久不灭。故人生本务，在随时代之进行，为后人造大功德，供永远的“我”享受，扩张，传袭，至无穷极，以达“宇宙即我，我即宇宙”之究竟。

作揖主义

刘半农

沈二先生与我们谈天，常说生平服膺红老之学。红，就是《红楼梦》；老，就是《老子》。这红老之学的主旨，简便些说，就是无论什么事，都听其自然。听其自然又是怎么样呢？沈先生说："譬如有人骂我，我们不必还骂。他一面在那里大声疾呼地骂人，一面就是他打他自己。我们在旁边看看，也很好，何必费着气力去还骂？又如有一只狗，要咬我们，我们不必打它，只是避开了就算。将来有两只狗碰了头，自然会互咬起来。所以我们做事，只须抬起了头，向前直进，不必在这抬头直进四个字以外，再管什么闲事。这就叫作听其自然，也就是红老之学的精神。"我想这一番话，很有些同托尔斯泰的不抵抗主义相像，不过沈先生换了个红老之学的游戏名词罢了。

不抵抗主义我向来很赞成，不过因为有些偏于消极，不敢实行。现在一想，这个见解实在是大谬。为什么？因为不抵抗主义面子上是消极，骨底里是最经济的积极。我们要办事有成效，假使不实行这主义，就不免消费精神于无用之地。我们要保存精神，在正当的地方用，就不得不在可以不必的地方节省些。这就是以消极为积极：没有消极，就没有积极。既如此，我也要用些游戏笔墨，造出一个"作揖主义"的新名词来。

"作揖主义"是什么呢？请听我说：

譬如早晨起来，来的第一客，是位前清遗老。他拖了辫子，弯腰曲背走进来，见了我，把眼镜一摘，拱拱手说："你看！现在是世界不像世界了，乱臣贼子，遍于国中，欲求天下太平，非请宣统爷正位不可。"我急忙向他作了个揖，说："老先生说的话，很对很对。领教了，再会罢。"

第二客，是个孔教会会长。他穿了白洋布做的"深衣"，古颜道貌地走进来，向我说："孔子之道，如日月经天，江河行地。现在我们中国，正是四维不张，国将灭亡的时候，倘不提倡孔教，昌明孔道，就不免为印度波兰之续。"我急忙向他作了个揖，说："老先生说的话，很对很对，领教了，再会罢。"

第三客，是位京官老爷。他衣裳楚楚，一摆一踱地走进来，向我说："人的根就是丹田。要讲卫生，就要讲丹田的卫生。要讲丹田的卫生，就要讲静坐。你要晓得，这种内功，常做了可以成仙的呢！"我急忙向他作了个揖，说："老先生说的话，很对很对。领教了，再会罢。"

第四五客，是一位北京的评剧家，和一位上海的评剧家，手携着手同来的。没有见面，便听见一阵"梅郎""老谭"的声音。见了面，北京的评剧家说："打把子有古代战术的遗意，脸谱是画在脸孔上的图案，所以旧戏是中国文学美术的结晶体。"上海的评剧家说："这话说得不错呀！我们中国人。何必要看外国戏，中国戏自有好处，何必去学什么外国戏？你看这篇文章，就是这一位方家所赏识的。外国戏里，也有这样的好处吗？"他说到"方家"二字，翘了一个大拇指，指着北京的评剧家，随手拿出一张《公言报》递给我看。我一看那篇文章，题目是《佳哉剧也》四个字，我急忙向两人各作了一个揖，说："两位老先生说的话，很对很对。领教了，再会罢。"

第六客是个玄之又玄的鬼学家。他未进门，便觉阴风惨惨，阴气逼人，见了面，他说："鬼之存在，至今日已无丝毫疑义。为什么呢？因为人所居者为'显界'，鬼所居者，尚别有一界，名'幽界'。我们从理论上去证明他，是鬼之存在，已无疑义。从实质上去证明他，是搜集种种事实，助以精密之器械，继以正确之试验，可知除显界外，尚有一幽界。"我急忙向他作了个揖，说："老先生说的话，很对很对。领教了，再会罢。"

末了一位客，是王敬轩先生。他的说话最多，洋洋洒洒，一连谈了一点多钟。把"中学为体，西学为用"八个字，发挥得详尽无遗，异常透切。我屏息静气听完了，也是照例向他作了个揖，说：“老先生的话，很对很对。领教了，再会罢。”

如此东也一个揖，西也一个揖，把这一班老伯，大叔，仁兄大人之类送完了，我仍旧做我的：要办事，还是办我的事；要有主张，还仍旧是我的主张。这不过忙了两只手，比用尽了心思脑力唇焦舌敝的同他们辩驳，不省事得许多吗？

何以我要如此呢？

因为我想到前清末年的官与革命党两方面，官要尊王，革命党要排满；官说革命党是“匪”，革命党说官是“奴”。这样牛头不对马嘴，若是双方辩论起来，便到地老天荒，恐怕大家还都是个“缠夹二先生”，断断不能有什么谁是谁非的分晓。所以为官计，不如少说闲话，切切实实想些方法去捉革命党。为革命党计，也不如少说闲话，切切实实想些方法去革命。这不是一刀两断，最经济最爽快的办法吗？

我们对于我们的主张，在实行一方面，尚未能有相当的成效，自己想想，颇觉惭愧。不料一般社会的神经过敏，竟把我们看得像洪水猛兽一般。既是如此，我们感激之余，何妨自贬声价，处于“匪”的地位，却把一般社会的声价抬高——这是一般社会心目中之所谓高——请他处于“官”的地位？自此以后，你做你的官，我做我的匪。要是做官的做了文章，说什么“有一班乱骂派读书人，其狂妄乃出人意表。所垂训于后学者，曰不虚心，曰乱说，曰轻薄，曰破坏。凡此恶德，有一于此，即足为研究学问之障，而况兼备之耶？”我们看了，非但不还骂，不与他辩，而且还要像我们江阴人所说的“乡下人看告示”，奉送他“一篇大道理”五个字。为什么？因为他们本来是官，这些话说，本来是“出示晓谕”以下，“右仰通知”以上应有的文章。

到将来，不幸而竟有一天，做官的诸位老爷们额手相庆曰：“谢天谢地，现在是好了，洪水猛兽，已一律肃清，再没有什么后生小子，要用夷变夏，蔑污我神州四千年古国的文明了。”那时候，我们自然无话可说，只得像北京刮大风时坐在胶皮车上一样，一壁叹气，一壁把无限的痛苦尽量咽到肚子里去。或者竟带这种痛苦，埋入黄土，做蝼蚁们的食料。万一的万一竟有一天变作了我们的“一千九百十一年十月十日”了，那么，我一定是个最灵验的预言家。我说那时的官老爷，断断不再说今天的官话，却要说：“我是几十年前就提倡新文明的，从前陈独秀、胡适之、陶孟和、周启明、唐元期、钱玄同、刘半农诸先生办《新青年》时，自以为得风气之先，其时我的新思想，还远比他们发生得早。”到了那个时候，我又怎么样呢？我想，一千九百十一年以后，自称老同盟的很多，真正的老同盟也没有方法拒绝这班新牌老同盟。所以我到那时，还是实行“作揖主义”，他们来一个，我就作一个揖，说：“欢迎！欢迎！欢迎新文明的先知先觉！”

洪水与猛兽

蔡元培

二千二百年前，中国有个哲学家孟轲，他说国家的历史常是“一乱一治”的。他说第一次大乱是四千二百年前的洪水，第二次大乱是三千年前的猛兽，后来说到他那时候的大乱，是杨朱、墨翟的学说。他又把自己的距杨、墨比较禹的抑洪水，周公的驱猛兽。所以崇奉他的人，就说杨、墨之害，甚于洪水猛兽。后来一个学者，要是攻击别种学说，总是袭用“甚于洪水猛兽”这句话。譬如唐、宋儒家，攻击佛、老，用他；清朝程朱派，攻击陆王派，也用他；现在旧派攻击新派，也用他。

我以为用洪水来比新思潮，很有几分相像。他的来势很勇猛，把旧日的习惯冲破了，总有一部分的人感受苦痛，仿佛水源太旺，旧有的河槽，不能容受他，就泛滥岸上，把田庐都扫荡了。对付洪水，要是如鲧的用湮法，便愈湮愈决，不可收拾。所以禹改用导法，这些水归了江河，不但无害，反有灌溉之利了。对付新思潮，也要舍湮法用导法，让他自由发展，定是有利无害的。孟氏称“禹之治水，行其所无事”，这正是旧派对付新派的好方法。

至于猛兽，恰好作军阀的写照。孟氏引公明仪的话：“庖有肥肉，厩有肥马，民有饥色，野有饿殍，此率兽而食人也。”现在军阀的要人，都有几百万几千万的家产，奢侈得了不得，别种好好作工的人，穷得饿死，这不是率兽食人的样子吗？

现在天津、北京的军人,受了要人的指使,乱打爱国的青年,岂不明明是猛兽的派头吗?

所以中国现在的状况,可算是洪水与猛兽竞争。要是有人能把猛兽驯服了,来帮同疏导洪水,那中国就立刻太平了。

血　梯

王统照

中夜的雨声，真如秋蟹爬沙似的，急一阵又缓一阵。风时时由窗棂透入，令人骤添寒栗。坐在惨白光的灯下，更无一点睡意，但有凄清的、幽咽的意念在胸头冲撞。回忆日间所见，尤觉怆然！这强力凌弱的世界，这风萧雨晦的时间，这永不能避却争斗的人生，真如古人所说的"忧患与生俱来"。

昨天下午，由城外归来，经过宣武门前的桥头。我正坐在车上低首沉思，忽而填然一声，引起我的回顾：却看几簇白旗的影中，闪出一群白衣短装的青年，他们脱帽当扇，额汗如珠，在这广衢的左右，从渴望而激热的哑喉中对着路人讲演。那是中国的青年！是热血沸腾的男儿！在这样细雨阴云的天气中，在这凄惨无欢的傍晚，来作努力与抗争的宣传，当我从他们的队旁经过时，我便觉得泪痕晕在睫下！是由于外物的激动，还是内心的启发？我不能判别，又何须判别。但桥下水流湉湉，仿佛替冤死者的灵魂咽泣，河边临风摇舞的柳条，仿佛惜别这惨淡的黄昏。直到我到了宣武门内，我在车子上的哀梦还似为泪网封住，尚未曾醒。

我们不必再讲正义了、人道了，信如平伯君之言，正义原是有弯影的（记不十分清了姑举其意），何况这奇怪的世界原就是兽道横行，凭空造出甚么"人道"来，正如"藐姑射的仙人可望而不可即"。我们真个理会的世界，只有尖利的铁，

与灿烂的血呢！和平之门谁知道建造在哪一层的天上？但究竟是在天上，你能无梯而登吗？我们如果要希望着到那门下歇一歇足儿，我们只有先造此高高无上的梯子。用甚么材料作成？谁能知道，大概总有血液吧。如果此梯上面无血液，你攀上去时一定会觉得冰冷欲死，不能奋勇上登的。我们第一步既是要来造梯，谁还能够可惜这区区的血液！

人类根性不是恶的，谁也不敢相信！小孩子就好杀害昆虫，看它那欲死不死的状态便可一开他们那天真的笑颜。往往是猴子脾气发作的人类（岂止登山何时何地不是如此！），“人性本恶，其善者伪也”的话，并非苛论。随便杀死你，随便制服你，这正是人类的恶本能。不过它要向对方看看，然后如何对付。所以同时人类也正是乖巧不过，这也或者是其为万物之灵的地方。假定打你的人是个柔弱的妇女，是个矮小的少年，你便为怒目横眉向他伸手指，若是个雄赳赳的军士，你或者只可以瞪他一眼。在网罗中的中国人，几十年来即连瞪眼的怒气敢形诸颜色者有几次？只有向暗里饮泣，只有低头赔个小心，或者还要回嗔作喜，媚眼承欢。耻辱！耻辱的声音，近几年来早已迸发了，然而横加的耻辱，却日多一日！我们不要只是瞪眼便算完事，再进一步吧，至少也须另有点激怒的表现！

总是无价值的，但我们须要挣扎！

总是达不到和平之门的，但我们要造此血梯！

人终是要惕厉，要奋发，要造此奇怪的梯的！

但风雨声中，十字街头，终是只有几个白衣的青年在喊呼，在哭，在挥动白旗吗？

这强力凌弱的世界，这风雨如晦的时间，这永不能避却的争斗的人生……然而“生的人”，就只有亢进，激发，勇往的精神，可以指导一切了！无论如何，血梯是要造的！成功与否，只有那常在微笑的上帝知道！

雨声还是一点一滴地未曾停止，不知哪里传过来的柝声，偏在这中夜里警响。我扶头听去，那柝声时低时昂，却有自然的节奏，好似在奏着催促“黎明来”的音乐！

诉说，那些狂喜与刺痛

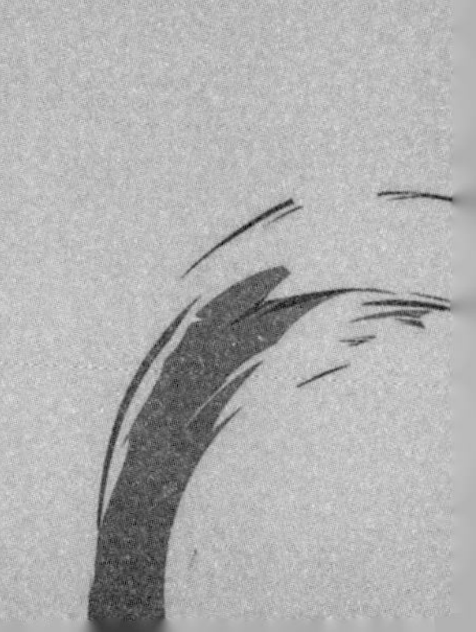

少年中国说

梁启超

日本人之称我中国也，一则曰老大帝国，再则曰老大帝国。是语也，盖袭译欧西人之言也。呜呼！我中国其果老大矣乎？任公曰：恶，是何言！是何言！吾心目中有一少年中国在。

欲言国之老少，请先言人之老少：老年人常思既往，少年人常思将来。惟思既往也，故生留恋心；惟思将来也，故生希望心。惟留恋也，故保守；惟希望也，故进取。惟保守也，故永旧；惟进取也，故日新。惟思既往也，事事皆其所已经者，故惟知照例；惟思将来也，事事皆其所未经者，故常敢破格。老年人常多忧虑，少年人常好行乐。惟多忧也，故灰心；惟行乐也，故盛气。惟灰心也，故怯懦；惟盛气也，故豪壮。惟怯懦也，故苟且；惟豪壮也，故冒险。惟苟且也，故能灭世界；惟冒险也，故能造世界。老年人常厌事，少年人常喜事。惟厌事也，故常觉一切事无可为者；惟好事也，故常觉一切事无不可为者。老年人如夕照，少年人如朝阳；老年人如瘠牛，少年人如乳虎；老年人如僧，少年人如侠；老年人如字典，少年人如戏文；老年人如鸦片烟，少年人如白兰地酒；老年人如别行星之陨石，少年人如大洋海之珊瑚岛；老年人如埃及沙漠之金字塔，少年人如西伯利亚之铁路；老年人如秋后之柳，少年人如春前之草；老年人如死海之潴为泽，少年人如长江之初发源。此老年与少年性格不同之大略也。梁启超曰：人固有之,国亦宜然。

任公曰:伤哉,老大也!浔阳江头琵琶妇,当明月绕船,枫叶瑟瑟,衾寒于铁,似梦非梦之时,追想洛阳尘中春花秋月之佳趣;西宫南内,白发宫娥,一灯如穗,三五对坐,谈开元、天宝间遗事,谱霓裳羽衣曲;青门种瓜人,左对孺人,顾弄孺子,忆侯门似海珠履杂遝之盛事;拿破仑之流于厄蔑,阿刺飞之幽于锡兰,与三两监守吏或过访之好事者,道当年短刀匹马,驰骋中原,席卷欧洲,血战海楼,一声叱咤,万国震恐之丰功伟烈,初而拍案,继而抚髀,终而揽镜。呜呼!面皴齿尽,白发盈把,颓然老矣!若是者舍幽郁之外无心事,舍悲惨之外无天地,舍颓唐之外无日月,舍叹息之外无音声,舍待死之外无事业,美人豪杰且然,而况于寻常碌碌者耶?生平亲友,皆在墟墓,起居饮食,待命于人。今日且过,遑知他日?今年且过,遑恤明年?普天下灰心短气之事,未有甚于老大者。于此人也,而欲望以拏云之手段,回天之事功,挟山超海之意气,能乎不能?

呜呼!我中国其果老大矣乎?立乎今日,以指畴昔,唐虞三代,若何之郅治;秦皇汉武,若何之雄杰;汉唐来之文学,若何之隆盛;康乾间之武功,若何之烜赫。历史家所铺叙,词章家所讴歌,何一非我国民少年时代良辰美景、赏心乐事之陈迹哉!而今颓然老矣!昨日割五城,明日割十城,处处雀鼠尽,夜夜鸡犬惊。十八省之土地财产,已为人怀中之肉;四百兆之父兄子弟,已为人注籍之奴,岂所谓"老大嫁作商人妇"者耶?呜呼!凭君莫话当年事,憔悴韶光不忍看!楚囚相对,岌岌顾影,人命危浅,朝不虑夕。国为待死之国,一国之民为待死之民。万事付之奈何,一切凭人作弄,亦何足怪!

任公曰:我中国其果老大矣乎?是今日全地球之一大问题也。如其老大也,则是中国为过去之国,即地球上昔本有此国,而今渐澌灭,他日之命运殆将尽也。如其非老大也,则是中国为未来之国,即地球上昔未现此国,而今渐发达,他日之前程且方长也。欲断今日之中国为老大耶?为少年耶?则不可不先明"国"字之意义。夫国也者,何物也?有土地,有人民,以居于其土地之人民而治其所居之土地之事,自制法律而自守之;有主权,有服从,人人皆主权者,人人皆服从者。夫如是,斯谓之完全成立之国。地球上之有完全成立之国也,自百年以来也。完全成立者,壮年之事也;未能完全成立而渐进于完全成立者,少年之事也。故吾得一言以断之曰:欧洲列邦在今日为壮年国,而我中国在今日为

少年国。

夫古昔之中国者，虽有国之名，而未成国之形也。或为家族之国，或为酋长之国，或为诸侯封建之国，或为一王专制之国，虽种类不一，要之，其于国家之体质也，有其一部而缺其一部。正如婴儿自胚胎以迄成童，其身体之一二官支，先行长成，此外则全体虽粗具，然未能得其用也。故唐虞以前为胚胎时代，殷周之际为乳哺时代，由孔子而来至于今为童子时代.逐渐发达，而今乃始将入成童以上少年之界焉。其长成所以若是之迟者，则历代之民贼有窒其生机者也。譬犹童年多病，转类老态，或且疑其死期之将至焉，而不知皆由未完全未成立也。非过去之谓，而未来之谓也。

且我中国畴昔，岂尝有国家哉？不过有朝廷耳。我黄帝子孙，聚族而居，立于此地球之上者既数千年，而问其国之为何名，则无有也。夫所谓唐、虞、夏、商、周、秦、汉、魏、晋、宋、齐、梁、陈、隋、唐、宋、元、明、清者，则皆朝名耳。朝也者，一家之私产也；国也者，人民之公产也。朝有朝之老少。国有国之老少，朝与国既异物，则不能以朝之老少而指为国之老少明矣。文、武、成、康，周朝之少年时代也；幽、厉、桓、赧，则其老年时代也。高、文、景、武，汉朝之少年时代也；元、平、桓、灵，则其老年时代也。自余历朝，莫不有之。凡此者，谓为一朝廷之老也则可，谓为一国之老也则不可。一朝廷之老且死，犹一人之老且死也，于吾所谓中国者何与焉。然则，吾中国者，前此尚未出现于世界，而今乃始萌芽云尔。天地大矣，前途辽矣。美哉，我少年中国乎！

玛志尼者，意大利三杰之魁也。以国事被罪，逃窜异邦。乃创立一会，名曰少年意大利。举国志士，云涌雾集以应之。卒乃光复旧物，使意大利为欧洲之一雄邦。夫意大利者，欧洲第一之老大国也，自罗马亡后，土地隶于教皇，政权归于奥国，殆所谓老而濒于死者矣。而得一玛志尼，且能举全国而少年之，况我中国之实为少年时代者耶？堂堂四百余州之国土，凛凛四百余兆之国民，岂遂无一玛志尼其人者。

龚自珍氏之集有诗一章，题曰《能令公少年行》。吾尝爱读之，而有味乎其用意之所存。我国民而自谓其国之老大也，斯果老大矣；我国民而自知其国之少年也，斯乃少年矣。西谚有之曰："有三岁之翁，有百岁之童。"然则国之老少，又无定形，而实随国民之心力以为消长者也。吾见乎玛志尼之能令国少年也，吾又见乎我国之官吏士民能令国老大也。吾为此惧！夫以如此壮丽浓郁翩翩绝世之少年中国，而使欧西、日本人谓我为老大者，何也？则以握国权者皆老朽之人也。非哦几十年八股，非写几十年白折，非当几十年差，非捱几十年俸，非递几十年手本，非唱几十年诺，非磕几十年头，非请几十年安，则必不能得一官、进一职。其内任卿贰以上，外任监司以上者，百人之中，其五官不备者，殆九十六七人也。非眼盲则耳聋，非手颤则足跛，否则半身不遂也。彼其一身饮食步履视听言语，尚且不能自了，须三四人在左右扶之捉之，乃能度日，于此而乃欲责之以国事，是何异立无数木偶而使之治天下也。且彼辈者，自其少壮之时，既已不知亚细、欧罗为何处地方，汉祖、唐宗是哪朝皇帝，犹嫌其顽钝腐败之未臻其极，又必搓磨之，陶冶之，待其脑髓已涸，血管已塞，气息奄奄，与鬼为邻之时，然后将我二万里山河，四万万人命，一举而畀于其手。呜呼！老大帝国，诚哉其老大也。而彼辈者，积其数十年之八股、白摺、当差、捱俸、手本、唱诺、磕头、请安，千辛万苦，千苦万辛，乃始得此红顶花翎之服色，中堂大人之名号，乃出其全副精神，竭其毕生力量，以保持之。如彼乞儿拾金一锭，虽轰雷盘旋其顶上，而两手犹紧抱其荷包，他事非所顾也，非所知也，非所闻也。于此而告之以亡国也，瓜分也，彼乌从而听之，乌从而信之。即使果亡矣，果分矣，而吾今年既七十矣，八十矣，但求其一两年内，洋人不来，强盗不起，我已快活过了一世矣。

若不得已，则割三头两省之土地，奉申贺敬，以换我几个衙门；卖三几百万之人民作仆为奴，以赎我一条老命，有何不可？有何难办？呜呼！今之所谓老后、老臣、老将、老吏者，其修身、齐家、治国、平天下之手段，皆具于是矣。“西风一夜催人老，凋尽朱颜白尽头。”使走无常当医生，携催命符以祝寿，嗟乎痛哉！以此为国，是安得不老且死，且吾恐其未及岁而殇也。

任公曰：造成今日之老大中国者，则中国老朽之冤业也；制出将来之少年中国者，则中国少年之责任也。彼老朽者何足道，彼与此世界作别之日不远矣，而我少年乃新来而与世界为缘。如僦屋者然，彼明日将迁居地方，而我今日始入此室处。将迁居者，不爱护其窗栊，不洁治其庭庑，俗人恒情，亦何足怪！若我少年者，前程浩浩，后顾茫茫。中国而为牛、为马、为奴、为隶，则烹脔鞭箠之残酷，惟我少年当之。中国如称霸宇内，主盟地球，则指挥顾盼之尊荣，惟我少年享之。于彼气息奄奄，与鬼为邻者，何与焉？彼而漠然置之，犹可言也。我而漠

然置之，不可言也。使举国之少年而果为少年也，则吾中国为未来之国，其进步未可量也。使举国之少年而亦为老大也，则吾中国为过去之国，其澌亡可翘足而待也。故今日之责任，不在他人，而全在我少年。少年智则国智，少年富则国富，少年强则国强，少年独立则国独立，少年自由则国自由，少年进步则国进步，少年胜于欧洲则国胜于欧洲，少年雄于地球则国雄于地球。红日初升，其道大光；河出伏流，一泻汪洋。潜龙腾渊，鳞爪飞扬。乳虎啸谷，百兽震惶。鹰隼试翼，风尘吸张。奇花初胎，矞矞皇皇。干将发硎，有作其芒。天戴其苍，地履其黄。纵有千古，横有八荒。前途似海，来日方长。美哉我少年中国，与天不老！壮哉我中国少年，与国无疆！

“三十功名尘与土，八千里路云和月。莫等闲，白了少年头，空悲切。”此岳武穆《满江红》词句也，作者自六岁时即口授记忆，至今喜诵之不衰。自今以往，弃哀时客之名，便自名曰少年中国之少年。

美与实用有关

柏　克

猴子长得非常适合于奔跑、跳跃、抓扭和爬行，但在人类的眼里很少有动物看起来比猴子更不美了。我需要谈一谈象的鼻子，象的鼻子有着各种各样的用途，但对象的美却不起任何作用。狼长得多么适合于奔跑和跳跃！狮子为了格斗而武装得多么好！但难道有人会因此认为象、狼和狮子是美的吗？我相信不会有人认为人的双腿是和马、狗、鹿及其他运动的腿一样适合于奔跑，至少在外形上就不是这样的，但我相信一条长得匀整的人腿在美的方面将被认为远远胜过所有这些动物的腿。倘若躯体各部分的适宜性是使它们形式可爱的因素，那么这些部分的实际使用无疑地应该大大提高这种可爱的程度，但情况却远非如此，虽然根据另一个原理，有的时候确实是这样的。鸟飞的时候不如它栖息的时候美丽，还有一些很少看到它们起飞的家禽并不因此而削减其美。鸟类在形式上同兽类和人有着极大的不同，除非考虑到鸟类躯体各部分是为了完全不同的目的，你不可能根据适宜性的原理承认鸟类的身上有什么令人愉快的东西。

我从来没有见过孔雀起飞，但远在我考虑孔雀的形式是否适合于飞翔以前，我就被它那异常的美迷住了，它这种美使它胜过世界上许多出色的飞禽，尽管据我所见，它的生活方式很像猪的生活方式，猪就是和孔雀一起养在院子里的。公鸡和母鸡以及其他这类家禽也同样存在这种情况，它们在体形上属于飞

禽类，但在行动方式上却同人类和兽类没有很大区别。撇开这些人类以外的例子不谈，可以考虑一下：倘若我们人类自身的美是和效用有关的话，男人就该比女人更加可爱，强壮和敏捷就被认为是唯一的美。但是用美这个名词去称呼强壮，只用一种名称去称呼几乎在一切方面都不同的女神维纳斯和大力士海格力斯所具有的品质，这必然是一种不可思议的概念混乱和名词的滥用。我猜想造成这种混乱的原因可能是因为我们时常见到人类和其他动物的躯体的一些部分既美丽又适应于它们的目的，我们受到一种诡辩的欺骗，这种诡辩将这种适应性说成是一种原因，而实际上它只是一种附着物。下面是苍蝇的诡辩：苍蝇认为自己带起了一大片尘埃，因为它站在一辆真正带起尘埃的战车上面。但实际上却是尘埃把它举起。胃、肺、肝等等器官都最适合于它们的目的，然而它们绝没有什么美。此外，人们也无法从许多非常美的东西身上找到任何效用。

（缪哲　译）

流 星

井上靖

在我上高中时,有一次,我裹着斗篷仰卧在日本海岸的一个沙丘上,观看流星陨落。只见它,从十一月冰冻的星座,曳着一溜蓝光,顷刻消失得无踪无影。那星星孤独的自陨,竟是如此强烈地摇撼着我的青春之魂。我长久地躺在沙丘之上,毫不怀疑地断定:此时,唯有我才是这地面上看到流星的一个人,在不久的将来,那流星就要降临到我的头上。

从那以后,至今已过去十数个岁月。今宵,我在这个国家充满多恨的青春尸骸——铁屑与瓦砾的荒凉的城市风光上空,看到了一个拖着长尾巴疾走的星。我闭着眼睛枕着砖头躺着,已不再想会有什么东西要掉到我的头上。那一瞬间的小小祭典与我无缘!我无从知道那与我在战乱流亡之中丧失的青春相似的星星的去向。然而,唯有一样却永远不会从我的眼里消失。这就是那流星寿归正寝时的令人惊叹的一身清白,尽管它只是一颗独自脱离了恒星群,从天体上陨落的小星。

(刘慕沙　译)

作品中的梦

弗洛伊德

艺术家也有一种反求于内的倾向，他也为强烈的本能需要所驱使，他渴望荣誉、权势、财富、名誉和异性的爱，但他缺乏求得这些满足的手段。因此，他和有欲望而不能满足的任何人一样，脱离现实，转移他所有的兴趣，构成幻想生活中的欲望。过幻想生活的人不仅限于艺术家，幻想的世界是人类所共同拥有的，无论哪一个有愿未遂的人都能到幻想中去寻求安慰。然而没有艺术修养的人们，得自幻想的满足非常有限，他们的压抑作用是残酷无情的，除了可以成为意识的白日梦之外，他们不能享受任何幻想的快乐。

至于真正的艺术家则不同，第一，他知道如何润饰他的白日梦，使它失去个人的色彩，而为他人所欣赏，他知道如何加以充分的修改，使不道德的根源不易被人探悉。第二，他有一种神秘的才能，能处理特殊材料，直到忠实地表示出幻想的观念，他知道如何将强烈的快乐附着在幻想之上。

（赵辰　译）

施舍的树

谢尔·西弗斯汀

从前有一棵树,她很爱一个男孩。每天,男孩都会到树下来,把树的落叶拾起来,做成一个树冠,装成森林之王。有时候,他爬上树去,抓住树枝荡秋千,或者吃树上结的果子。有时,他们还在一块玩捉迷藏。要是他累了,就在树荫里休息,所以,男孩也很爱这棵大树。

树感到很幸福。

日子一天天过去,男孩长大了。树常常变得孤独,因为男孩不来玩了。

有一天,男孩又来到树下。树说:“来呀,孩子,爬到我的树干上来,在树枝上荡秋千,来吃果子,到我的树荫下来玩,来快活快活。”

“我长大了,不想再这么玩。”男孩说,“我要娱乐,要钱买东西,我需要钱。你能给我钱吗?”

“很抱歉。”树说,“我没钱。我只有树叶和果子,你采些果子去卖吧,卖到城里去,就有钱了,这样你就会高兴的。”

男孩爬上去,采下果子来,把果子拿走了。

树感到很幸福。

此后,男孩很久很久没有来。树又感到悲伤了。

终于有一天,那男孩又来到树下,他已经长大了。树高兴地颤抖起来,她说:“来啊,孩子,爬到我的树干上来荡秋千,来快活快活吧。”

“我忙得没空玩这个。”男孩说，“我要成家立业，我要间屋取暖。你能给我间屋吗？”

“我没有屋。”树说，“森林是我的屋。我想，你可以把我的树枝砍下来做间屋，这样你会满意的。”

于是，男孩砍下了树枝，背去造屋。

树心里很高兴。

但男孩又有好久好久没有来了。有一天，他又回到了树下。树是那样兴奋，连话都说不出来了，过了一会儿，她才轻轻地说：“来啊，孩子，来玩。”

“我又老又伤心，没心思玩。”男孩说，“我想要条船，远远地离开这儿。你给我条船好吗？”

“把我的树干锯下来做船吧。”树说，“这样你就能离开这里，你就会高兴了。”

男孩就把树干砍下来背走，他真的做了条船，离开了这里。

树很欣慰，但心底里却更难过。

又过了好久，男孩重又回到了树下。树轻轻地说：“我真抱歉，孩子，我什么也没有剩下，什么也不能给你了。”

她说：“我没有果子了。”

他说：“我的牙咬不动果子了。”

她说：“我没有树枝了，你没法荡秋千。”

他说：“我老了，荡不动秋千了。”

她说：“我的树干也没了，你不能爬树。”

他说：“我太累，不想爬树。”

树低语说：“我很抱歉。我很想再给你一些东西，但什么也没剩下。我只是个老树墩，我真抱歉。”

男孩说：“现在我不要很多，只需要一个安静的地方坐一会儿，歇一会儿，我太累了。”

树说：“好吧。”说着，她尽力直起她的最后一截身体，“好吧，一个老树墩正好能坐下歇歇脚，来吧，孩子，坐下，坐下休息吧。”

男孩坐在树墩上。

（陈丹燕　译）

第二度的青春

梁遇春

人们到了相当年纪，大概不会再有春愁。就说偶然还涉遐思，也不好意思出口了。

乡愁，那是许多人所逃不了的。有些人天生一副怀乡病者的心境，天天惦念着他精神上的故乡。就是住在家乡里，仍然忽忽如有所失，像个海外飘零的客子。就说把他们送到乐园去，他们还是不胜惆怅，总是希冀企望着，想回到一个他所不知道的地方。这些人想象出许多虚幻的境界，那是宗教家的伊甸园，哲学家的伊比鸠鲁斯花园，诗人的 Elysium El Dorado，Arca-dia 理想主义者的乌托邦，来慰藉他们彷徨的心灵。可是若是把他们放在他们所追求的天国里，他们也许又皱起眉头，拿着笔描写出另个理想世界了。思想无非是情感的具体表现，他们这些世外桃源只是他们不安心境的寄托。全是因为它们是不能实现的，所以才能够传达出他们这种每个为欢处的情怀。一旦不幸，理想变为事实，它们应该就不配做他们这些情绪的象征了。说起来，真是可悲，然而也怪有趣。总之，这一班人大好年华都消磨于绻怀一个莫须有之乡，也从这里面得到他人所尝不到的无限乐趣。登楼远望云山外的云山，淌下的眼泪流到笑涡里去，这

是他们的生活。吾友莫须有先生就是这么一个人,久不见他了,却常忆起他那泪痕里的微笑。

可是,人们到了相当年纪(又是这么一句话),对于自己的事情感到厌倦,觉得太空虚了,不值一想,这时连这一缕乡愁也将化为云烟了。其实人们一走出情场,失掉绮梦,对于自己种种的幻觉都消灭了,当下看出自己是个多么渺小无聊的汉子,正好像脱下戏衫的优伶,从缥缈世界坠到铁硬的事实世界,"砰"的一声把自己惊醒了。这时睁开眼睛,看到天上恒河沙数的群星,一佛一世界,回想自己风尘下过千万人已尝过,将来还有无数万人来尝的庸俗生活,对于自己怎能不灰心呢?当此"屏除丝竹入中年"时候,怎么好呢?

可是,人们到了相当年纪,免不了儿女累人,三更儿哭,可以搅你的清梦,一声爸爸,可以动你的心弦。烦恼自然多起来了,但是天下的乐趣都是烦恼带来的,烦恼使人不得不希望,希望却是一帖包医百病的良方。做了只怕不愁,一生在艰苦的环境下面挣扎着,结果常是"穷"而不"愁",所谓潦倒也就是麻木的意思。做人做到艳阳天气勾不起你的幽怨,故乡土物打不动你莼鲈之思,真是几乎无路可走了,还好有个父愁。

虽然知道自己的一生是个失败,仿佛也看出天下无所谓成功的事情,已猜透成功等于失败这个哑谜了,居然清瘦地站在宇宙之外,默然与世无涉了。可是对于自己孩子们总有个莫名其妙的希望,大有我们自己既然如是塌台,难道他们也会这样吗的意思。只有没有道理的希望是真实的,永远有生气的,做父亲的人们明知小孩变成顽皮大人是种可伤的事情,却非常希望他们赶快长大。

已看穿人性的腐朽同宇宙的乏味了,可是还希望他们来日有个花一般的生涯。为着他们,希望许多绝不可能的事情变为可能,为着他们,肯把自己重新掷到过去的幻觉里去,于是乎从他们的生活里去度自己第二次的青春,又是一场哀乐。为着儿女的恋爱而担心,去揣摩内中的甘苦,宛如又踱进情场。有时把儿女的痴梦拿来细味,自己不知不觉也走梦里去了,孩提的想头和希望都占着做父亲者的心窝，虽然这些事他们从前曾经热烈地执著过，后来又颓然扔开了。人们下半生的心境又恢复到前半生那样了，有时从父愁里也产生出春愁和乡愁。

记得去年快有儿子的时候，我的父亲从南方写信来说道："你现也快做父亲了，有了孩子，一切要耐忍些。"我年来常常记起这几句话，感到这几句叮咛包括了整个人生。

为了忘却的纪念

鲁　迅

一

我早已想写一点文字，来记念几个青年的作家。这并非为了别的，只因为两年以来，悲愤总时时来袭击我的心，至今没有停止，我很想借此算是竦身一摇，将悲哀摆脱，给自己轻松一下，照直说，就是我倒要将他们忘却了。

两年前的此时，即一九三一年的二月七日夜或八日晨，是我们的五个青年作家同时遇害的时候。当时上海的报章都不敢载这件事，或者也许是不愿，或不屑载这件事，只在《文艺新闻》上有一点隐约其辞的文章。那第十一期（五月二十五日）里，有一篇林莽先生作的《白莽印象记》，中间说：

“他作了好些诗，又译过匈牙利诗人彼得斐的几首诗，当时的《奔流》的编辑者鲁迅接到了他的投稿，便来信要和他会面，但他却是不愿见名人的人，结果是鲁迅自己跑来找他，竭力鼓励他作文学的工作，但他终于不能坐在亭子间里写，又去跑他的路了。不久，他又一次地被捕了……”

这里所说的我们的事情其实是不确的。白莽并没有这么高慢，他曾经到过我的寓所来，但也不是因为我要求和他会面；我也没有这么高慢，对于一位素不相识的投稿者，会轻率地写信去叫他。我们相见的原因很平常，那时他所投的是从德文译出的《彼得斐传》，我就发信去讨原文，原文是载在诗集前面的，邮寄不便，他就亲自送来了。看去是一个二十多岁的青年，面貌很端正，颜色是黑黑的，当时的谈话我已经忘却，只记得他自说姓徐，象山人。我问他为什么代你收信的女士是这么一个怪名字（怎么怪法，现在也忘却了），他说她就喜欢起得这么怪，罗曼蒂克，自己也有些和她不大对劲了。就只剩了这一点。

夜里，我将译文和原文粗粗地对了一遍，知道除几处误译之外，还有一个故意的曲译。他像是不喜欢"国民诗人"这个字的，都改成"民众诗人"了。第二天又接到他一封来信，说很悔和我相见，他的话多，我的话少，又冷，好像受了一种威压似的。我便写一封回信去解释，说初次相会，说话不多，也是人之常情，并且告诉他不应该由自己的爱憎，将原文改变。因为他的原书留在我这里了，就将我所藏的两本集子送给他，问他可能再译几首诗，以供读者的参看。他果然译了几首，自己拿来了，我们就谈得比第一回多一些。这传和诗，后来就都登在《奔流》第二卷第五本，即最末的一本里。

我们第三次相见，我记得是在一个热天。有人打门了，我去开门时，来的就是白莽，却穿着一件厚棉袍，汗流满面，彼此都不禁失笑。这时他才告诉我他是一个革命者，刚由被捕而释出，衣服和书籍全被没收了，连我送他的那两本，身上的袍子是从朋友那里借来的，没有夹衫，而必须穿长衣，所以只好这么出汗。我想，这大约就是林莽先生说的"又一次地被捕了"的那一次了。

我很欣幸他的得释，就赶紧付给稿费，使他可以买一件夹衫，但一面又很为我的那两本书痛惜：落在捕房的手里，真是明珠暗投了。那两本书，原是极平常的，一本散文，一本诗集，据德文译者说，这是他搜集起来的，虽在匈牙利本国，也还没有这么完全的本子，然而印在《莱克朗氏万有文库》（Reclam' sUniversal-Bibliothek）中，倘在德国，就随处可得，也值不到一元钱。不过在我是一种宝贝，因为这是三十年前，正当我热爱彼得斐的时候，特地托丸善书店从德国去买来的，那时还恐怕因为书极便宜，店员不肯经手，开口时非常惴惴。后来大抵带在身边，只是情随事迁，已没有翻译的意思了，这回便决计送给这也如我的那时一样，热爱彼得斐的诗的青年，算是给它寻得了一个好着落。所以还郑重其事，托柔石亲自送去的。谁料竟会落在“三道头”之类的手里呢，这岂不冤枉！

二

我的绝不邀投稿者相见，其实也并不完全因为谦虚，其中含着省事的分子也不少。由于历来的经验，我知道青年们，尤其是文学青年们，十之九是感觉很敏，自尊心也很旺盛的，一不小心，极容易得到误解，所以倒是故意回避的时候多。见面尚且怕，更不必说敢有托付了。但那时我在上海，也有一个唯一的不但敢于随便谈笑，而且还敢于托他办点私事的人，那就是送书去给白莽的柔石。

我和柔石最初的相见，不知道是何时，在哪里。他仿佛说过，曾在北京听过我的讲义，那么，当在八九年之前了。我也忘记了在上海怎么来往起来，总之，他那时住在景云里，离我的寓所不过四五家门面，不知怎么一来，就来往起来了。大约最初的一回他就告诉我是姓赵，名平复。但他又曾谈起他家乡的豪绅的气焰之盛，说是有一个绅士，以为他的名字好，要给儿子用，叫他不要用这名字了。所以我疑心他的原名是“平福”，平稳而有福，才正中乡绅的意，对于“复”字却未必有这么热心。他的家乡，是台州的宁海，这只要一看他那台州式的硬气就知道，而且颇有点迂，有时会令我忽而想到方孝孺，觉得好像也有些这模样的。

他躲在寓里弄文学，也创作，也翻译，我们往来了许多日，说得投合起来了，于是另外约定了几个同意的青年，设立朝花社。目的是介绍东欧和北欧的文学，输入外国的版画，因为我们都以为应该来扶植一点刚健质朴的文艺。接着就印《朝花旬刊》，印《近代世界短篇小说集》，印《艺苑朝华》，算都在循着这条线，只有其中的一本《拾谷虹儿画选》，是为了扫荡上海滩上的“艺术家”，即戳穿叶灵凤这纸老虎而印的。

然而柔石自己没有钱，他借了二百多块钱来做印本。除买纸之外，大部分的稿子和杂务都是归他做，如跑印刷局，制图，校字之类。可是往往不如意，说起来皱着眉头。看他旧作品，都很有悲观的气息，但实际上并不然，他相信人们是好的。我有时谈到人会怎样骗人,怎样卖友,怎样吮血,他就前额亮晶晶的,惊疑地圆睁了近视的眼睛,抗议道,“会这样的吗?不至于此罢……”

不过朝花社不久就倒闭了,我也不想说清其中的原因,总之是柔石的理想的头,先碰了一个大钉子,力气固然白化,此外还得去借一百块钱来付纸账。后来他对于我那“人心惟危”说的怀疑减少了,有时也叹息道,“真会这样的吗……”但是,他仍然相信人们是好的。

他于是一面将自己所应得的朝花社的残书送到明日书店和光华书局去,希望还能够收回几文钱,一面就拼命地译书,准备还借款,这就是卖给商务印书馆的《丹麦短篇小说集》和戈理基作的长篇小说《阿尔泰莫诺夫之事业》。但我想,这些译稿,也许去年已被兵火烧掉了。

他的迂渐渐地改变起来,终于也敢和女性的同乡或朋友一同去走路了,但那距离,却至少总有三四尺的。这方法很不好,有时我在路上遇见他,只要在相距三四尺前后或左右有一个年青漂亮的女人,我便会疑心就是他的朋友。但他和我一同走路的时候,可就走得近了,简直是扶住我,因为怕我被汽车或电车撞死。我这面也为他近视而又要照顾别人担心,大家都仓皇失措地愁一路,所以倘不是万不得已,我是不大和他一同出去的,我实在看得他吃力,因而自己也吃力。

无论从旧道德,从新道德,只要是损己利人的,他就挑选上,自己背起来。

他终于决定改变了,有一回,曾经明白地告诉我,此后应该转换作品的内容和形式。我说:这怕难罢,譬如使惯了刀的,这回要他要棍,怎么能行呢?他简洁地答道:只要学起来!

他说的并不是空话,真也在重新学起来了,其间他曾经带了一个朋友来访我,那就是冯铿女士。谈了一些天,我对于她终于很隔膜,我疑心她有点罗曼蒂克,急于事功;我又疑心柔石的近来要做大部的小说,是发源于她的主张的。但我又疑心我自己,也许是柔石的先前的斩钉截铁的回答,正中了我那其实是偷懒的主张的伤疤,所以不自觉地迁怒到她身上去了。我其实也并不比我所怕见的神经过敏而自尊的文学青年高明。

她的体质是弱的,也并不美丽。

三

直到左翼作家联盟成立之后，我才知道我所认识的白莽，就是在《拓荒者》上作诗的殷夫。有一次大会时，我便带了一本德译的，一个美国的新闻记者所作的中国游记去送他，这不过以为他可以由此练习德文，另外并无深意。然而他没有来。我只得又托了柔石。

但不久，他们竟一同被捕，我的那一本书，又被没收，落在"三道头"之类的手里了。

四

明日书店要出一种期刊，请柔石去做编辑，他答应了，书店还想印我的译著，托他来问版税的办法，我便将我和北新书局所订的合同，抄了一份交给他，他向衣袋里一塞，匆匆地走了。其时是一九三一年一月十六日的夜间，而不料这一去，竟就是我和他相见的末一回，竟就是我们的永诀。第二天，他就在一个会场上被捕了，衣袋里还藏着我那印书的合同，听说官厅因此正在找寻我。印书的合同，是明明白白的，但我不愿意到那些不明不白的地方去辩解。记得《说岳全传》里讲过一个高僧，当追捕的差役刚到寺门之前，他就"坐化"了，还留下什么"何立从东来，我向西方走"的偈子。这是奴隶所幻想的脱离苦海的唯一的好方法，"剑侠"盼不到，最自在的唯此而已。我不是高僧，没有涅槃的自由，却还有生之留恋，我于是就逃走。

这一夜，我烧掉了朋友们的旧信札，就和女人抱着孩子走在一个客栈里。不几天，即听得外面纷纷传我被捕，或是被杀了，柔石的消息却很少。有的说，他曾经被巡捕带到明日书店里，问是否是编辑；有的说，他曾经被巡捕带往北新书局去，问是否是柔石，手上上了铐，可见案情是重的。但怎样的案情，却谁也不明白。

他在囚系中，我见过两次他写给同乡的信，第一回是这样的——

“我与三十五位同犯(七个女的)于昨日到龙华,并于昨夜上了镣,开政治犯从未上镣之纪录。此案累及太大,我一时恐难出狱,书店事望兄为我代办之。现亦好,且跟殷夫兄学德文,此事可告周先生,望周先生勿念,我等未受刑。捕房和公安局,几次问周先生地址,但我哪里知道。诸望勿念。祝好!

赵少雄一月二十四日。”

以上正面。

“洋铁饭碗,要二三只

如不能见面,可将东西

望转交赵少雄”

以上背面。

他的心情并未改变,想学德文,更加努力,也仍在记念我,像在马路上行走时候一般。但他信里有些话是错误的,政治犯而上镣,并非从他们开始,但他向来看得官场还太高,以为文明至今,到他们才开始了严酷。其实是不然的。果然,第二封信就很不同,措词非常惨苦,且说冯女士的面目都浮肿了,可惜我没有抄下这封信。其时传说也更加纷繁,说他可以赎出的也有,说他已经解往南京的也有,毫无确信。而用函电来探问我的消息的也多起来,连母亲在北京也急得生病了,我只得一一发信去更正,这样大约有二十天。

天气愈冷了,我不知道柔石在那里有被褥不?我们是有的。洋铁碗可曾收到了没有?但忽然得到一个可靠的消息,说柔石和其他二十三人,已于二月七日夜或八日晨,在龙华警备司令部被枪毙了,他的身上中了十弹。

原来如此……

在一个深夜里,我站在客栈的院子中,周围是堆着的破烂的什物,人们都睡觉了,连我的女人和孩子。我沉重地感到我失掉了很好的朋友,中国失掉了很好的青年,我在悲愤中沉静下去了,然而积习却从沉静中抬起头来,凑成了这样的几句:

惯于长夜过春时,挈妇将雏鬓有丝。

梦里依稀慈母泪,城头变幻大王旗。

忍看朋辈成新鬼,怒向刀丛觅小诗。

吟罢低眉无写处,月光如水照缁衣。

但末二句,后来不确了,我终于将这写给了一个日本的歌人。

可是在中国,那时是确无写处的,禁锢得比罐头还严密。我记得柔石在年底曾回故乡,住了好些时,到上海后很受朋友的责备。他悲愤地对我说,他的母亲双眼已经失明了,要他多住几天,他怎么能够就走呢?我知道这失明的母亲的眷眷的心,柔石的拳拳的心。当《北斗》创刊时,我就想写一点关于柔石的文章,然而不能够,只得选了一幅珂勒惠支(Kaethe Kollwitz)夫人的木刻,名曰《牺牲》,是一个母亲悲哀地献出她的儿子去的,算是只有我一个人心里知道的柔石的记念。

同时被难的四个青年文学家之中,李伟森我没有会见过,胡也频在上海也只见过一次面,谈了几句天。较熟的要算白莽,即殷夫了,他曾经和我通过信,投过稿,但现在寻起来,一无所得,想必是十七那夜统统烧掉了,那时我还没有知道被捕的也有白莽。然而那本《彼得斐诗集》却在的,翻了一遍,也没有什么,只在一首《Wahlspruch》(格言)的旁边,有钢笔写的四行译文道:

"生命诚宝贵,

爱情价更高;

若为自由故,

二者皆可抛!"

又在第二页上,写着"徐培根"三个字,我疑心这是他的真姓名。

五

前年的今日,我避在客栈里,他们却是走向刑场了;去年的今日,我在炮声中逃在英租界,他们则早已埋在不知哪里的地下了;今年的今日,我才坐在旧寓里,人们都睡觉了,连我的女人和孩子。我又沉重地感到我失掉了很好的朋友,中国失掉了很好的青年,我在悲愤中沉静下去了,不料积习又从沉静中抬起头来,写下了以上那些字。

要写下去,在中国的现在,还是没有写处的。年青时读向子期《思旧赋》,很怪他为什么只有寥寥的几行,刚开头却又煞了尾。然而,现在我懂得了。

不是年青的为年老的写记念,而在这三十年中,却使我目睹许多青年的血,层层淤积起来,将我埋得不能呼吸,我只能用这样的笔墨,写几句文章,算是从泥土中挖一个小孔,自己延口残喘,这是怎样的世界呢。夜正长,路也正长,我不如忘却,不说的好罢。但我知道,即使不是我,将来总会有记起他们,再说他们的时候的……

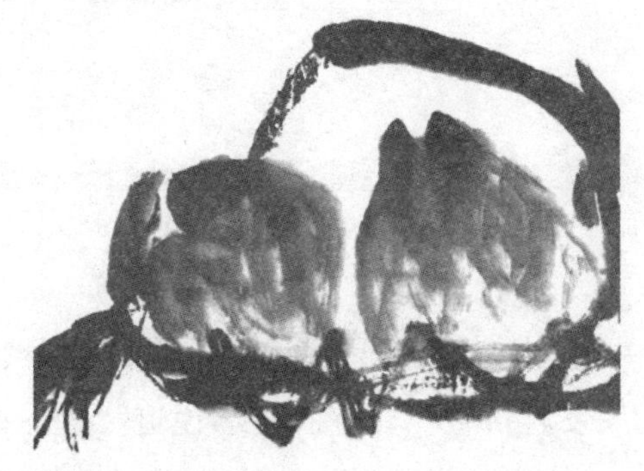

小小一个问题

瞿秋白

有一天我去看一个朋友,他书桌子上放着几本书。偶然翻开一本《吴梅村词》,看了几页,我的朋友就指着一首《浣溪沙》说道:"这一首就只这一句好。"我看一看,原来是一首闺情词。他指的那一句就是"惯猜闲事为聪明"。我就回答他道:"好可是好,你看了不害怕吗?不难受吗?"他不明白。我就道:"这首词,这样的诗词、文章、小说、戏剧,就是牢狱里的摄影片。幸而好,现在从这样牢狱里逃出来的越狱女犯已经有了几个了,可惜还没有人替她们拍个照,描写描写她们的非牢狱的生活状况。也许是因为这样的越狱女犯,还很少很少,或者是简直没有。可见现在关在这样牢狱里的很是不少,可是还用得着这些文学家来替她们写照吗?还不快快地把她们放出来吗?"你瞧!这样一张手铐脚镣钉着的女犯的相片,怎么不害怕?怎么不难受?可怜不可怜!唉!要不是钉着手铐脚镣,又何至于"惯猜闲事"才算得"聪明"呢?许许多多精神上的桎梏——纲常、礼教、家庭制度、社会组织、男女相对的观念——造成这样一个精神的牢狱把她们监禁起来。天下的事情在这般不幸的女子眼光中看来哪一件不是闲事呢?既然有这许多桎梏把她们禁锢起来,她们的聪明才力没有可用之处,侥幸的呢,也不过是"舞罢曾无理曲时,妆成只是薪香坐";不幸的呢,自然是"不分不晓恹恹默默一段伤春"了。文学家既然有这样细腻的文心,为什么不想一想,天下有许多“惯猜闲事为聪明”的女子,就有许多手足胼胝还吃不饱肚子的人。女子既然是受着旧宗教、旧学说、旧社会的影响变成这种样子,似乎这全是旧宗教、旧学说、旧社会造出来的罪恶,文学家不过是把它描写出来罢了。殊不知道文学的作品——诗、词、文章、小说、戏剧——多少有一点支配社会心理的力量。文学家始终要担负这点责任。“以女子为玩物”,男子说:这是应当的。非但是肉体上,就是精神上也跳不出这个范围。这样的牢狱多坚固呵!女子说——她想一想,细想一想。这也是许多事实。他究竟是莫名其妙,他简直是安之若素了,得不着还天天羡慕着呢。这样的牢狱多坚固呵!这不是中国文学家——无题体、香奁体诗词的文人——描写出来的吗?这不是他们确定社会上对于男女的观念的利器吗?唉!这可以算作中国的妇女神圣观呵!你不看见,民国三四年间,枕亚、定夷一班人的淫靡小说,影响于社会多大。你不看见,现在社会上的人大多数满脑子装着贾宝玉、林黛玉、杜十娘、花魁的名字,映着《游园惊梦》《游龙戏凤》《荡湖船》的影子,随时随地无形之中可以造成许多罪恶。他们无论怎么样贫苦,无论怎么样富贵,要求精神的愉快、安慰是一样的。精神上的娱乐品——这类的诗词,这类的小说,这类的戏剧——又无论上等的、下等的都是差不多的东西,无非是构成男女不平等的观念。稍识几个字的人就去看这类的小说,听这类的戏;稍高深一点就去看这类的诗词。男女不平等的观念,轻蔑女子的观念——或者就是尊敬女子的观念,怜爱女子的观念,在他们已经是先入为主,根深蒂固的了。怎么谈得到妇女解放问题呢?现在文学家应当大大注意这一点——戏剧小说尤其要紧,诗词还比较不普遍一些。中国人并非没有美术的生活,旧式的美术的生活就是这个样,所以一说到妇女解放,中国人就会联想到暧昧的事情上去,就真会遇见那样的事。所以非注意于创造新的美术的生活不可,这是现在文学家的责任呵!这是我因为看见了那句词,起了一种感想——杂乱的感想——随便乱写几句,似乎也有好几层问题在里面,一个小小的妇女解放问题。

这个问题当真小吗?

自剖

徐志摩

我是个好动的人，每回我身体行动的时候，我的思想也仿佛就跟着跳荡。我作的诗，不论它们是怎样“无聊”，有不少是在行旅期中想起的。我爱动，爱看动的事物，爱活泼的人，爱水，爱空中的飞鸟，爱车窗外掣过的田野山水。星光的闪动，草叶上露珠的颤动，花絮在微风中的摇动，雷雨时云空的变动，大海中波涛的汹涌，都是在触动我感兴的情景。是动，不论是什么性质，就是我的兴趣，我的灵感。是动就会催快我的呼吸，加添我的生命。

近来却大大地变样了。第一我自身的肢体，已不如原先灵活；我的心也同样地感受了不知是年岁还是什么的拘絷。动的现象再不能给我欢喜，给我启示。先前我看着在阳光中闪烁的金波，就仿佛看见了神仙宫阙——什么荒诞美丽的幻觉，不在我的脑中一闪闪地掠过，现在不同了，阳光只是阳光，流波只是流波，任凭景色怎样灿烂，再也照不化我呆木的心灵。我的思想，如其偶尔有，也只似岩石上的藤萝，贴着枯干的粗糙的石面，极困难地延着，颜色是苍黑的，姿态是倔强的。

我自己也不懂得何以这变迁来得这样突兀，这样深彻。原先我在人前自觉竟是一注的流泉，在在有飞沫，在在有闪光。现在这泉眼，如其还在，仿佛是叫一块石板不留余隙地镇住了。我再没有先前那样蓬勃的情趣，每回我想说话的时候,就觉着那石块的重压,怎么也掀不动,怎么也推不开,结果只能自安沉默!“你再不用想什么了,你再没有什么可想的了。”“你再不用开口了,你再没有什么话可说的了。”我常觉得沉闷的心府里有这样半嘲讽半吊唁的谆嘱。

说来我思想上或经验上也并不曾经受什么过分剧烈的戟刺。我处境是向来顺的,现在,如其有不同,只是更顺了的。那么为什么有这变迁?远的不说,就比如我年前到欧洲去时的心境:啊!我那时还不是一只初长毛角的野鹿?什么颜色不激动我的视觉,什么香味不兴奋我的嗅觉?我记得我在意大利写游记的时候,情绪是何等活泼,兴趣何等醇厚,一路来眼见耳听心感的种种,哪一样不活栩栩地丛集在我的笔端争求充分的表现!如今呢?我这次到南方去,来回也有一个多月的光景,这期内眼见耳听心感的事物也该有不少。我未动身前,又何尝不自喜此去又可以有机会饱餐西湖的风色,邓尉的梅香——单提一两件最合我脾胃的事。有好多朋友也曾期望我在这闲暇的假期中采集一点江南风趣,归来时,至少也该带回一两篇爽口的诗文,给在北京泥土的空气中活命的朋友们一些清醒的消遣。但在事实上不但在南中时我白瞪着大眼,看天亮换天昏,又闭上了眼,看天亮换天昏,一枝秃笔跟着我涉海去,又跟着我涉海回来,正如岩洞里的一根石笋,压根儿就没一点摇动的消息。就在我回京后这十来天,任凭朋友们怎样催促,自己良心怎样责备,我的笔尖上还是滴不出一点墨汁来。我也曾勉强想想,勉强想写,但到底还是白费!可怕是这心灵骤然地呆顿。完全死了不成?我自己在疑惑。

说来是时局也许有关系,我到京几天就逢着空前的血案。五卅事件发生时我正在意大利山中,采茉莉花编花篮儿玩,翡冷翠山中只见明星与流萤的交唤,花香与山色的温存,俗氛是吹不到的。直到七月间到了伦敦,我才理会国内风光的惨淡,等得我赶回来时,设想中的激昂,又早变成了明日黄花,看得见的痕迹只有满城黄墙上墨彩斑斓的“泣告”。

这回却不同,屠杀的事实不仅是在我住的城子里发现,我有时竟觉得是我自己的灵府里的一个惨象。杀死的不仅是青年们的生命,我自己的思想也仿佛遭着了致命的打击,象是国务院前的断肢残肢,再也不能回复生动与连贯。但这深刻的难受在我是无名的,是不能完全解释的。这回事变的奇惨性引起愤慨与悲切是一件事,但同时我们也知道在这根本起变态作用的社会里,什么怪诞的情形都是可能的。屠杀无辜，还不是年来最平常的现象。自从内战纠结以来，在受战祸的区域内，哪一处村落不曾分到过遭奸污的女性，屠残的骨肉，供牺牲的生命财产？这无非是给冤氛团结的地面上多添一团更集中更鲜艳的怨毒。再说哪一个民族的解放史能不浓浓地染着 Martyrs 的腔血？俄国革命的开幕就是二十年前冬宫的血景。只要我们有识力认定，有胆量实行，我们理想中的革命，这回羔羊的血就不会是白涂的。所以我个人的沉闷绝不完全是这回惨案引起的感情作用。

爱和平是我的生性。在怨毒、猜忌、残杀的空气中，我的神经每每感受一种不可名状的压迫。记得前年奉直战争时我过的那日子简直是一团黑漆，每晚更深时，独自抱着脑壳伏在书桌上受罪，仿佛整个时代的沉闷盖在我的头顶——直到写下了《毒药》几首不成形的组诗以后，我心头的紧张才渐渐地缓和下去。这回又有同样的情形，只觉着烦，只觉着闷，感想来时只是破碎，笔头只是笨滞。结果身体也不舒畅，像是蜡油涂抹住了全身毛窍似的难过，一天过去了又是一天，我这里又在重演更深独坐箍紧脑壳的姿势，窗外皎洁的月光，分明是在嘲讽我的内心的枯窘！

不，我还得往更深处挖。我不能叫这时局来替我思想骤然的呆顿负责，我得往我自己生活的底里找去。

平常有几种原因可以影响我们的心灵活动。实际生活的牵掣可以刮去我们心灵所需要的闲暇，积成一种压迫。在某种热烈的向往不曾得满足时，我们感觉精神上的烦闷与焦躁，失望更是颠覆内心平衡的一个大原因，较剧烈的种类可以麻痹我们的灵智，淹没我们的理性。但这些都合不上我的病源，因为我在实际生活里已经得到十分的幸运，我的潜在意识里，我敢说不该有什么压着的欲望在作怪。

但是在实际上反过来看有一种情形可以阻塞或是减少你心灵的活愉。我们知道舒服、健康、幸福，是人生的目标，我们因此推想我们痛苦的起点是在望见那些目标而得不到的时候。我们常听人说“假如我像某人那样生活无忧我一定可以好好地做事，不比现在整天的精神全花在琐碎的烦恼上。”我们又听说“我不能做事就为身体太坏，若是精神来得，那就……”我们又常常设想幸福的境界，我们想“只要有一个意中人在跟前那我一定奋发，什么事做不到？”但是不,在事实上,舒服、健康、幸福,不但不一定是帮助或奖励心灵生活的条件,它们有时正得相反的效果。我们看不起有钱人,在社会上得意人,肌肉过分发达的运动家,也正在此。至于年少人幻想中的美满幸福,我敢说等得当真有了红袖添香,你的书也就读不出所以然来,且不说什么在学问上或艺术上更认真的工作。

那么生活的满足是我的病源吗?

“在先前的日子,”一个真知我的朋友,就说,“正为是你生活不得平衡,正为你有欲望不得满足,你的压在内里的 Libido 就形成一种升华的现象,结果你就借文学来发泄你生理上的郁结(你不常说你从事文学是一件不预期的事吗?),这情形又容易在你的意识里形成一种虚幻的希望,因为你的写作得到一部分赞许,你就自以为确有相当创作的天赋以及独立思想的能力。但你只是自冤,实在你并没有什么超人一等的天赋,你的设想多半是虚荣,你的以前的成绩只是升华的结果。所以现在等得你生活换了样,感情上有了安顿,你就发现你向来写作的来源顿呈萎缩甚至枯竭的现象。而你又不愿意承认这情形的实在,妄想到你身子以外去找你思想枯窘的原因,所以你就不由得感到深刻的烦闷。你只是对你自己生气,不甘心承认你自己的本相。不,你原来并没有三头六臂的!

“你对文艺并没有真兴趣,对学问并没有真热心。你本来没有什么更高的志愿,除了相当合理的生活,你只配安分做一个平常人,享你命里注定的‘幸福’。在事业界,在文艺创作界,在学问界内,全没有你的位置,你真的没有那能耐。不信你只要自问在你心里的心里有没有那无形的‘推力’,整天整夜地恼着你,逼着你,督着你,放开实际生活的全部,单望着不可捉摸的创作境界里去冒险?是的,顶明显的关键就是那无形的推力或是冲动(The Impulse),没有它人类就没有科学,没有文学,没有艺术,没有一切超越功利实用性质的创作。你知道在国外(国内当然也有,许没那样多)有多少人被这无形的推力驱使着,在实际生活上变成一种离魂病性质的变态动物,不但人间所有的虚荣永远沾不上他们的思想,就连维持生命的睡眠饮食,在他们都失去了重要,他们全部的心力只是在他们那无形的推力所指示的特殊方向集中应用。怪不得有人说天才是疯癫,我们在巴黎伦敦不就到处碰得着这类怪人?如其他是一个美术家,恼着他的就只有怎样可以完全表现他那理想中的形体,一个线条的准确,某种色彩的

调谐,在他会得比他生身父母的生死与国家的存亡更重要、更迫切、更要求注意。我们知道专门学者有终身掘坟墓的,研究蚊虫生理的,观察亿万万里外一个星的动定的。并且他们绝不问社会对于他们的劳力有否任何的认识,那就是虚荣的进路,他们是被一点无形的推力的魔鬼定了的。

“这是关于文艺创作的话,你自问有没有这种情形。你也许经验过什么‘灵感’,那也许有,但你却不要把刹那误认作永久的,虚幻认作真实。至于说思想与真实学问的话,那也得背后有一种推力,方向许不同,性质还是不变。做学问你得有原动的好奇心,得有天然热情的态度去做求知识的工夫。真思想家的准备,除了特强的理智,还得有一种原动的信仰。信仰或寻求信仰,是一切的思想的出发点,极端的怀疑派思想也只是期望重新位置信仰的一种努力。从古来没有一个思想家不是宗教性的。在他们,各按各的倾向,一切人生的和理智的问题是实在有的。神的有无,善与恶,本体问题,认识问题,意志自由问题,在他们看来都是含逼迫性的现象,要求合理的解答比山岭的崇高,水的流动,爱的甜蜜更真、更实在、更耸动。他们的一点心灵,就永远在他们设想的一种或多种问题的周围飞舞、旋绕,正如灯蛾之于火焰:牺牲自身来贯彻火焰中心的秘密,是他们共有的决心。

“这种惨烈的情形,你怕也没有吧?我不说你的心幕上就没有思想的影子。但它们怕只是虚影,像水面上的云影,云过影子就跟着消散,不是石上的流痕越日久越深刻。

“这样说下来,你倒可以安心了!因为个人最大的悲剧是设想一个虚无的境界来谎骗你自己,骗不到底的时候你就得忍受‘幻灭’的莫大的苦痛。与其那样,还不如及早认清自己的深浅,不要把不必要的负担,放上支撑不住的肩背,压坏你自己,还难免旁人的笑话!朋友,不要迷了,定下心来享你现成的福分吧。思想不是你的福分,文艺创作不是你的福分,独立的事业更不是你的福分!天生扛了重担来的那也没法想(哪一个天才不是活受罪!),你原来是轻松的,这是多可羡慕,多可贺喜的一个发现!算了吧,朋友!”

海 燕

郑振铎

乌黑的一身羽毛，光滑漂亮，积伶积俐，加上一双剪刀似的尾巴，一对劲俊轻快的翅膀，凑成了那样可爱的活泼的一只小燕子。

当春间二三月，轻飔微微地吹拂着，如毛的细雨无因地由天上洒落着，千条万条的柔柳，齐舒了它们的黄绿的眼，红的白的黄的花，绿的草，绿的树叶，皆如赶赴市集者似的奔聚而来，形成了烂漫无比的春天时，那些小燕子，那么伶俐可爱的小燕子，便也由南方飞来。加入了这个隽妙无比的春景的图画中，为春光平添了许多的生趣。小燕子带了它的双剪似的尾，在微风细雨中，或在阳光满地时，斜飞于旷亮无比的天空之上，“唧”的一声，已由这里稻田上，飞到了那边的高柳之下了。同几只却隽逸地在粼粼如縠纹的湖面横掠着，小燕子的剪尾或翼尖，偶沾了水面一下，那小圆晕便一圈一圈地荡漾了开去。那边还有飞倦了的几对，闲散地憩息于纤细的电线上——嫩蓝的春天，几根木杆，几痕细线连于杆与杆间，线上是停着几个粗而有致的小黑点，那便是燕子，是多么有趣的一幅图画呀！还有一家家的快乐家庭，他们还特为我们的小燕子备了一个两个小巢，放在厅梁的最高处，假如这家有了一个匾额，那匾后便是小燕子最好的安巢之所。第一年，小燕子来住了，第二年，我们的小燕子，就是去年的一对，它们还要来住。

"燕子归来寻旧垒。"

还是去年的主,还是去年的宾,他们宾主间是如何融融泄泄(yì)呀!偶然的有几家,小燕子却不来光顾,那便很使主人忧戚,他们邀召不到那么隽逸的嘉宾,每以为自己命运的蹇劣呢。

这便是我们故乡的小燕子,可爱的活泼的小燕子,曾使几多的孩子们欢呼着,注意着,沉醉着,曾使几多的农人们市民们忧戚着,或舒怀地指点着,且曾平添了几多的春色,几多的生趣于我们的春天的小燕子!

如今,离家是几千里!离国是几千里!托身于浮宅之上,奔驰于万顷海涛之间,不料却见着我们的小燕子。

这小燕子,便是我们故乡的那一对,两对吗?便是我们今春在故乡所见的那一对,两对吗?

见了它们,游子们能不引起了,至少是轻烟似的,一缕两缕的乡愁吗?

海水是皎洁无比的蔚蓝色,海波是平稳得如春晨的西湖一样,偶有微风,只吹起了绝细绝细的千万个粼粼的小皱纹,这更使照晒于初夏之太阳光之下的、金光烂灿的水面显得温秀可喜。

我没有见过那么美的海!天上也是皎洁无比的蔚蓝色,只有几片薄纱似的轻云,平贴于空中,就如一个女郎,穿了绝美的蓝色夏衣,而颈间却围绕了一段绝细绝轻的白纱巾。我没有见过那么美的天空!我们倚在青色的船栏上,默默地望着这绝美的海天。我们一点杂念也没有,我们是被沉醉了,我们是被带入蓝天了。

就在这时,我们的小燕子,二只,三只,四只,在海上出现了。它们仍是隽逸地从容地在海面上斜掠着,如在小湖面上一样,海水被它的似剪的尾与翼尖一打,也仍是连漾了好几圈圆晕。

小小的燕子,浩莽的大海,飞着飞着,不会觉得倦吗?不会遇着暴风疾雨吗?我们真替它们担心呢!

小燕子却从容地憩着了。它们展开了双翼,身子一落,落在海面上了,双翼如浮圈似的支持着体重,活是一只乌黑的小水禽,在随波上下地浮着,又安闲,又舒适。海是它们那么安好的家,我们真是想不到。

在故乡,我们还会想象得到我们的小燕子是这样的一个海上英雄吗?

海水仍是平贴无波，许多绝小绝小的海鱼，为我们的船所惊动，群向远处窜去。随了它们飞窜着，水面起了一条条的长痕，正如我们当孩子时之用瓦片打水漂在水面所划起的长痕。这小鱼是我们小燕子的粮食吗？

小燕子在海面上斜掠着，浮憩着。它们果是我们故乡的小燕子吗？

啊，乡愁呀，如轻烟似的乡愁呀！

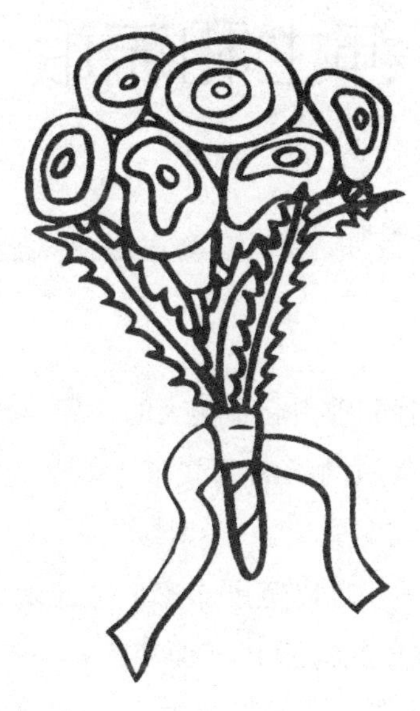

绅士和流氓

郑振铎

因了“海派”的一个名词，曾引起了很大的一场误会的笔墨的官司。在上海的几家报纸上，且有了很激烈的不满的文章。险些儿个惹动南北文士们的对垒。但这都不过是误会。

地理上的界限，实在是不足以范围作家们。江南多才士，不过是一句话罢了。最伟大的两部小说，《金瓶梅》和《红楼梦》，都不是江以南的人士写的。而张凤翼之流的剧曲，虽是出于地道的吴人之手，也未见得便如何的高明。

与其说是“地理”的区分对于作家们有了很大的影响，不如说是“时代”的压力，所给予文士的尤为大。

在这个大时代里，我们有了许多可尊敬的作家们，这些作家们的所在地是并不限定在一个区域的。譬如说吧，在上海的所谓“海派”的中心的地方，有许多作家们正在那里努力地写作，而其写作的成就，却是那样的伟大，值得我们赞叹与崇敬。但，在北平，却也未尝没有我们所敬仰的作家们在着。即在南京以至于其他地方，也时见到我们的可尊敬的文士们的踪迹。

那条被号为“天堑”的长江，是不能够隔断了那些被这大时代所唤醒的具有伟大的心胸与灵魂的文人们的联络的。他们在无形里，曾形成了个共同的倾向，一个向前努力的共同的目标，虽然他们不一定真的有什么“同盟”，什么“组织”。

和这些具有伟本的心胸与灵魂的作家们相对峙的,也不仅是所谓“海派”者的一个支派。还有一个更可怕的戴着正人君子的面具的绅士们,也在那里勾心斗角地想陷害、毁坏文坛的前途。如果“海派”的文丐们是可入所谓“流氓”者的一群的话,那么绅士派的“士大夫”们也正是他们的一流。不过心计更阴险,而面目却比较严峻,冷刻些而已。

说来,绅士和流氓,仿佛是相对峙的两种人物。其实在今日看起来,他们是名相反而实相成的;其坑害、烧坏文坛的程度,也正相类似。举一个有趣的近例:有所谓“艺术流氓”和“艺术绅士”的,曾互相攻讦过一时;而不久,却都得到他们所欲的什么,心满意足而去!虽然所使用的手段有点小小的不同。

但所谓“海派”的文氓者,为志小,为心似辣而实疏。从五四运动以来,便就成了新人们的攻击的目标。其活动的领域,也一天天地缩小,虽然不时地有一批批的新的分子加入,然而颓势却终于是不可挽救的。怪可怜的,他们的卑鄙的伎俩,至多只是放冷箭、浮夸、讽刺与冷笑,其秘密容易被拆穿,而谣言,也终于不过是谣言罢了,不会有什么重大的影响的。因为站在传统的被轻视的不利的地位上,根本上便不会有什么听者严肃地在听受他们的;而他们,那冷笑与揭发,也便在怪可怜、怪狼狈的情态之下,而红了脸收场。

可怕的却是绅士的一派。那才是道地的“京朝派”,“长安居大不易”而住久了长安的,却表现出“像煞有介事”那样的一副清华高贵的气象出来!假如说文氓们是扮了丑角,向一部分的观众,打自己的嘴巴,而博得戋戋的养生之资的话,则文绅们的觅食之方,确是冠冕堂皇得多了。尽管是“暮夜乞怜”,在白昼,却终是那副骄人的相儿。因了某种的机缘,他们是爬登上了被包买、被豢养的无形的金丝织就的笼里。也许他们本来是文氓之流,从此,却也不再放刁。反而装出正人君子的样子,道貌岸然地在给人以“师模”。刻薄话,都换上了宽厚的教训的衣衫。其可恶之处就在此。

他们是在教训,是在说正经话,是在示范于人,老实头的听众们便上了当,以为他们也是热情的,有心肝的,是要领导着人们向前走的,是和他们更尊敬的作家们走上一条路的,虽然说话的口音有些不同——所要走的路也有些两样的。但狡猾的文绅们,却早已声明过,那条路也是可以通到大道上去的。

孔子要诛少正卯，正是此故。如果是优施、优孟之流，便也不必劳动斧钺了。他们在文坛上所做的破坏的工作，实在是大，一世纪、半世纪所打下的根基，可以破毁于一旦。故，肃清文坛上的败类，是个紧要的事。

我们不忍看见年轻的有希望的人们，走上了小丑式的文氓的一道，天天以造谣、说谎、自己打嘴巴为职业。同时，更不忍看见一大群的有良心的人们，竟被说服，竟昧了心肝，弃了自己的前途，而群趋于卖身投靠的一途，而更领导别人去投入这火坑！

我说，做一个小工，做一个没齿无闻的田夫或小市民，也比读了几句书，便扮小丑，以打自己的嘴巴为业，或装绅士，烂掉自己的良心，以坑或扫有前途的文坛为能事的要强些。

该明白自己的作用，那支笔实在可怕，从笔尖沙沙地划着白纸的所写出的什么，其影响又非自己所知道的。

昔人有一首题《笔冢》的诗道：

髡友退锋郎，功成鬓发霜。

冢头封马鬣，不敢负恩光。

把笔锋写秃了的。曾想到自己使“笔”成就的是什么“功”吗？曾想到不曾使那支无罪过的忠心的笔，受到了什么无可控诉的冤抑与不幸吗？

抬起头来，看看今日的时代与中国！

牛津的书虫

许地山

牛津实在是学者的学国,我在此地两年的生活尽用于波德林图书馆,印度学院,阿克关屋(社会人类学讲室)及曼斯斐尔学院中,竟不觉归期已近。

同学们每叫我做“书虫”,定蜀尝鄙夷地说我于每谈论中,不上三句话,便要引经据典,“真正死路”! 刘锴说:“你成日读书,睇读死你呀!”书虫诚然是无用的东西,但读书读到死,是我所乐为。假使我的财力、事业能够容允我,我诚愿在牛津做一辈子的书虫。

我在幼时已决心为书虫生活。自破笔受业直到如今,二十五年间未尝变志。但是要做书虫,在现在的世界本不容易,须要具足五件条件才可以。五件者:第一要身体康健;第二要家道丰裕;第三要事业清闲;第四要志趣淡薄;第五要宿慧超越。我于此五件,一无所有! 故我以十年之功只当他人一夕之业。于诸学问、途径还未看得清楚,何敢希望登堂入室? 但我并不因我的资质与境遇而灰心,我还是抱着读得一日便得一日之益的心志。

为学有三条路向:一是深思,二是多闻,三是能干。第一是做成思想家的路向;第二是学者;第三是事业家。这三种人同是为学,而其对于同一对象的理解则不一致。譬如有人在居庸关下偶然捡起一块石头,一个思想家要想它怎样会在那里,怎样被人捡起来,和它的存在的意义。若是一个地质学者,他对于那石

头便从地质方面原原本本地说它。若是一个历史学者，他便要探求那石与过去史实有无的关系。若是一个事业家，他只想着要怎样利用石而已。三途之中，以多闻为本。我邦先贤教人以“博闻强记”，及教人“不学而好思，虽知不广”的话，真可谓能得力学的正义。但在现在的世界，能专一途的很少。因为生活上等等的压迫，及种种知识上的需要，使人难为纯粹的思想家或事业家。假使苏格拉底生于今日的希腊，他难免也要写几篇关于近东问题的论文投到报馆里去卖几个钱。他也得懂得一点汽车、无线电的使用方法。也许他会把钱财存在银行里。这并不是因为“人心不古”，乃是因为人事不古。

近代人需要等等知识为生活的资助，大势所趋，必不能在短期间产生纯粹的或深邃的专家。故为学要先多能，然后专攻，庶几可以自存，可以有所供献。吾人生于今日，对于学问，专既难能，博又不易，所以应于上列三途中至少要兼二程。兼多闻与深思者为文学家，兼多闻与能干的为科学家。就是说一个人具有学者与思想家的才能，便是文学家；具有学者与专业家的功能的，便是科学家。

文学家与科学家同要具学者的资格所不同者，一是偏于理解，一是偏于作用，一是修文，一是格物（自然我所用科学家与文学家的名字是广义的）。进一步说，舍多闻既不能有深思，亦不能生能干，所以多闻是为学根本。多闻多见为学者应有的事情，如人能够做到，才算得过着书虫的生活。当彷徨于学问的歧途时，若不能早自决断该向哪一条路走去，他的学业必致如荒漠的砂粒，既不能长育生灵，又不堪制作器用。即使他能下笔千言，必无一字可取。纵使他能临事多谋，必无一策能成。我邦学者，每不擅于过书虫生活，在歧途上既不能慎自抉择，复不虚心求教。过得去时，便充名士；过不去时，就变劣绅。所以我觉得留学而学普通知识，是一个民族最羞耻的事情。

我每觉得我们中间真正的书虫太少了。这是因为我们当学生的多半穷乏，急于谋生，不能具足上说五种求学条件所致。从前生活简单，旧式书院未变学堂的时代，还可以希望从领膏火费的生员中造成一二。至于今日的官费生或公费生，多半是虚掷时间和金钱的。这样的光景在留学界中更为显然。

牛津的书虫很多，各人都能利用他的机会去钻研，对于有学无财的人，各学院尽予津贴，未卒业者为“津贴生”，已卒业者为“特待校友”，特待校友中有一辈子以读书为职业的。要有这样的待遇,然后可产出高等学者。在今日的中国要靠著作度日是绝对不可能的。因社会程度过低,还养不起著作家。所以著作家的生活与地位在他国是了不得,在我国是不得了!著作家还养不起,何况能养在大学里以读书为生的书虫?这也许就是中国的“知识阶级”不打而自倒的原因。

客

梁实秋

“只有上帝和野兽才喜欢孤独。”上帝吾不得而知之，至于野兽，则据说，成群结党者多，真正孤独者少。我们凡人，如果身心健全，大概没有不好客的。以欢喜幽独著名的Thoureau他在树林里也给来客安排得舒舒贴贴。我常幻想着“风雨故人来”的境界，在风飒飒雨霏霏的时候，心情枯寂，百无聊赖，忽然有客款扉，把握言欢，莫逆于心，来客不必如何风雅，但至少第一不谈物价升降，第二不谈宦海浮沉，第三不劝我保险，第四不劝我信教，乘兴而来，兴尽即返，这真是人生一乐。但是我们为客所苦的时候也颇不少。

很少的人家有门房，更少的人家有拒人千里之外的阍者，门禁既不森严，来客当然无阻，所以私人居处，等于日夜开放。有时主人方在厕上，客人已经升堂入室，回避不及，应接无术，主人鞠躬如也，客人呆若木鸡。有时主人方在用饭，而高轩贲止，便不能不效周公之“一饭三吐哺”，但是来客并无归心，只好等送客出门之后再补充些残羹剩饭。有时主人已经就枕，而不能不倒屣相迎。一天二十四小时之内，不知客人何时入侵，主动在客，防不胜防。

在西洋所谓客者是很稀罕的东西。因为他们办公有办公的地点，娱乐有娱乐的场所，住家专做住家之用。我们的风俗稍为不同一些。办公打牌吃茶聊天都可以在人家的客厅里随时举行的。主人既不能在座位上遍置针毡，客人便常有如归之乐。从前官场习惯,有所谓端茶送客之说,主人觉得客人应该告退的时候,便举起盖碗请茶,那时节一位训练有素的豪仆在旁一眼瞥见,便大叫一声“送客!”另有人把门帘高高打起,客人除了告辞之外,别无他法。可惜这种经济时间的良好习俗,今已不复存在,而且这种办法也只限于官场,如果我在我的小小客厅之内端起茶碗,由荆妻稚子在旁嘤然一声“送客”,我想客人会要疑心我一家都发疯了。

客人久坐不去,驱禳至为不易。如果你枯坐不语,他也许发表长篇独白,像个垃圾口袋一样,一碰就泻出一大堆,也许一根一根的纸烟不断地吸着,静听挂钟滴答滴答地响。如果你暗示你有事要走,他也许表示愿意陪你一道走。如果你问他有无其他的事情见教,他也许干脆告诉你来此只为闲聊天。如果你表示正在为了什么事情忙,他会劝你多休息一下。如果你一遍一遍地给他斟茶,他也许就一碗一碗地喝下去而连声说:“主人别客气。”乡间迷信,恶客盘踞不去时,家人可在门后置一扫帚,用针频频刺之,客人便会觉得有刺股之痛,坐立不安而去。此法有人曾经实验,据云无效。

“茶,泡茶,泡好茶;坐,请坐,请上坐。”出家人犹如此势利,在家人更可想而知。但是为了常遭客灾的主人设想,茶与座二者常常因客而异,盖亦有说。夙好牛饮之客,自不便奉以“水仙”“云雾”,而精研茶经之士,又断不肯尝试那“高末”“茶砖”。茶卤加开水,浑浑满满一大盅,上面泛着白沫如啤酒,或漂着油彩如汽油,这固然令人恶心,但是如果名茶一盏,而客人并不欣赏,轻呷一口,盅缘上并不留下芬芳,留之无用,弃之可惜,这也是非常讨厌之事。所以客人常被分为若干流品,有能启用平日主人自己舍不得饮用的好茶者,有能享受主人自己日常享受的中上茶者,有能大量取用茶卤冲开水者,飨以“玻璃”者是为未入流。至于座处,自以直入主人的书房绣闼者为上宾,因为屋内零星物件必定甚多,而主人略无防闲之意,于亲密之中尚含有若干敬意,做客至此,毫无遗憾;次焉者厕前檐下随处接见,所谓班荆道故,了无痕迹;最下者则肃入客厅,屋内只有桌椅板凳,别无长物,主人着长袍而出,寒暄就座,主客均客气之至。在厨房后门伫立而谈者是为未入流。我想此种差别待遇,是无可如何之事,我不相信孟尝门客三千而待遇平等。

人是永远不知足的。无客时嫌岑寂,有客时嫌烦嚣,客走后扫地抹桌又另

有一番冷落空虚之感。问题的症结全在于客的素质,如果素质好,则未来时想他来,既来时想他不走,既走想他再来;如果素质不好,未来时怕他来,既来了怕他不走,既走怕他再来。虽说物与类聚,但不速之客甚难预防。“约客不来过半夜,闲敲棋子落灯花”,那种境界我觉得最足令人低徊。

留念，生活的一粒尘埃

阿克拉人的服饰

阿尔贝托·莫拉维亚

从客房的阳台上,我可以一览无余地俯瞰加纳首都阿克拉的全景。蔚蓝的天空罩上了一层轻纱,金黄、青灰的云丝雾缕轻松地飘游,脚下的城市颇像一盆黑菜汤,刚刚煮沸的汤中浮起点点白色的面片。大株大株热带树,披拂着沉重的、浓绿的枝叶,树影墨黑,好似汤中的黑菜;一座座鲜红的钢筋混凝土建筑,而今星罗棋布般在整个城市涌现,很像菜汤中的面片。我下榻的旅馆就是这众多的新建筑之一,它坐落在一个大花园的中央,花园里一簇簇红花,如喷火蒸霞般盛开。这幢崭新的大旅馆,色彩明丽,造型精致,我姑且把它称之为新非洲风格。

旅馆的拱形走廊里,散放着许多椅子和小圆桌,游客可在那里随意休憩,喝上一杯上好的冰镇饮料。餐厅异常宽敞,一排排大玻璃窗全是淡紫、米黄色调,给人分外明净、和谐的感觉;每一张餐桌上摆好了擦得锃亮的餐具和晶莹的酒具,非洲侍役衣着的讲究足以跟18世纪芭蕾舞演员相媲美;这一切都给空间平添了熠熠的光彩。旅馆的前厅宏轩、舒适,一间大酒吧,高大厚实的柜台倒有点像教堂的祭坛;电梯是完全用金属造的,把旅客送往高层各个宽阔、明亮、装着空调的走道;客房里的各种陈设,从一色上等白瓷砌的盥洗室到塑料地板,从热带植物织制的窗幔到现代风格的淡色家具,无一不透出豪华、优雅的气派。

这座旅馆建成于什么时候呢？看来是不久以前才告落成的，因为根室在他撰写的关于非洲的著作中，曾使用如此缺乏诱惑力的字眼来描绘1954年的阿克拉："触目皆是乱糟糟的景象，用铁皮搭的棚屋，摇摇欲坠的木房，破颓的柱廊下几间简陋的小店铺，七零八落地混杂在一起。旅人获得的头一个印象，是几近绝望的荒凉。"变化也许是那以后两三年发生的。而且，诚如我们前面所提及，这座旅馆并非独一无二的现代化建筑。只须向城市新区投以匆匆的一瞥，即可发现那些最时髦的政府各部所在的大楼，它们高耸在钢筋水泥立柱上，长长的游廊跟办公室相连，办公室里的家具是清一色的瑞典样式。官员们身穿短袖衬衫和雪白的长裤，翻阅着卷宗，他们的助手无一例外的都是衣着入时而又迷人的女秘书。绿色森然的热带草木间，点缀着白玉似的别墅和带拱廊的两色住宅。

阿克拉新区的街道，迤逦在一座座鲜花盛开的花园里，仿佛是一座大花园里的条条林荫道。街道上只能偶尔遇见几个行人，但不时有美国、英国产的小汽车急驰而过。

自然，根室描述的那个充斥卑陋民房的旧城，如今依然存在，它跟豪华的、现代化的新城和睦共处。从我下榻的旅馆驱车十分钟光景，柏油马路渐渐消隐，一锅玉米粥似的黄土路取而代之，整整齐齐排列的水泥建筑物也消失了，只见崎岖不平、路面被掘开的土路两旁，尽是犹如一丛丛野蘑菇似蔓生的茅棚和木房。阿克拉的市中心也还没有获得更新，一条歪歪扭扭的宽阔马路，跟城市的"西部地区"相连，两侧的房子形状各异，这里一座墙面全是落地大玻璃窗的时新的大楼，那儿一间屋顶用凹凸不平的铁皮盖的小棚子，远处一长列二层楼的宅邸，再往远处，又可能是一间简陋的茅屋。便道上停靠的小汽车鳞次栉比，跟露天市场紧紧挨着。露天市场里摆着一溜地摊，货主全是臃肿肥胖的妇女，大草帽遮掩着她们的面孔，丰满的臀部坐在过于窄小的板凳上。

展现于我们眼前的是两个城市。一个是优美的、现代化的城市，另一个是衰落的、贫苦的城市；在这两个城市之间，竟全然看不到任何中间地带，譬如中产阶级的住宅区。同样，在阿克拉，乃至整个非洲，在昨日的殖民主义与今天的新资本主义之间，缺乏过渡的阶段。从戴着软木头盔的军人到身着浅色服装的银行家，从世世代代遗传下来的棚屋到摩天大楼，没有任何的过渡，唯有骤然的

突变。在装有空调的现代化机关里办公的年轻官员，他的父亲也许就居住在热带大草原的一间茅屋里，每日放牧牲畜，一手执着柳条鞭，另一只手握着一柄利矛，作为防御野兽侵袭的武器。

此种情形表明，新资本主义正以迅猛的气势向非洲扑去，犹如用火种去点燃一堆干燥而又富有油脂的材料。就阿克拉的大旅馆而言，它不过是从大西洋直至印度洋的黑大陆上到处涌现出来的同类建筑中的一个代表。在非洲各大城市的现代化街区，众多的新建筑在这样的旅馆旁边拔地而起，它们是欧美大资本对非洲怀有浓厚兴趣的佐证。用乌黑闪光的大理石和嵌着灰白晶粒的花岗岩盖起来的阴暗、傲慢、冷冰冰的银行大楼，跟苏黎世、伦敦、纽约和法兰克福的金融大厦如出一辙。精致的摩天大楼浑体用玻璃和金属造就，它们的黄铜门牌上镌刻的文字几乎全以令人肃然起敬的缩写结尾：ltd。百货商场里，大玻璃窗和自动扶梯光彩夺目，售货员一律身着制服，和纽约超级市场里的相差无几。

如今，旧殖民主义，连同它的颓败的带凉台的别墅，它的维多利亚式的旅馆，它的奴隶制时代的酒吧，它的尘土飞扬的商店，总而言之，连同它的全部康拉德式的优美情调，统统远离了我们。新资本主义全然不畏惧疟疾、苍蝇、潮湿或干燥的酷暑，毫不顾忌雨天的泥泞与夏令的灰尘，居民落后、原始的粗俗，道路与城市的匮乏。工业和医学的胜利经验，使新资本主义愈益强盛，它现时深信，跟人口众多的亚洲，受到西班牙传统羁绊的、沉睡的拉丁美洲比较起来，它拥有足够的力量迅速吞噬非洲。新资本主义对非洲的兴趣，不只出于对廉价的劳动力市场和各种蕴藏丰富的矿产资源的需求，而且是为着跟共产主义的竞争，为着尽快以消费革命去扑灭任何可能的政治革命。

诚然，一些手中握有统计资料的人，会列举各种数字和事实，比我更确凿无误地阐明，新资本主义对非洲的侵略究竟意味着什么。而我只不过是对经济学家们通常不予理会的一切发生兴趣，换句话说，我仅仅对这一侵略的最不合乎理性，却又并不因此而丝毫丧失其重要性的某些特征发生兴趣。毋庸置疑，当共产主义红星照耀亚洲的时候，新资本主义的白星在非洲上空闪烁，至少眼下的情形是如此。或者说，鉴于历史的、种族的、心理的和美学的缘由，非洲人虽然面临着跟亚洲相近的经济不发达和社会、文化落后的问题，但跟信仰马克思主义或被马克思主义吸引的亚洲人的区别在于，他们更乐意接受西方的解决办法。

这种侵略的最不合乎理性的特征主要体现于三个方面。首先,殖民主义在非洲远比在任何其他地区更加残酷、更加强大,它迫使非洲人不得不接受他们与之斗争的殖民主义者的文化,此种状况的发生,部分地是由于欧洲文化中有着针对它本身包含的邪恶的最有效的解毒剂,部分地是由于刽子手和牺牲者之间一直存在的吸引和排斥的关系。其次,不能忽视非洲文化的个性特征,非洲历史上从来不曾存在过像亚洲那样频繁出现的中央集权的、官僚政治的大帝国,除去部落和家庭之外,非洲人像空中的鸟儿和水中的鱼儿一般自由自在。第三个原因在于非洲的拜物主义和迷信的特殊性,它们不像亚洲的宗教那样构成理解和接受工业文明的障碍,相反地,它们恰恰推动了对机器本身所蕴涵的拜物主义和迷信的理解和接受。除此而外,还可以补充另一个因素,非洲人的幼稚性:新资本主义以它大量倾销的轻工业品,装潢漂亮、精巧和几乎全是剩余的商品诱惑着非洲人,正如一二百年以前西方冒险家用威尼斯的铜丝和念珠引诱非洲人,换取黄金、象牙和珍贵的木料一样。

我一面这么默默思忖,一面沿着阿克拉大马路悠悠漫步,周围来来往往行人缤纷的肤色叫我大开了眼界。我惊奇地观赏着一幅令人赏心悦目而又不可思议的场景。在两列东倒西歪和参差不齐的建筑物中间,蠕动着熙熙攘攘的人群,他们服饰的色彩之鲜艳,构图之大胆,超出了人们丰富的想象力。男人们用五颜六色、图案新奇的棉布,从头到脚裹住身子,仅仅裸露出脖颈、一只肩膀和一只胳膊,很像古罗马人身穿长袍的样子。女人们把印花布紧紧裹住腰肢和胸脯,仿佛大都会的女士,或者上斯卡拉大剧院去听歌剧的太太们身穿的夜礼服,一条彩巾在头上来来回回盘裹了几圈,好像脑袋上顶了一只大花瓶似的。这些花布全是按照原始的、粗犷的格调设计和印染的,然而,行家的敏锐目光却能发现,这种原始的、粗犷的美其实是二度产物,换句话说,它渗透了欧洲先锋派的绘画经验。商贩们在露天市场向过往行人大量兜售的,大抵都是此种质地异常粗糙,但价格又极其低廉,把如此强烈而又如此瑰奇的色彩,如此怪诞而又如此魅人的构图巧妙交织、浑然一体的纺织品。看得出来,这里有着原始艺术和高更、立体主义和黑色艺术的影子。这些来自曼彻斯特、荷兰的棉布,既表达了又同时刺激了非洲人对浓艳的色彩的追求,而浓艳的色彩映在乌黑的皮肤上,总

是能产生极佳效果的。

我一路上打量着这些身着长袍和晚礼服式衣裳的男男女女，他们颇像开屏的孔雀，沐着炎炎的阳光，神气昂扬地行走在飞荡着灰沙的街道上，沉浸于虚浮而永恒的节日气氛之中。我忽然回忆起访问苏联塔什干一家纺织厂时，主人向我展示的样品。假若把它们跟阿克拉的非洲人身穿的英国或荷兰的印花布比较，毋庸置疑，色彩和图案那么古板、陈旧的苏联纺织品会丢脸出丑的。由此不妨推想，西方的纺织品，乃至它的全部轻工业品，无一不在心理上、文化上为新资本主义向阿克拉的渗透清扫道路，而苏联轻工业尽人皆知的缺陷，则跟它的意识形态和政治上的扩张产生迥然相异的效果。诚然，人不能仅仅为花布和其他类似的物品而活着，但也不能仅仅靠推土机、拖拉机、汽轮机、挖掘机而生存。从阿克拉人身穿五色缤纷的服饰时流露出来的喜不自胜的情绪，大致能作出这样的判断，至少在世界的这一地区，轻工业给人们带来了巨大的满足，而重工业对此显然是无能为力的。

（蔡蓉　译）

记创造社

陶晶孙

近来不看什么杂志，可是有许多朋友很亲切，往往送些杂志来给我看，所以倒也多少知道些社会的上文学作品。

有一次，文友社送给我一本《文友》，上面写着创造社的事体，作者很熟悉，所以得到知识不少。

我在创造社不是重要人物，原不敢多说，我老早说，吾辈老朽，青年之铁椎未下之前，早已酥倒，况且创造社已解体，我们更不可以从棺木中匍匐出来讨论，不过念到几个重要人物的学识、作品、成绩，又不得不让创造社来外面表彰一下。

一　张资平

有一天，郭沫若从东京回来了，因为我们是同学，我照例到他的住所去看他。原来我同他没有谈过文学，虽说他很欢喜把他的处女作登在《学灯》上给我看，把田汉和他的信件给我看，但我有十七岁少女似的害羞，没有使得他知道我写过几篇小说。此刻他从东京回来，很高兴地把他的一包东西拿出来，叫我看，一篇一篇都是小说。他很得意，强迫要我看，我没法，横卧在窗口，看了半天，他在旁给我说明，他说这些文章要去出一个杂志，杂志的名称还没有题好，他想把它叫做“创造”，有人说“创造”两个字太自负了。或许设法用更客气一些字，我急忙地说“创造”两个字最好没有了，不必客气，只要留心造些好点文章好了。我第一次开口我的文学话，就是向他说，那么有什么方针办，他说一句：新罗曼主义。我知道一切了，因为关于我的几篇文章，我自己能批评那是属于罗曼主义，但我不多想。他又说回来，问那些小说的意见了，这使我困难，因为我喜短篇，不爱长篇，长篇使我莫名其妙，现在几篇，都是长篇，虽说读完了，但没有一篇在读了四五页之后成为非读不可，读了一段即欲放下，不过沫若在解说中说，这些文章中以张资平的为最好，我们把几个小说调查之后，决定资平是真正的小说家。这些原稿大部分登在《创造》第一期。第一期因为我没有应沫若的要求，所以没有稿子。这时候在东京的仿吾、资平，都没有晓得我。资平是真正小说家一句话，此刻我要说明一下，我也合意。第一，小说家要观察社会，资平把它办到了，可是沫若、达夫只讲自己的话。第二，小说家要写万人易读的文字，资平把它办到了，可是达夫有许多古典文学字句之引用，沫若有医学或古典之引用。第三，小说家要耐心写作，不住生产，不然读书家要成如翘头待桑叶之蚕儿，资平也把它办到了。所以，沫若在末了，说“创造”要能够编得成功，资平很需注意，因为字数不够时，非有他的文章不可，我就说对了，我们赞成那好像米饭与菜的关系。

二　郭沫若及成仿吾

第一期出版了，沫若有一天在我的桌上发现一篇小说，他定要拿去，我不给他，我好像害羞的十七岁少女，但是他拿去了。过两天，他给我看新出版之《女神》，我赞他文章之美，他不几天即去上海。之后，我在博多街道上，得一曲《湘累之歌》，把它抄在五线纸上了，在抱洋阁上试过几次，给安娜夫人听过，过几天沫若从上海回来了，我给他看，他正是急忙在编第二期，他说要把这歌曲登进去，结果登进去了。从这个动机，《创造》全本变为横排，我画了几张木刻图，那时候的创造社的同仁对于装订都没有什么意见，现在第二期有很多进步，我有一些小小高兴，其实那不值钱，重要的是中国文艺杂志成为横写的是以这第二期为初次，沫若说把第一期再版时也要改为横排，但我还没有看见。沫若是最初提议创造社者，当然他在博多海岸上与资平谈过文学后，一度到东京、京都、名古屋去劝诱仿吾、何畏、达夫等人，表面上是大家合作，主力免不了是他，好像他的骨骼上，不装资平之肉，不能成为人的样子，所以我们尝研究过创造社之解剖学说，沫若为创造社之骨，仿吾为韧带，资平为肉，达夫为皮。我正经说，沫若的文学素养在诸人中最为圆满而高深，他精通中国古典，不像主张以中学毕业程度中文来写小说者辈（如我），他通各国古典文学很平均，而早绝不引用老句子作老文章，所以指导地位终不得不让他了，他还有一个绝好帮手成仿吾，仿吾的事体不多讲了，一句话，韧带之譬喻，说得最对没有了。

三　郁达夫

希腊人说人之美，在乎人体，因此他们乃除去人的衣服，作许多不朽之美术作品。创造社中，文学之最美者，要算郁达夫了，他精通欧美德法文学作品，这是切不可以忘去记录的，他是真正的罗曼主义者。不过他的皮，只有美好于青春时代，青春过得太快，一下子谁都不理他的年老之皮了，不成创造社的装饰了。

我对一个年少者说过，你不要光以中学国文程度来弄文学，如果那样来弄，观察不能超过一点儿，描写不能出作文的范围，我自己因为从中学读德文，很有经验，晓得我偏着日耳曼文学。因此不喜北欧及俄国文学及南欧文学了，不过我乃精着一个德国文学者，我常佩服达夫，他能够把英德法文陆续地读，读得考究仔细，文学不比讲话，不是容易的事体。这句幼稚话至今觉得很真实。

四　何畏和陶晶孙

近视眼的何畏又是创造社的眼，他在第一期已有一段诗，沫若看见何畏，和陶晶孙一样，没有很期待于他们两个人，因为前者话多文章少，而所讲的话离编杂志的话太远了，后者话少文章少，对于编辑出风头全无兴趣。

何畏学的是文学，但是后来以社会学毕业于东京帝大，他不能全在文学之中，他爱论社会问题，可是因为他有些文学思想，不能成为政治家，所以他的谈论最为有趣。后来在中山大学教书，成为“红”教授，也有道理。

陶晶孙有个主张，中国文学如要普遍大众，须要减少字数，不用老句子，用浅近白话，因此他有意不读老文章，可是他不知道中国社会不合罗曼主义，自己的作品为不合中国大众胃口的罗曼主义作品，他往往见他的作品不受赞词。何畏和晶孙对于创造社，没有主人感觉，前者有社会科学的观察，后者有自然科学的观察，两者都有奇妙文章，如前者之《上海幻想曲》，后者之《木犀》，都有非古典的美，两者在日本时所做的恋爱，亦有奇特可报告之处。

两者对于社会，文学，同仁的观察很犀利，离开创造社的中心，一个继续弄恋爱，一个远去弄科学，所以没有多参加，股份不能多领。

五　田汉和郑伯奇

《创造》第一期有田汉的戏剧，他和屠模等为演剧爱好者，对文学的创造，多少有距离了，沫若对他很知道，不过在沫若苦闷无文友之时，他们还有文学上信件的发表等等。田汉没有什么感觉，没有什么精神，只对于演剧的进步努力，所以他不能和创造精神相合，所以弃“创造”最早。

上面诸人，是创造社在日本还没有渡海回国时的人物，等到渡海，就有郑伯奇参加，他是有意识地要成为作家的，努力作剧本送来的，所以不比渡海前作家之有日本明治文学影响、古典影响。那时《创造》已有名于国内青年，在这时候，沫若为创造社盟主，把田汉之发剃光之后，达夫编了一期，不管《创造》而专在映霞旁饮酒，资平去开乐群书店出版小说，何畏的近视眼不知去看什么，晶孙的耳听不见上海的事体，沫若把伯奇的冠忽戴忽脱，略为感觉寂寞。

六　王独清和穆木天和白薇

因为我不懂诗，很不敢谈诗，但我知道创造社最初的诗人为沫若，沫若的诗，重要点在他的形式之新及字句中古典之美。独清和木天，在这一点不及他，不过两个人之努力向诗人，都可指摘。他们诚如人体之交感神经迷走神经。

交感神经在人体中是个植物神经,说不出何处向何处作传达的作用。迷走神经制止着心脏,不如其名词之什么迷着。这两个不甚明了的神经在人体中虽不甚出风头,但也重要,像加在菜中之酱。

独清孤住着,因为有一个缘故,许多人不去交际他,他的最后数年,幸有个伴侣,我知之,怕他不喜发表,此刻讲正经话,也再不谈到了。木天也有些恋爱的话,但我也不敢讲给别人听了,怕要发表的。

一朵花,叫做白薇,白薇不是花花娇娇的,创造社头上的这一朵白薇,象征他不久要有丧事的样子,可是白薇是走向上的,有自我意识的一个罗曼主义者。因为创造社同仁不很顾虑她,不如欧洲人之骑士服侍女王,她过着寂寞的日子,在苛烈之天日下,还静静地鞭她的肉体而弄文学,我们没有从她得女子的温和女子的美,但她也是唯一朵为创造社开花的象征。

七　几个新人

创造社渡海到上海,出了好几期,名誉海内,诸青年文士都知道它了,从此有许多人,抱各种不同的思想,有的热忱地,有的热闹地,有的功利地,来接近了。旧人之中田汉去办《南国月刊》,达夫出"全集",渡海前之旧戚脱落之时,新爱人来了。这些名姓,论创造社者大都不忘举出之,此刻也不再多述。

创造社和那几个爱人,产生很多眷族,此刻不说,那几个爱人,是很好的少女,不过因此创造社为了生产而很可怜,因此停止它的性命了,当然关于生殖器的话,有碍治安不敢讲。

八　创造社的精神

创造社的肉体讲完了,还留着精神应把它诊断一下,创造社的精神为"意想奔放"。原来国人抱固定因循的思想,至多亦投稿二三于《学灯》等(沫若先投《学灯》),或模仿鸳鸯蝴蝶书《留东外史》之类。可是创造社因为他们远离故国而生怀乡病,同时不像留欧美之不忘功利,创造社的幻觉、幻视应可注意。

原来,罗曼主义是国家意识昂扬时代的国民的热情之反映,所以罗曼主义者惯以飞跃的精神，走着向上之路，也不忘自我之意识。罗曼主义者对于永久和无限，有非功利的憧憬，有综合全体的欲求。他们不举空洞的理想，他们立在现实，但也知道现实之苛酷，因此做自己的架空，虽在逃避于架空之中，但也切实供给自己以出路。沫若为创造社提出罗曼主义，我此刻把它说明如上，这个真理永久能止于真理。回人之离合，不必把他人约来，亦不必规定创造社定须是罗曼主义，不过创造社中，论功利者去了，搁在现实者去了，不飞跃不向上者不能跟上去了，没有自我意识者亡了，空洞理想者翻了，到末了，精神云散了，你要找它，罗曼主义精神永不会亡，但创造社没有了。

现在创造社棺已盖，人已去，灵魂升天，仅留骨骼。我们现在可以不必从棺木中匍匐出来论"创造"，新闻报纸喜欢把它说说，好像谈谈光绪珍妃而论论清朝，那是一种生意经，凡是在创造社多少有过关系的人，谁都知道创造社可以不必把它说了，甚至于创造社热闹之时，功利的赶来者，不知逃避而知出风头，更不好的是创造社的两个开丧者。郑伯奇办艺术剧社，陶晶孙办《大众文艺》的时候，出来的同仁，和创造社精神离开太远了，棺已盖。赶到已来不及了。

浑圆无缺

奥勒留

我常常觉得这是多么奇怪啊,每个人爱自己都超过爱所有其他人,但他重视别人关于他自己的意见,却更甚于重视自己关于自己的意见。如果一个神或一个明智的教师竟然来到一个人面前,命令他只是思考和计划那引起他一旦想到就要说出来的念头,那他甚至一天都不能忍受。所以我们对我们的邻人将怎样想我们,比我们将怎样想自己要重视得多。

如要你使自己,也就是说使你的理智同这些事情分开——即不管别人做了或说了什么,不管你自己做了或说什么,不管将来可能发生什么事情使你苦恼,不管在将人包裹的身体中,或者在天生与身体结合在一起的呼吸(生命)中,有什么东西违背你的意志而附着于你,不管那外部绕着的事物旋涡是如何旋转。为了使免除了命运束缚的理智力,自身能纯粹和自由地活动,那么去做正当的事,接受发生的事和诵出真理吧。如果你使这种支配能力脱离开那些通过感官印象而附着于它的事物,脱离开那些未来的和过去的事物,你就将使自己像恩培多克勒的球体一样:“浑圆无缺,在它欢乐的静止中安息。”

(何怀宏　译)

初到清华记

朱自清

从前在北平读书的时候，老在城圈儿里待着。四年中虽也游过三五回西山，却从没来过清华。说起清华，只觉得很远很远而已。那时也不认识清华人，有一回北大和清华学生在青年会举行英语辩论，我也去听。清华的英语确是流利得多，他们胜了。那回的题目和内容，已忘记得干净，只记得复辩时，清华那位领袖很神气，引着孔子的什么话。北大答辩时，开头就用了 furiously 一个字叙述这位领袖的态度。这个字也许太过，但也道着一点儿。那天清华学生是坐大汽车进城的，车便停在青年会前头，那时大汽车还很少。那是冬末春初，天很冷。一位清华学生在屋里只穿单大褂，将出门却套上厚厚的皮大氅。这种“行”和“衣”的路数，在当时却透着一股标劲儿。

初来清华，在十四年夏天。刚从南方来北平，住在朝阳门边一个朋友家。那时教务长是张仲述先生，我们没见面。我写信给他，约定第三天上午去看他。写信时也和那位朋友商量过，十点赶得到清华吗，从朝阳门那儿？他那时已经来过一次，但似乎只记得“长林碧草”——他写到南方给我的信这么说——说不出路上究竟要多少时候。他劝我八点动身，雇洋车直到西直门换车，免得老等电车，又换来换去的，耽误事。那时西直门到清华只有洋车直达，后来知道也可以搭香山汽车到海淀再乘洋车，但那是后来的事了。

第三天到了，不知是起得晚了些还是别的，跨出朋友家，已经九点挂零。心里不免有点儿急，车夫走得也特别慢似的，到西直门换了车。据车夫说本有条小路，雨后积水，不通了，那只得由正道了。

刚出城一段儿还认识，因为也是去万生园的路，以后就茫然。到黄庄的时候，瞧着些屋子，以为一定是海淀了；心里想清华也就快到了吧，自己安慰着。快到真的海淀时，问车夫，“到了吧？”“没哪，这是海——淀。”这一下更茫然了。海淀这么难到，清华要何年何月呢？而车夫说饿了，非得买点儿吃的。吃吧，反正豁出去了。这一吃又是十来分钟，说还有三里多路呢。那时没有燕京大学，路上没什么看的，只有远处淡淡的西山——那天没有太阳——略略可解闷儿。好容易过了红桥，喇嘛庙，渐渐看见两行高柳，像穹门一般。什刹海的垂杨虽好，但没有这么多这么深，那时路上只有我一辆车，大有长驱直入的神气。柳树前一面牌子，写着“入校车马缓行”。这才真到了，心里想，可是大门还够远的，不用说西院门又骗了我一次，又是六七分钟，才真正到了。坐在张先生客厅里一看钟，十二点还欠十五分。

张先生住在乙所，得走过那“长林碧草”，那浓绿真可醉人。张先生客厅里挂着一副有正书局印的邓完白隶书长联。我有一个会写字的同学，他喜欢邓完白，他也有这一副对联，所以我这时如见故人一般。张先生出来了。他比我高得多，脸也比我长得多，一眼看出是个顶能干的人。我向他道歉来得太晚，他也向我道歉，说刚好有个约会，不能留我吃饭。谈了不大工夫，十二点过了，我告辞。到门口，原车还在，坐着回北平吃饭去。过了一两天，我就搬行李来了。这回却坐了火车，是从环城铁路朝阳门站上车的。

以后城内城外来往得多了，得着一个诀窍，就是在西直门一上洋车，且别想“到”清华，不想着不想着也就到了。

香山汽车也搭过一两次，可真够瞧的。两条腿有时候简直无放处，恨不得不是自己的。有一回，在海淀下了汽车，在现在“西园”后面那个小饭馆里，拣了临街一张四方桌，坐在长凳上，要一碟苜蓿肉，两张家常饼，二两白玫瑰，吃着喝着，也怪有意思，而且还在那桌上写了《我的南方》一首歪诗。那时海淀到清华一路常有穷女人或孩子跟着车要钱。他们除“您修好”等等常用语句外，有时会说“您将来做校长”，这是别处听不见的。

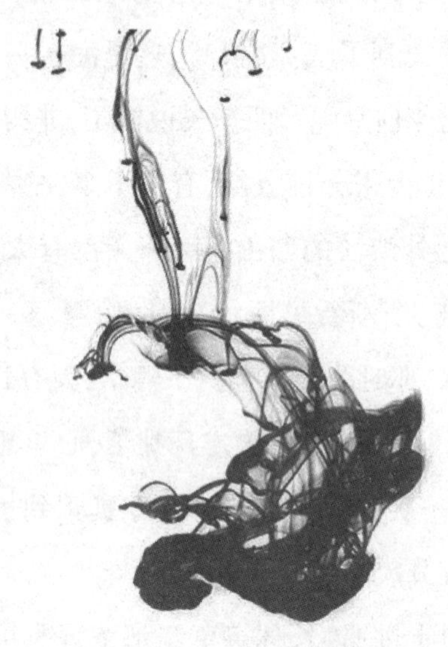

怀魏握青君

朱自清

两年前差不多也是这些日子吧，我邀了几个熟朋友，在雪香斋给握青送行。雪香斋以绍酒著名。这几个人多半是浙江人，握青也是的，而又有一两个是酒徒，所以便拣了这地方。说到酒，莲花白太腻，白干太烈，一是北方的佳人，一是关西的大汉，都不宜于浅斟低酌。只有黄酒，如温旧书，如对故友，真是醇醇有味。只可惜雪香斋的酒还上了色，若是“竹叶青”，那就更妙了。握青是到美国留学去，要住上三年。这么远的路，这么多的日子，大家确有些惜别，所以那晚酒都喝得不少。出门分手，握青又要我去中天看电影。我坐下直觉头晕。握青说电影如何如何，我只糊糊涂涂听着，几回想睁眼看，却什么也看不出。终于支持不住，出其不意，哇地吐出来了。观众都吃一惊，附近的人全堵上了鼻子，这真有些惶恐。握青扶我回到旅馆，他也吐了。但我们心里都觉得这一晚很痛快。我想握青该还记得那种狼狈的光景吧？

我与握青相识，是在东南大学。那时正是暑假，中华教育改进社借那儿开会。我与方光焘君去旁听，偶然遇着握青。方君是他的同乡，一向认识，便给我们介绍了。那时我只知道他很活动，会交际而已。匆匆一面，便未再见。三年前，我北来作教，恰好与他同事。我初到，许多事都不知怎样做好，他给了我许多帮助。我们同住在一个院子里，吃饭也在一处，因此常和他谈论。我渐渐知道他不只是很活动，会交际。他有他的真心，他有他的锐眼，他也有他的傻样子。许多朋友都以为他是个傻小子，大家都叫他老魏，连听差背地里也是这样叫他，这个太亲昵的称呼，只有他有。

但他绝不如我们所想得那么"傻"，他是个玩世不恭的人——至少我在北京见着他是如此。那时他已一度受过人生的戒，从前所有多或少的严肃气氛，暂时都隐藏起来了，剩下的只是那冷然的玩弄一切的态度。我们知道这种剑锋般的态度，若赤裸裸地露出，便是自己矛盾，所以总得用了什么法子盖藏着。他用的是一副傻子的面具。我有时要揭开他这副面具，他便说我是"语丝"派。但他知道我，并不比我知道他少。他能由我一个短语，知道全篇的故事。他对于别人，也能知道，但只默喻着，不大肯说出。他的玩世，在有些事情上，也许太随便些。但以或种意义说，他要复仇。人总是人，又有什么办法呢？至少我是原谅他的。

以上其实也只说他的一面，他有时也能为人尽心竭力。他曾为我决定一件极为难的事。我们沿着墙根，走了不知多少趟，他原原本本，条分缕析地将形势剖解给我听。你想，这岂是傻子所能做的？幸亏有这一面，他还能高高兴兴过日子。不然，没有笑，没有泪，只有冷脸，只有"鬼脸"，岂不郁郁地闷煞人！

我最不能忘的，是他动身前不多时的一个月夜。电灯灭后，月光照了满院，柏树森森地竦立着。屋内人都睡了，我们站在月光里，柏树旁，看着自己的影子。他轻轻地诉说他生平冒险的故事，说一会，静默一会。这是一个幽奇的境界。他叙述时，脸上隐约浮着微笑，就是他心地平静时常浮在他脸上的微笑；一面偏着头，老像发问似的。这种月光，这种院子，这种柏树，这种谈话，都很可珍贵，就由握青自己再来一次，怕也不一样的。

他走之前，很愿我做些文字送他，但又用玩世的态度说，"怕不肯吧？我晓得，你不肯的。"我说，"一定做，而且一定写成一幅横批——只是字不行些。"但是我惭愧我的懒,那“一定”早已几乎变成“不肯了”！而且他来了两封信,我竟未复只字。这叫我怎样说好呢？我实在有种坏脾气,觉得路太遥远,竟有些渺茫一般,什么便都因循下来了。好在他的成绩很好,我是知道的,至此就很够了。别的,反正他明年就回来,我们再好好地谈几次,这是要紧的——我想,握青也许不那么玩世了吧。

阿长与《山海经》

鲁　迅

长妈妈,已经说过,是一个一向带领着我的女工,说得阔气一点,就是我的保姆。我的母亲和许多别的人都这样称呼她,似乎略带些客气的意思。只有祖母叫她阿长。我平时叫她"阿妈",连"长"字也不带,但到憎恶她的时候——例如知道了谋死我那隐鼠的却是她的时候,就叫她阿长。

我们那里没有姓长的,她生得黄胖而矮,"长"也不是形容词。又不是她的名字,记得她自己说过,她的名字是叫作什么姑娘的,什么姑娘,我现在已经忘却了,总之不是长姑娘,也终于不知道她姓什么。记得她也曾告诉过我这个名称的来历:先前的先前,我家有一个女工,身材生得很高大,这就是真阿长。后来她回去了,我那什么姑娘才来补她的缺,然而大家因为叫惯了,没有再改口,于是她从此也就成为长妈妈了。

虽然背地里说长短不是好事情,但倘使要我说句真心话,我可只得说:我实在不大佩服她。最讨厌的是常喜欢切切察察,向人们低声絮说些什么事,还竖起第二个手指,在空中上下摇动,或者点着对手或自己的鼻尖。我的家里一有些小风波,不知怎的我总疑心和这"切切察察"有些关系。又不许我走动,拔一株草,翻一块石头,就说我顽皮,要告诉我的母亲去了。一到夏天,睡觉时她又伸开两脚两手,在床中间摆成一个"大"字,挤得我没有余地翻身,久睡在一角的席子上，又已经烤得那么热。推她呢，不动，叫她呢，也不闻。

“长妈妈生得那么胖，一定很怕热罢？晚上的睡相，怕不见得很好罢……”

母亲听到我多回诉苦之后，曾经这样地问过她，我也知道这意思是要她多给我一些空席。她不开口。但到夜里，我热得醒来的时候，却仍然看见满床摆着一个“大”字，一条臂膊还搁在我的颈子上。我想，这实在是无法可想了。

但是她懂得许多规矩，这些规矩，也大概是我所不耐烦的。一年中最高兴的时节，自然要数除夕了。辞岁之后，从长辈得到压岁钱，红纸包着，放在枕边，只要过一宵，便可以随意使用。睡在枕上，看着红包，想到明天买来的小鼓，刀枪，泥人，糖菩萨……然而她进来，又将一个福橘放在床头了。

“哥儿，你牢牢记住！”她极其郑重地说，“明天是正月初一，清早一睁开眼睛，第一句话就得对我说：‘阿妈，恭喜恭喜！’记得吗？你要记着，这是一年的运气的事情。不许说别的话！说过之后，还得吃一点福橘。”她又拿起那橘子来在我的眼前摇了两摇，“那么，一年到头，顺顺流流……”

梦里也记得元旦的，第二天醒得特别早，一醒，就要坐起来。她却立刻伸出臂膊，一把将我按住。我惊异地看她时，只见她惶急地看着我。

她又有所要求似的，摇着我的肩。我忽而记得了——“阿妈，恭喜……”

“恭喜恭喜！大家恭喜！真聪明！恭喜恭喜！”她于是十分喜欢似的，笑将起来，同时将一点冰冷的东西，塞在我的嘴里。我大吃一惊之后，也就忽而记得，这就是所谓福橘，元旦辟头的磨难，总算已经受完，可以下床玩耍去了。

她教给我的道理还很多，例如说人死了，不该说死掉，必须说“老掉了”；死了人，生了孩子的屋子里，不应该走进去；饭粒落在地上，必须拣起来最好是吃下去；晒裤子用的竹竿底下，是万不可钻过去的……此外，现在大抵忘却了，只有元旦的古怪仪式记得最清楚。总之都是些烦琐之至，至今想起来还觉得非常麻烦的事情。

然而我有一时也对她发生过空前的敬意。她常常对我讲“长毛”。她之所谓“长毛”者，不但洪秀全军，似乎连后来一切土匪强盗都在内，但除却革命党，因为那时还没有。她说的长毛非常可怕，他们的话就听不懂，她说先前长毛进城的时候，我家全都逃到海边去了，只留一个门房和年老的煮饭老妈子看家。后来长毛果然进门来了，那老妈子便叫他们“大王”——据说对长毛就应该这样

叫，诉说自己的饥饿。长毛答道："那么，这东西就给你吃了罢！"将一个圆圆的东西掷了过来，还带着一条小辫子，正是那门房的头。煮饭老妈子从此就骇破了胆，后来一提起，还是立刻面如土色，自己轻轻地拍着胸脯道："阿呀，骇死我了，骇死我了……"

我那时似乎倒并不怕，因为我觉得这些事和我毫不相干的，我不是一个门房。但她大概也即觉到了，说道："像你似的小孩子，长毛也要掳的，掳去做小长毛。还有好看的姑娘，也要掳。"

"那么，你是不要紧的。"我以为她一定最安全了，既不做门房，又不是小孩子，也生得不好看，况且颈子上还有许多灸疮疤。

"那里的话?!"她严肃地说，"我们就没有用吗? 我们也要被掳去。城外有兵来攻的时候，长毛就叫我们脱下裤子，一排一排地站在城墙上，外面的大炮就放不出来，再要放，就炸了！"

这实在是出于我意想之外的，不能不惊异。我一向只以为她满肚子是麻烦的礼节罢了，却不料她还有这样伟大的神力。从此对于她就有了特别的敬意，似乎实在深不可测。夜间的伸开手脚，占领全床，那当然是情有可原的了，倒应该我退让。

这种敬意，虽然也逐渐淡薄起来，但完全消失，大概是在知道她谋害了我的隐鼠之后，那时就极严重地诘问，而且当面叫她阿长。我想我又不真做小长毛，不去攻城，也不放炮，更不怕炮炸，我惧惮她什么呢！

但当我哀悼隐鼠，给它复仇的时候，一面又在渴慕着绘图的《山海经》了。这渴慕是从一个远房的叔祖惹起来的。他是一个胖胖的，和蔼的老人，爱种一点花木，如珠兰，茉莉之类，还有极其少见的，据说从北边带回去的马缨花。他的太太却正相反，什么也莫名其妙，曾将晒衣服的竹竿搁在珠兰的枝条上，枝折了，还要愤愤地咒骂道："死尸！"这老人是个寂寞者，因为无人可谈，就很爱和孩子们往来，有时简直称我们为"小友"。在我们聚族而居的宅子里，只有他书多，而且特别，制艺和试帖诗，自然也是有的。但我却只在他的书斋里，看见过陆玑的《毛诗草木鸟兽虫鱼疏》，还有许多名目很生的书籍。我那时最爱看的是《花镜》，上面有许多图，他说给我听，曾经有过一部绘图的《山海经》，画着人面的兽，九头的蛇，三脚的鸟，生着翅膀的人，没有头而以两乳当作眼睛的怪物……可惜现在不知道放在那里了。

我很愿意看看这样的图画，但不好意思力逼他去寻找，他是很疏懒的。问别人呢，谁也不肯真实地回答我。压岁钱还有几百文，买罢，又没有好机会。有书买的大街离我家远得很，我一年中只能在正月间去玩一趟，那时候，两家书店都紧紧地关着门。

玩的时候倒是没有什么的，但一坐下，我就记得绘图的《山海经》。

大概是太过于念念不忘了，连阿长也来问《山海经》是怎么一回事。这是我向来没有和她说过的，我知道她并非学者，说了也无益，但既然来问，也就都对她说了。

过了十多天，或者一个月罢，我还很记得，是她告假回家以后的四五天，她穿着新的蓝布衫回来了，一见面，就将一包书递给我，高兴地说道：

"哥儿，有画儿的'三哼经'，我给你买来了！"

我似乎遇着了一个霹雳，全体都震惊起来，赶紧去接过来，打开纸包，是四本小小的书，略略一翻，人面的兽，九头的蛇……果然都在内。

这又使我发生新的敬意了，别人不肯做，或不能做的事，她却能够做成功。她确有伟大的神力。谋害隐鼠的怨恨，从此完全消灭了。

这四本书，乃是我最初得到，最为心爱的宝书。

书的模样，到现在还在眼前。可是从还在眼前的模样来说，却是一部刻印都十分粗拙的本子。纸张很黄，图像也很坏，甚至于几乎全用直线凑合，连动物的眼睛也都是长方形的。但那是我最为心爱的宝书，看起来，确是人面的兽，九头的蛇，一脚的牛，袋子似的帝江，没有头而"以乳为目，以脐为口"，还要"执干戚而舞"的刑天。

此后我就更其搜集绘图的书，于是有了石印的《尔雅音图》和《毛诗品物图考》，又有了《点石斋丛画》和《诗画舫》。《山海经》也另买了一部石印的，每卷都有图赞，绿色的画，字是红的，比那木刻的精致得多了。这一部直到前年还在，是缩印的郝懿行疏。木刻的却已经记不清是什么时候失掉了。

我的保姆，长妈妈即阿长，辞了这人世，大概也有了三十年了罢。我终于不知道她的姓名，她的经历，仅知道有一个过继的儿子，她大约是青年守寡的孤孀。

仁厚黑暗的地母呵，愿在你怀里永安她的魂灵！

清　贫

方志敏

我从事革命斗争,已经十余年了。在这长期的奋斗中,我一向是过着朴素的生活,从没有奢侈过。经手的款项,总在数百万元,但为革命而筹集的金钱,是一点一滴地用之于革命事业。这在国方(指国民党方面)的伟人们看来,颇似奇迹,或认为夸张,而矜持不苟,舍己为公,却是每个共产党员具备的美德。所以,如果有人问我身边有没有一些积蓄,那我可以告诉你一桩趣事:

就在我被俘的那一天——一个最不幸日子,有两个国方兵士,在树林中发现了我,而且猜到我是什么人的时候,他们满肚子热望在我身上搜出一千或八百大洋,或者搜出一些金镯金戒指一类的东西,发个意外之财。哪知道从我上身摸到下身,从袄领捏到袜底,除了一只时表和一支自来水笔之外,一个铜板都没有搜出。他们于是激怒起来了,猜疑我是把钱藏在哪里,不肯拿出来。他们之中有一个,左手拿着一个木柄榴弹,右手拉出榴弹中的引线,双脚拉开一步,做出要抛掷的姿势,用凶恶的眼光盯住我,威吓地吼道:

“赶快将钱拿出来,不然就是一炸弹,把你炸死去!”

“哼!你不要作出那难看的样子来吧!我确实一个铜板都没有存,想从我这里发洋财,是想错了。”我微笑淡淡地说。

“你骗谁!像你当大官的人会没有钱!”拿榴弹的兵士坚持不相信。

“绝不会没有钱的，一定是藏在哪里，我是老出门的，骗不得我。”另一个兵士一面说，一面弓着背重来一次将我的衣角裤裆过细地捏，总企望着有新的发现。

“你们要相信我的话，不要瞎忙吧！我不比你们国民党当官，个个都有钱，我今天确实是一个铜板也没有，我们革命不是为着发财啦！”我再向他们解释。等他们确知在我身上搜不出什么的时候，也就停手不搜了，又在我藏躲地方的周围，低头注目搜寻了一番，也毫无所得，他们是多么失望呵！那个持弹欲放的兵士，也将拉着的引线，仍旧塞进榴弹的木柄里，转过来来抢夺我的表和水笔。后彼此说定表和笔卖出钱来平分，才算无话。他们用怀疑而又惊异的目光，对我自上而下地望了几遍，就同声命令地说：“走吧！”是不是还要问问我家里有没有一些财产？请等一下，让我想一想，啊，记起来了，有的有的，但不算多。去年暑天我穿的几套旧的汗褂裤，与几双缝上底的线袜，已交给我的妻放在深山坞里保藏着——怕国军（指国民党军队）进攻时，被人抢了去，准备今年暑天拿出来再穿，那些就算是我唯一的财产了。但我说出那几件“传世宝”来，岂不要叫那些富翁们齿冷三天?!

清贫，洁白朴素的生活，正是我们革命者能够战胜许多困难的地方！

阿河

朱自清

我这一回寒假，因为养病，住到一家亲戚的别墅里去。那别墅是在乡下。前面偏左的地方，是一片淡蓝的湖水，对岸环拥着不尽的青山。山的影子倒映在水里，越发显得清清朗朗的。水面常如镜子一般。风起时，微有皱痕，像少女们皱她们的眉头，过一会子就好了。湖的余势束成一条小港，缓缓地不声不响地流过别墅的门前。门前有一条小石桥，桥的那边尽是田亩。这边沿岸一带，相间地栽着桃树和柳树，春来当有一番热闹的梦。别墅外面缭绕着短短的竹篱，篱外是小小的路。里边一座向南的楼，背后便倚着山。西边是三间平屋，我便住在这里。院子里有两块草地，上面随便放着两三块石头。另外的隙地上，或罗列着盆栽，或种莳着花草。篱边还有几株枝干盘曲的大树，有一株几乎要伸到水里去了。

我的亲戚韦君夫妇二人和一个女儿。她在外边念书，这时也刚回到家里。她邀来三位同学，同到她家过这个寒假，两位是亲戚，一位是朋友。她们住着楼上的两间屋子。韦君夫妇也住在楼上。楼下正中是客厅，常是闲着，西间是吃饭的地方；东间便是韦君的书房，我们谈天、喝茶、看报，都在这里。我吃了饭，便是一个人，也要到这里来闲坐一回。我来的第二天，韦小姐告诉我，她母亲要给她们找一个好好的女用人，长工阿齐说有一个表妹，母亲叫他明天就带来做做看呢。她似乎很高兴的样子,我只是不经意地答应。

平屋与楼屋之间,是一个小小的厨房。我住的是东面的屋子,从窗子里可以看见厨房里人的来往。这一天午饭前,我偶然向外看看,见一个面生的女用人,两手提着两把白铁壶,正往厨房里走。韦家的李妈在她前面领着,不知在和她说甚么话。她的头发乱蓬蓬的,像冬天的枯草一样。身上穿着镶边的黑布棉袄和夹裤,黑里已泛出黄色,棉袄长与膝齐,夹裤也直拖到脚背上。脚倒是双天足,穿着尖头的黑布鞋,后跟还带着两片同色的“叶拔儿”。想这就是阿齐带来的女用人了,想完了就坐下看书。晚饭后,韦小姐告诉我,女用人来了,她的名字叫“阿河”。我说,“名字很好,只是人土些,还能做吗?”她说,“别看她土,很聪明呢。”我说,“哦。”便接着看手中的报了。

以后每天早上,中上,晚上,我常常看见阿河挈着水壶来往,她的眼似乎总是往前看的。两个礼拜匆匆地过去了。韦小姐忽然和我说,你别看阿河土,她的志气很好,她是个可怜的人。我和娘说,把我前年在家穿的那身棉袄给了她吧。我嫌那两件衣服太花,给了她正好。娘先不肯,说她来了没有几天,后来也肯了。今天拿出来让她穿,正合式呢。我们教给她打绒绳鞋,她真聪明,一学就会了。她说拿到工钱,也要打一双穿呢。我等几天再和娘说去。

“她这样爱好!怪不得头发光得多了,原来都是你们教她的。好!你们尽教她讲究,她将来怕不愿回家去呢。”大家都笑了。

旧新年是过去了。因为江浙的兵事,我们的学校一时还不能开学。我们大家都乐得在别墅里多住些日子。这时阿河如换了一个人。她穿着宝蓝色挑着小花儿的布棉袄裤,脚下是嫩蓝色毛绳鞋,鞋口还缀着两个半蓝半白的小绒球儿。我想这一定是她的小姐们给帮忙的。古语说得好“人要衣裳马要鞍”,阿河这一打扮,真有些楚楚可怜了。她的头发早已是刷得光光的,覆额的刘海也梳得十分伏贴。一张小小的圆脸,如正开的桃李花,脸上并没有笑,却隐隐地含着春日的光辉,像花房里充了蜜一般。这在我几乎是一个奇迹,我现在是常站在窗前看她了。我觉得在深山里发现了一粒猫儿眼,这样精纯的猫儿眼,是我生平所仅见!我觉得我们相识已太长久,极愿和她说一句话——极平淡的话,一句也好。但我怎好平白地和她攀谈呢?这样郁郁了一礼拜。

这是元宵节的前一晚上。我吃了饭,在屋里坐了一会,觉得有些无聊,便信

步走到那书房里。拿起报来,想再细看一回。忽然门钮一响,阿河进来了。她手里拿着三四支颜色铅笔,出乎意料地走近了我。她站在我面前了,静静地微笑着说:“白先生,你知道铅笔刨在哪里?”一面将拿着的铅笔给我看。我不自主地立起来,匆忙地应道,“在这里。”我用手指着南边柱子。但我立刻觉得这是不够的。我领她走近了柱子。这时我像闪电似的踌躇了一下,便说,“我……我……”她一声不响地已将一支铅笔交给我。我放进刨子里刨给她看,刨了两下,便想交给她,但终于刨完了一支,交还了她。她接了笔略看一看,仍仰着脸向我。我窘极了。刹那间念头转了好几个圈子,到底硬着头皮搭讪着说,“就这样刨好了。”我赶紧向门外一瞥,就走回原处看报去。但我的头刚低下,我的眼已抬起来了,于是远远地从容地问道,“你会吗?”她不曾掉过头来,只“嘤”了一声,也不说话。我看了她背影一会儿,觉得应该低下头了。等我再抬起头来时,她已默默地向外走了。她似乎总是往前看的,我想再问她一句话,但终于不曾出口。我撇下了报,站起来走了一会,便回到自己屋里。我一直想着些什么,但什么也没有想出。

第二天早上看见她往厨房里走时,我发觉我的眼睛老跟着她的影子!她的影子真好。她那几步路走得又敏捷,又匀称,又苗条,正如一只可爱的小猫。她两手各提着一只水壶,又令我想到在一条细细的索儿上抖擞精神走着的女子。这全由于她的腰,她的腰真太软了,用白水的话说,真是软到使我如吃苏州的牛皮糖一样。不只她的腰,我的日记里说得好:“她有一套和云霞比美,水月争灵的曲线,织成大大的一张迷惑的网!?而那两颊的曲线,尤其甜蜜可人。她两颊是白中透着微红,润泽如玉。她的皮肤,嫩得可以掐出水来。”我的日记里说,“我很想去掐她一下呀!”她的眼像一双小燕子,老是在滟滟的春水上打着圈儿。她的笑最使我记住,像一朵花漂浮在我的脑海里。我不是说过,她的小圆脸像正开的桃花吗?那么,她微笑的时候,便是盛开的时候了,花房里充满了蜜,真如要流出来的样子。她的发不甚厚,但黑而有光,柔软而滑,如纯丝一般,只可惜我不曾闻着一些儿香。唉!从前我在窗前看她好多次,所得的真太少了,若不是昨晚一见——虽只几分钟——我真太对不起这样一个人儿了。

午饭后,韦君照例地睡午觉去了,只有我,韦小姐和其他三位小姐在书房里。我有意无意地谈起阿河的事。我说:

“你们怎知道她的志气好呢?”

“那天我们教给她打绒绳鞋,”一位蔡小姐便答道,“看她很聪明,就问她为甚么不念书? 她被我们一问,就伤心起来了……”

“是的,”韦小姐笑着抢了说,“后来还哭了呢,还有一位傻子陪她淌眼泪呢。”

那边黄小姐可急了,走过来推了她一下。蔡小姐忙拦住道,“人家说正经话,你们尽闹着玩儿! 让我说完了呀——”

“我代你说啵,”韦小姐仍抢着说,“她说她只有一个爹,没有娘。嫁了一个男人,倒有三十多岁,土头土脑的,脸上满是疤! 他是李妈的邻舍,我还看见过呢……”

“好了,底下我说吧。”蔡小姐接着道,“她男人又不要好,尽爱赌钱。她一气,就住到娘家来,有一年多不回去了。”“她今年几岁?”我问。“十七不知十八? 前年出嫁的,几个月就回家了。”蔡小姐说。“不,十八,我知道。”韦小姐改正道。“哦。你们可曾劝她离婚?”“怎么不劝。”韦小姐应道,“她说十八回去吃她表哥的喜酒,要和她的爹去说呢。”

“你们教她的好事,该当何罪!”我笑了。

她们也都笑了。

十九的早上,我正在屋里看书,只见外面有嚷嚷的声音,这是从来没有的。我立刻走出来看,只见门外有两个乡下人要走进来,却给阿齐拦住。他们只是央告,阿齐只是不肯。这时韦君已走出院中,向他们道:

“你们回去吧。人在我这里,不要紧的。快回去,不要瞎吵!”

两个人面面相觑,说不出一句话,拖延了一会,只好走了。我问韦君什么事? 他说:

“阿河啰! 还不是瞎吵一回子。”

我想他于男女的事向来是懒得说的,还是回头问他小姐的好,我们便谈到别的事情上去。

吃了饭,我赶紧问韦小姐,她说:

“她是告诉娘的,你问娘去。”

我想这件事有些尴尬,便到西间里问韦太太,她正看着李妈收拾碗碟呢。

她见我问，便笑着说：

“你要问这些事做什么？她昨天回去，原是借了阿桂的衣裳穿了去的，打扮得娇滴滴的，也难怪，被她男人看见了，便约了些不相干的人，将她抢回去过了一夜。今天早上，她骗她男人，说要到此地来拿行李。她男人就信她，派了两个人跟着。哪知她到了这里，便叫阿齐拦着那跟来的人，她自己便跪在我面前哭诉，说死也不愿回她男人家去。你说我有什么法子，只好让那跟来的人先回去再说。好在没有几天，她们要上学了，我将来交给她的爹吧。唉，现在的人，心眼儿真是越过越大了。一个乡下女人，也会闹出这样惊天动地的事了！”

“可不是，”李妈在旁插嘴道，“太太你不知道，我家三叔前儿来，我还听他说呢。我本不该说的，阿弥陀佛！太太，你想她不愿意回婆家，老愿意住在娘家，是什么道理？家里只有一个单身的老子，你想那该死的老畜生！他舍不得放她回去呀！”

“低些，真的吗？”韦太太惊诧地问。

“他们说得千真万确的。我早就想告诉太太了，总有些疑心，今天看她的样子，真有几分对呢。太太，你想现在还成什么世界！”

“这该不至于吧。”我淡淡地插了一句。

“少爷，你哪里知道！”韦太太叹了一口气，“好在没有几天了，让她快些走吧，别将我们的运气带坏了。她的事，我们以后也别谈吧。”

开学的通告来了，我定在二十八走。二十六的晚上，阿河忽然不到厨房里挈水了。韦小姐跑来低低地告诉我，“娘叫阿齐将阿河送回去了，我在楼上，都不知道呢。”我应了一声，一句话也没有说。正如每日有三顿饱饭吃的人，忽然绝了粮，却又不能告诉一个人！而且我觉得她的前面是黑洞洞的，此去不定有什么好歹！那一夜我没有好好地睡，只翻来覆去地做梦，醒来却又一例茫然。这样昏昏沉沉地到了二十八早上，懒懒地向韦君夫妇和韦小姐告别而行，韦君夫妇坚约春假再来住，我只得含糊答应着。出门时，我很想回望厨房几眼，但许多人都站在门口送我，我怎好回头呢？

到校一打听，老友陆已来了。我不及料理行李，便找着他，将阿河的事一五一十告诉他。他本是好事的人，听我说时，时而皱眉，时而叹气，时而擦掌。听到她只十八岁时，他突然将舌头一伸，跳起来道：

"可惜我早有了我那太太！要不然，我准得想法子娶她！"

"你娶她就好了，现在不知鹿死谁手呢？"

我俩默默相对了一会，陆忽然拍着桌子道：

"有了，老汪不是去年失了恋吗？他现在还没有主儿，何不给他俩撮合一下。"

我正要答话，他已出去了。过了一会子，他和汪来了，进门就嚷着说：

"我和他说，他不信，要问你呢！"

"事是有的，人呢，也真不错。只是人家的事，我们凭什么去管！"我说。

"想法子呀！"陆嚷着。

"什么法子？你说！"

"好，你们尽和我开玩笑，我才不理会你们呢！"汪笑了。

我们几乎每天都要谈到阿河，但谁也不曾认真去"想法子"。

一转眼已到了春假。我再到韦君别墅的时候，水是绿绿的，桃腮柳眼，着意引人。我却只惦着阿河，不知她怎么样了。那时韦小姐已回来两天。我背地里问她，她说：

"奇得很！阿齐告诉我，说她二月间来求娘来了。她说她男人已死了心，不想她回去，只不肯白白地放掉她。他教她的爹拿出八十块钱来，人就是她的爹的了，他自己也好另娶一房人。可是阿河说她的爹哪有这些钱？她求娘可怜可怜她！她的脾气你知道。她是个古板的人，她数说了阿河一顿，一个钱也不给！我现在和阿齐说，让他上镇去时，带个信儿给她，我可以给她五块钱。我想你也可以帮她些，我教阿齐一块儿告诉她吧。只可惜她未必肯再上我们这儿来啰！"

"我拿十块钱吧，你告诉阿齐就是。"

我看阿齐空闲了，便又去问阿河的事。他说：

"她的爹正给她东找西找地找主儿呢。只怕难吧，八十块大洋呢！"

我忽然觉得不自在起来，不愿再问下去。

过了两天，阿齐从镇上回来，说：

"今天见着阿河了。娘的，齐整起来了。穿起了裙子，做老板娘了！据说是自己拣中的，这种年头！"

我立刻觉得，这一来全完了！只怔怔地看着阿齐，似乎想在他脸上找出阿河的影子。咳,我说什么好呢?愿命运之神长远庇护着她吧!

第二天我便托故离开了那别墅,我不愿再见那湖光山色,更不愿再见那间小小的厨房!

还乡后记

郁达夫

风烟俱净，天山共色，从流飘荡，任意东西，自富阳至桐庐一百许里，奇山异水，天下独绝。水皆漂碧，千丈见底，游鱼细石，直视无碍，急湍甚箭，猛浪若奔，隔岸高山，皆生寒树，负势竞上，互相轩邈，争高直指，千百成群。泉水激石，泠泠作响，好鸟相鸣，嘤嘤成韵。蝉则千啭不穷，猿则百叫无绝，鸢飞戾天者，望峰息心，经纶世务者，窥谷忘返，横柯上蔽，在昼犹昏，疏条交映，有时见日。

一

“比在家庭的怀抱里觉得更好的地方，是什么地方？”像这样的地方，当然是没有的，法国的这一句古歌，实在是把人情世态道尽了。

当微雨潇潇之夜，你若身眠古驿，看看萧条的四壁，看看一点欲尽的寒灯，倘不想起家庭的人，这人便是没有心肠者，任它草堆也好，破窑也好，你儿时放摇篮的地方，便是你死后最好的葬身之所呀！我们在客栈中卧病的时候，每每要想及家乡，就是这事的明证。

我空拳只手地奔回家去。到了杭州，又把路费用尽，在赤日的底下，在车行的道上，我就不得不步行出城。缓步当车，说起来倒是好听，但是在二十世纪的

堕落的文明里沉浸过的我，既贫贱而又多骄，最喜欢张张虚势，更何况平时是以享乐为主的我，又哪里能够好好地安贫守分，和乡下人一样蹀躞泥中呢！

这一天阴历的六月初三，天气倒好得很。但是炎炎的赤日，只能助长有钱有势的人的纳凉佳兴，与我这行路病者，却是丝毫无益的！我慢慢地出了凤山门，立在城河桥上，一边用了我那半旧的夏布长衫襟袖，揩拭汗水，一边回头来看看杭州的城市，与杭州城上盖着的青天和城墙界上的一排山岭，真有万千的感慨，横亘在胸中。预言者自古不为其故乡所容，我今朝却只能对了故里的丘山，来求最后的荫庇，五柳先生的心事，痛可知了。

啊啊！亲爱的诸君，请你们不要误会，我并非是以预言者自命的人，不过说我流离颠沛，却是与预言者的境遇相同，社会错把我作了天才待遇罢了。即使罗秀才能行破石飞鸡的奇迹，然而他的品格，岂不和飘泊在欧洲大陆，猖狂乞食的其泊西(gipsy)一样吗？

我勉强走到了江干，腹中饥饿得很了。回故乡去的早班轮船，当然已经开出，等下午的快船出发，还有三个钟头。我在杂乱窄狭的南星桥市上飘流了一会，在靠江的一条冷清的夹道里找出了一家坍败的饭馆来。

饭店的房屋的骨骼，同我的胸腔一样，肋骨已经一条一条地数得出来了。幸亏还有左侧的一根木椽，从邻家墙上，横着支住在那里，否则怕去秋的潮汛，早好把它拉入了江心，作伍子胥的烧饭柴火去了。店里的几张板凳桌子，都积满了灰尘油腻，好像是前世纪的遗物。账柜上坐着一个四十内外的女人，在那里做鞋子。灰色的店里，并没有什么生动的气象，只有在门口柱上贴着一张“安寓客商”的尘蒙的红纸，还有些微现世的感觉。我因为脚下的钱已快用完，不能更向热闹的街心去寻辉煌的菜馆，所以就慢慢地踱了进去。

啊啊，物以类聚！你这短翼差池的饭馆，你若是二足的走兽，那我正好和你分庭抗礼结为兄弟哩。

二

假使天公下一阵微雨，把钱塘江两岸的风景，罩得烟雨模糊，把江边的泥路，浸得污浊难行，那么这时候江干的旅客，必要减去一半，那么我乘船归去，至少可以少遇见几个晓得我的身世的同乡。即使旅客不因之而减少，只叫天上有暗淡的愁云蒙着，阶前屋外有几点雨滴的声音，那么围绕在我周围的空气和自然的景物，总要比现在更带有些阴惨的色彩，总要比现在和我的心境更加相符。若希望再奢一点，我此刻更想有一具黑漆棺木在我的旁边。最好是秋风凉冷的九十月之交，失落的林中，阴森的江上，不断地筛着渺蒙的秋雨。我在凋残的芦苇里，雇了一叶扁舟，当日暮的时候，在送灵柩归去。小船除舟子而外，不要有第二个人。棺里卧着的，若不是和我寝处追随的一个年少妇人，至少也须是一个我的至亲骨肉。我在灰暗微明的黄昏江上，雨声淅沥的芦苇丛中，赤了足，张了油纸雨伞，提了一张灯笼，摸上船头上去焚化纸箔。

我坐在靠江的一张桌子上，等那柜上的妇人下来替我炒蛋炒饭的时候，看看西兴对岸的青山绿树，看看江上的浩荡波光，又看看在江边沙渚的晴天赤日下来往的帆樯肩舆和舟子牛车。心里忽起了一种怨恨天帝的心思。我怨恨了一阵，痴想了一阵，就把我的心愿，原原本本地排演了出来。我一边在那里焚化纸箔，一边却对棺里的人说：

“Jeanne！我们要回去了，我们要开船了！怕有野鬼来麻烦，你就拿这一点纸箔送给他们罢！你可要饭吃？你可安稳？你可是伤心？你不要怕，我在这里，我什么地方也不去了，我只在你的边上……”

我幽幽地讲到最后的一句，咽喉就塞住了。我在座上拱了两手，把头伏了下去，两面额上，只感觉了一道热气。我重新把我所欲爱的女人，一个一个想了出来，见她们闭着口眼，冰冷地直卧在我的前头。我觉得隐忍不住了，竟任性地放了一声哭声。那个在炉灶上的妇人，以为我在催她的饭，她就同哄小孩子似的用了柔和的声气说：

“好了好了！就快好了，请再等一会儿！”

啊啊！我又想起来了，我又想起来了，年幼的时候，当我哭泣的时候，祖母母亲哄我的那一种声气！

“已故的老祖母，倚闾的老母亲！你们的不肖的儿孙，现在正落魄了在江干等回故里的船呀！”

我在自己制成的伤心的泪海里游泳了一会，那妇人捧了一碗汤，一碗炒饭，摆到了我的面前来。我仰起头来对她一看，她倒惊了一跳。对我呆看了一眼，

她就去绞了一块手巾来递给我，叫我擦一擦面。我对这半老妇人的殷勤，心里有说不出的感谢。几日来因为睡眠不足，营养不良的缘故，已经是非常感觉衰弱，动着就要流泪的我，对她的这一种感谢，也变成了两行清泪，噗嗒地滴下了腮来，她看了这种情形，就问我说：

“客人，你可是遇见了坏人？”

我摇了摇头，勉强地对她笑了一笑，什么话也不能回答。她呆呆地立了一回，看我不能讲话，也就留了一句：“饭不够吃，再炒。”安慰我的话，走向她的柜上去了。

三

我吃完了饭，付了她两角银角子，把找回来的八九个铜子，也送给了她，她却摇着头说：“客人，你是赶船的吗？船上要用钱的地方多得很哩，这几个铜子你收着用罢！”

我以为她怪我吝啬，只给她几个铜子的小账，所以又摸了两角银角子出来给她。她却睁大了眼睛对我说：

“咿咿！这算什么？这算什么？”

她硬不肯收，我才知道了她的真意，所以说：“但是无论如何，我总要给你几个小账的。”

她又推了一会，才收了三个铜子说：

“小账已经有了。”

啊啊，我自回中国以来，遇见的都是些卑污贪暴的野心狼子，我万万想不到在浇薄的杭州城外，有这样的一个真诚的妇人的。妇人呀妇人，你的坍败的屋椽，你的凋零的店铺，大约就是你的真诚的结果，社会对你的报酬！啊啊，我真恨我没有黄金十万，为你建造一家华丽的酒楼。

“再会再会！”

“顺风顺风！船上要小心一点。”

“谢谢！”

我受妇人的怜惜，这可算是平生的第一次。

我出了饭馆,从太阳晒着的冷静的这条夹道,走上轮船公司的那条大街上去。大约是将近午饭的时候了,街上的行人,比曩时少了许多。我走到轮船公司门口,向窗里一看,见账房内有五六个男子围了桌子,赤了膊在那里说笑吃饭。卖票的窗前的屋里,在交头椅上,只坐着两个乡下人,在那里等候,从他们的衣服、态度上看来,他们必是临浦萧山一带的农民,也不知他们有什么心事,他们的眉毛却蹙得紧紧的。

我走近了他们,在他们旁边坐下之后,两人中间的一个看了我一眼,问我说:

“鲜散(先生)!到临浦严办(烟篷)几个脸(钱)?”

“我也不知道,大约是一二角角子罢。”

“喏(你)到啥地方起(去)咯?”

“我上富阳去的。”

“哎(我们)是为得打官司到杭州来咯。”

我并不问他,他却把这一回因为一个学堂里出身的先生告了他的状,不得不到杭州来的事情对我详细地诉说了:

“哎真勿要打官司啦!格煞(现在)田里已(又)忙,宁(人)也走勿开,真真苦煞哉啦!汉(那)个学堂里个(的)鲜散,心也脱凶哉,哎请啦宁刚(讲)过好两遍,情愿拿出八十块洋钿不(给)其(他),其(他)要哎百念块。喏(你)看,格煞五荒六月,教哎啥地方去变出一百念块洋钿来呢!”

他说着似乎是很伤心的样子。

“唉唉!你这老实的农民,我若有钱,我就给你一百二十块钱救你出险了。但是

Thou's met me in an evil hour,

……

To spare thee now is past my power,

……”

我心里这样一想,又重新起了一阵身世之悲。他看我默默不语,便也住了口,仍复沉入悲愁的境里去了。

四

我坐在轮船公司的那只角上，默默地与那农民相对，耳里断断续续地听了些在账房里吃饭的人的笑语，只觉得一阵一阵的哀心隐痛，绝似临盆的孕妇，要产产不出来的样子。

杭州城外，自闸口至南星，统江干一带，本是我旧游之地，我记得没有出国之前，在岸边花艇里，金尊檀板，也曾眠醉过几场。江上的明月，月下的青山，与越郡的鸡酒，佐酒的歌姬，当然依旧在那里助长人生的乐趣。但是我呢？我身上的变化呢？我的同干柴似的一双手里，只捏了三个两角的银角子，在这里等买船票！

过了一点多钟，轮船公司的那间屋里，挤满了旅人，我因为怕逢知我的同乡，只俯了首，默默地坐着不敢吐气。啊啊，窗外的被阳光晒着的长街，在街上手轻脚健快快活活来往的行人，请你们饶恕我的罪罢，这时候我心里真恨不得丢一个炸弹，与你们同归于尽呀。

跟了那两个农民，在窗口买了一张烟篷船票，我就走出公司，走上码头，走上跳板，走上驳船去。

原来钱塘江岸，浅滩颇多，码头下有一排很长的跳板，接在那里。我跟了众人，一步一步地从跳板上走到驳船里去的时候，却看见了一个我自家的影子，斜映在江水里，慢慢地在那里前进。等走到跳板尽处，将上驳船的时候，我心里忽而想起了一段我女人写给我的信上的话来：

我从来没有一个人单独出过门，那天晚上，我对你说让我一个人回去的话，原是激于一时的意气而发，我实不知道抱着一个六个月的孩子的妇人的单独旅行，是如何的苦法的。那天午后，你送我上车，车开之后，我抱了龙儿，看看车里坐着的男女，觉得都比我快乐。我又探头出来，遥向你住着的上海一望，只见了几家工厂，和屋上排列在那里的一列烟囱。我对龙儿看了一眼，就不知不觉地涌出了两滴眼泪。龙儿看了我这样子，也好像有知似的对我呆住了。他跳也不跳了，笑也不笑了，默默地尽对我呆看。我看了这种样子，更觉得伤心难耐，就把我的颜面俯上他的脸去，紧紧地吻了他一回。他呆了一会，就在我的怀里睡着了。

火车行行前进,我看看车窗外的野景,忽而想起去年你带我出来的时候的景象。啊啊!去岁的初秋,你我一路出来上A地去的快乐的旅行,和这一回惨败了回来的情状一比,当时的感慨如何,大约是你所能推想得出的罢!

在江干的旅馆里过了一夜,第二天的早晨,我差茶房送了一个信给住在江干的我的母舅,他就来了。

把我的行李送上轮船之后,买了票子,他又来陪我上船去。龙儿硬不要他抱,所以我只能抱着龙儿,跟在他后面,一步一步地走上那骇人的跳板去,等跳板走尽的时候,我想把龙儿交给母舅,纵身一跳,跳入钱塘江里去的。但是仔细一想,在昏夜的扬子江边还淹不死的我,在白日的这浅渚里,又哪里能达到我的目的?弄得半死不活,走回家去,反而要被人家笑话,还不如忍着罢。

我到家以后,这几天里,简直还没有取过饮食,所以也没有气力写信给你,请你原谅我。

五

啊,贫贱夫妻百事哀!我的女人呵,我累你不少了。

我走上了驳船,在船篷下坐定之后,就把三个月前,在上海北站,送我女人回家的事情想了出来。忘记了我的周围坐着的同行者,忘记了在那里摇动的驳船,并且忘记了我自家的失意的情怀,我只见清瘦的我的女人抱了我们的营养不良的小孩在火车窗里,在对我流泪。火车随着蒸气机关在那里前进,她的眼泪洒满的苍白的脸儿,也和车轮合着了拍子,一隐一现地在那里窥探我。我对她点一点头,她也对我点一点头。我对她手招一招,叫她等我一会,她也对我手招一招。我想使尽我的死力,跳上火车去和她坐一块儿,但是心里又怕跳不上去,要跌下来。我迟疑了许久,看她在窗里的愁容,渐渐地远下去,淡下去了,才抱定了决心,站起来向前面伸出了一只手去。我攀着了一根铁干,听见了一声咚咚的冲击的声音,纵身向上一跳,觉得双脚踏在木板上了。忽有许多嘈杂的人声,逼上我的耳膜来,并且有几只强有力的手,突突地向我背后推打了几下。我回转头来一看,方知是驳船到了轮船身边,大家在争先地跳上轮船来,我刚才

所攀着的铁干，并不是火车的回栏，我的两脚也并不是在火车中间，却踏在小轮船的舷上了。

我随了众人挤到后面的烟篷角上去占了一个位置，静坐了几分钟，把头脑休息了一下，方才从刚才的幻梦状态里醒了转来。

向窗外一望，我看见透明的淡蓝色的江水，在那里返射日光。更抬头起来，望到了对岸，我看见一条黄色的沙滩，一排苍翠的杂树，静静地躺在午后的阳光里吐气。

我弯了腰背孤苦伶仃地坐了一会儿，轮船开了。在闸口停了一停，这一只同小孩子的玩具似的小轮船就噗突噗突地奔向西去。两岸的树林沙渚，旋转了好几次，江岸的草舍，农夫，和偶然出现的鸡犬小孩，都好像是和平的神话里的材料，在那里等赫西奥特(Hesiod)的吟咏似的。

经过了闻家堰，不多一会，船就到了东江嘴，上临浦义桥的船客，是从此地换入更小的轮船，溯支江而去的。买票前和我坐在一起的那两个农民，被茶房拉来拉去地拉到了船边，将换入那只等在那里的小轮船去的时候，一个和我讲话过的人，忽而回转头来对我看了一眼，我也不知不觉地回了他一个目礼。啊啊！我真想跟了他们跳上那只小轮船去，因为一个钟头之后，我的轮船就要到富阳了，这回前去停船的第一个码头，就是富阳了，我有什么面目回家去见我的衰亲，见我的女人和小孩呢？

但是命运注定的最坏的事情，终究是避不掉的。轮船将近我故里的县城的时候，我的心脏的鼓动也和轮船的机器一样，噗突噗突地响了起来。等船一靠岸，我就杂在众人堆里，披了一身使人眩晕的斜阳，俯着首走上岸来。上岸之后，我却走向和回家的路径方向相反的一个冷街上的土地庙去坐到两点多钟。等太阳下山，人家都在吃晚饭的时候，我方才乘了夜阴，走上我们家里的后门边去。我侧耳一听，听见大家都在庭前吃晚饭，偶尔传过来的一声我女人和母亲的说话的声音，使我按不住地想奔上前去，和她们去说一句话，但我终究忍住了。趁后门边没有一个人在，我就放大了胆，轻轻推开了门，不声不响地摸上楼上我的女人的房里去睡了。

晚上我的女人到房里来睡的时候，如何惊惶，我和她如何对泣，我们如何又想了许多谋自尽的方法，我在此就不记下来了，因为怕人家说我是为欲引起人家的同情的缘故，故意地在夸张我自家的苦处。

移家琐记

郁达夫

一

“流水不腐”，这是中国人的俗话，“Stagnant Pond”，这是外国人形容固定的颓毁状态的一个名词。在一处羁住久了，精神上习惯上，自然会生出许多霉烂的斑点来。更何况洋场米贵，狭巷人多，以我这一个穷汉，夹杂在三百六十万上海市民的中间，非但汽车，洋房，跳舞，美酒等文明的洪福享受不到，就连吸一口新鲜空气，也得走十几里路。移家的心愿，早就有了，这一回却因朋友之介，偶尔在杭城东隅租着一所适当的闲房，筹谋计算，也张罗拢了二三百块洋钱，于是这很不容易成就的戋戋私愿，竟也猫猫虎虎地实现了。小人无大志，蜗角亦乾坤，触蛮鼎定，先让我来谢天谢地。

搬来的那一天，是春雨霏微的星期二的早上，为计时日的正确，只好把一段日记抄在下面：

一九三三年四月廿五（阴历四月初一），星期二。晨，五点起床，窗外下着蒙蒙的时雨，料理行装等件，赶赴北站，衣帽尽湿。携女人儿子及一仆妇登车，在不断的雨丝中，向西进发。野景正妍，除白桃花，菜花，棋盘花外，田野里只一片

嫩绿,浅淡尚带鹅黄,此番因自上海移居杭州,故行李较多,视孟东野稍为富有,沿途上落,被无产同胞的搬运夫,敲刮去了不少。午后一点到杭州城站,雨势正盛,在车上蒸干之衣帽,又涔涔湿矣。

新居在浙江图书馆侧面的一堆土山旁边,虽只东倒西斜的三间旧屋,但比起上海的一楼一底的弄堂洋房来,究竟宽敞得多了,所以一到寓居,就开始做室内装饰的工作。沙发是没有的,镜屏是没有的,红木器具,壁画纱灯,一概没有。几张板桌,一架旧书,在上海时,塞来塞去,只觉得没地方塞的这些破铜烂铁,一到了杭州,向三间连通的矮厅上一摆,看起来竟空空洞洞,像是沧海中间的几颗粟米了。最后装上壁去的,却是上海八云装饰设计公司送我的一块石膏圆面。塑制者是江山徐葆蓝氏,上面刻出的是《圣经》里马利马格大伦的故事。看来看去,在我这间黝暗矮阔的大厅摆设之中,觉得有一点生气的,就只是这一块同深山白雪似的小小的石膏。

二

向晚雨歇,电灯来了。灯光灰暗不明,问先搬来此地住的王母以“何不用个亮一点的灯球?”方才知道朝市而今虽不是秦,但杭州一隅,也绝不是世外的桃源,这样要捐,那样要税,居民的负担,简直比世界哪一国的首都,都加重了。即以电灯一项来说,每一个字,在最近也无法地加上了好几成的特捐。“烽火满天殍满地,儒生何处可逃秦?”这是几年前作过的叠秦韵的两句山歌,我听了这些话后,嘴上虽则不念出来,但心里却也私地转想了好几次。腹诽若要加刑,则我这一篇琐记,又是自己招认的供状了,罪过罪过。

三更人静,门外的巷里忽传来了些笃笃笃笃的敲小竹梆的哀音。问是什么?说是卖馄饨圆子的小贩营生。往年这些担头很少,现在却冷街僻巷,都有人来卖到天明了,百业的凋敝,城市的萧条,这总也是民不聊生的一点点的实证罢?

新居落寞,第一晚睡在床上,翻来覆去,总睡不着觉。夜半挑灯,就只好拿出一本新出版的《两地书》来细读。有一位批评家说,作者的私记,我们没有阅读的义务。当时我对这话,倒也佩服得五体投地,所以书店来要我出书简集的时候,我就坚决地谢绝了,并且还想将一本为无钱过活之故而拿去出卖的日记都叫他们毁版,以为这些东西,是只好于死后,让他人来替我印行的。但这次将鲁迅先生和密斯许的书简集来一读,则非但对那位批评家的信念完全失掉,并且还在这一部两人的私记里,看出了许多许多平时不容易看到的社会黑暗面来。至于鲁迅先生的诙谐愤俗的气概,许女士的诚实庄严的风度,还是在长书短简里自然流露的余音,由我们熟悉他们的人看来,当然更是味中有味,言外有情,可以不必提起,我想就是绝对不认识他们的人,读了这书至少也可以得到几多的教训,私记私记,义务云乎哉?

从半夜读到天明,将这《两地书》读完之后,已经觉得愈兴奋了,六点敲过,就率性走到楼下去洗了一洗手脸,换了一身衣服,踏出大门,打算去把这杭城东隅的清晨朝景,看它一个明白。

三

夜来的雨,是完全止住了,可是外貌像马加弹姆式的沙石马路上,还满涨着淤泥,天上也还浮罩着一层明灰的云幕。路上行人稀少,老远老远,只看得见一部慢慢在向前拖走的人力车的后形。从狭巷里转出东街,两旁的店家,也只开了一半,连挑了菜在沿街赶早市的农民,都像是没有灌气的橡皮玩具。四周一看,萧条复萧条,衰落又衰落,中国的农村,果然是破产了,但没有实业生产机关,没有和平保障的像杭州一样的小都市,又何尝不在破产的威胁下战栗着待毙呢?中国目下的情形,大抵总是农村及小都市的有产者,集中到大都会去。在大都会的帝国主义保护之下变成殖民地的新资本家,或变成军阀官僚的附属品的少数者,总算是找着了出路。他们的货财,会愈积而愈多,同时为他们所牺牲的同胞,当然也要加速度地倍加起来。结果就变成这样的一个公式:农村中的有产者集中小都市,小都市的有产者集中大都会,等到资产化尽,而生财无道的时候,则这些素有恒产的候鸟就又得倒转来从大都会而小都市而仍返农村去作贫民。辗转循环,丝毫不爽,这情形已经继续了二三十年了,再过五年十年之后的社会状态,自然可以不卜而知了啦,社会的症结究在哪里?唯一的出路究在哪里?难道大家还不明白吗?空喊着抗日抗日,又有什么用处?

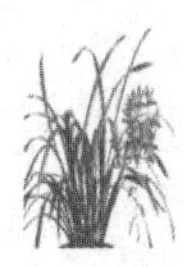

一个人在大街上踱着想着,我的脚步却于不知不觉的中间,开了倒车,几个弯儿一绕,竟又将我自己的身体,搬到了大学近旁的一条路上来了。向前面看过去,又是一堆土山。山下是平平的泥路和浅浅的池塘。这附近一带,我儿时原也来过的。二十几年前头,我有一位亲戚曾在报国寺里当过军官,更有一位哥哥,曾在陆军小学堂里当过学生。既然已经回到了寓居的附近,那就爬上山去看它一看吧,好在一晚没有睡觉,头脑还有点儿糊涂,登高望望四境,也未始不是一帖清凉的妙药。

天气也渐渐开朗起来了,东南半角,居然已经露出了几点青天和一丝白日。土山虽则不高,但眺望倒也不坏。湖上的群山,环绕在西北的一带,再北是空间,更北是湖外境内地发样的青山了。东面迢迢,看得见的,是临平山,皋亭山,黄鹤山之类的连峰叠嶂。再偏东北行,大约是唐栖上的超山山影,看去虽则不远,但走走怕也有半日好走哩。在土山上环视了一周,由远及近,用大量观察法来一算,我才明白了这附近的地理。原来我那新寓,是在军装局的北方,而三面的土山,系遥接着城墙,围绕在军装局的框外的。怪不得今天破晓的时候,还听见了一阵喇叭的吹唱,怪不得走出新寓的时候,还看见了一名荷枪直立的守卫士兵。

“好得很！好得很！……”我心里在想,“前有图书,后有武库,文武之道,备于此矣!”我心里虽在这样的自作有趣,但一种没着落的感觉,一种不能再在大都会里插足的哀思,竟渐渐地渐渐地融浸了我的全身。

巴黎的书摊

戴望舒

在滞留巴黎的时候，在羁旅之情中可以算作我的赏心乐事的有两件：一是看画，二是访书。在索居无聊的下午或傍晚，我总是出去，把我迟迟的时间消磨在各画廊中和河沿上的书摊。关于前者，我想在另一篇短文中说及，这里，我只想来谈一谈访书的情趣。

其实，说是“访书”，还不如说在河沿上走走或在街头巷尾的各旧书铺进出而已。我没有要觅什么奇书孤本的蓄心，再说，现在已不是在两个铜元一本的木匣里翻出一本 Patissier francois 的时候了。我之所以这样做，无非为了自己的癖好，就是摩挲观赏一回空手而返，私心也是很满足的，况且薄暮的塞纳河又是这样窈窕多姿！

我寄寓的地方是 Rue del、Echaude，走到塞纳河边的书摊，只需沿着塞纳路步行约摸三分钟就到了。但是我不大抄这近路，这样走的时候，塞纳路上的那些画廊总会把我的脚步牵住的，再说，我有一个从头看到尾的癖，我宁可兜远路顺着约可伯路、大学路一直走到巴克路，然后从巴克路走到王桥头。

塞纳河左岸的书摊，便是从那里开始的，从那里到加路赛尔桥，可以算是书摊的第一个地带，虽然位置在巴黎的贵族的第七区，却一点也找不出冠盖的气味来。在这一地带的书摊，大约可以分这几类：第一是卖廉价的新书的，大都是

各书店出清的底货，价钱的确公道，只是要你会还价，例如旧书铺里要卖到五六百法郎的勒纳尔(J.Renard)的《日记》，在那里你只须花二百法郎光景就可以买到，而且是崭新的。我的加棱所译的赛尔房德里的《模范小说》，整批的《欧罗巴杂志丛书》，便都是从那儿买来的。这一类书在别处也有，只是没有这一带集中吧。其次是卖英文书的，这大概和附近的外交部或奥莱昂东站多少有点关系吧。可是这些英文书的买主却并不多，所以花两三个法郎从那些冷清清的摊子里把一本初版本的《万牲园里的一个人》带回寓所去，这种机会，也是常有的。第三是卖地道的古版书的，十七世纪的白羊皮面书，十八世纪饰花的皮脊书等等，都小心地盛在玻璃的书柜里，上了锁，不能任意地翻看，其他价值较次的古书，则杂乱地在木匣中堆积着。对着这一大堆你挨我挤着的古老的东西，真不知道如何下手。这种书摊前比较热闹一点，买书大多数是中年人或老人。这些书摊上的书，如果书摊主是知道值钱的，你便会被他敲了去，如果他不识货，你便占了便宜来。我曾经从那一带的一位很精明的书摊老板手里，花了五个法郎买到一本一七六五年初版本的 Du Laurens 的 Imirce，至今犹有得意之色，首先因为 Imirce 是一部禁书，其次这价钱实在太便宜也。第四类是卖淫书的，这种书摊在这一带上只有一两个，而所谓淫书者，实际也仅仅是表面的，骨子里并没有什么了不得，大都是现代人的东西，与来骗骗人的。记得靠近王桥的第一家书摊就是这一类的，老板娘是一个四五十岁的老婆，当我有一回逗留了一下的时候，她就把我当作好主顾而怂恿我买，使我留下极坏的印象，以后就敬而远之了。其实那些地道的“珍秘”的书，如果你不愿出大价钱，还是要费力气角角落落去寻的，我曾在一家犹太人开的破货店里一大堆废书中，翻到过一本原文的 Cleland Fanny Hill，只出了一个法郎买回来，真是意想不到的事。

从加路赛尔桥到新桥，可以算是书摊的第二个地带。在这一带，对面的美术学校和钱币局的影响是显著的。在这里，书摊老板是兼卖板画图片的，有时小小的书摊上挂得满目琳琅，夸张的石雕，从书本上拆下的插图，戏院的招贴，花卉鸟兽人物的彩图，地图、风景片，大大小小各色俱全，反而把书列居次位了。在这些书摊上，我们是难得碰到什么值得一翻的书的，书都破旧不堪，满是灰尘，而且有一大部分是无用的教科书，展览会和画商拍卖的目录。此外，在这一带我们还可以发现两个专卖旧钱币纹章等不卖书的摊子，夹在书摊中间，作一个很特别的点缀。这些卖画卖钱币的摊子,我总是望望然而去之的,(记得有一天一位法国朋友拉着我在这些钱币摊子前逗留了长久,他看得津津有味,我却委实十分难受,以后到河沿上走,总不愿和别人一道了。)然而在这一带却也有一两个很好的书摊子。一个摊子是一个老年人摆的,并不是他的书特别比别人丰富,却是他为人特别和气,和他交易,成功的回数居多。我有一本高克多(Coclcau)亲笔签字赠给诗人费尔囊·提华尔(Fernand Divoire)的 Le Grund Ecurt,便是从他那儿以极廉的价钱买来的,而我在加里马尔书店买的高克多亲笔签名赠给诗人法尔格(Fargue)的初版本 Opera,却使我花了七十法郎。但是我相信这是他借给我的,因为书是用蜡纸包封着,他没有拆开来看一看,看见了那献辞的时候,他也许不会这样便宜卖给我。另一个摊子是一个青年人摆的,书的选择颇精,大都是现代作品的初版和善本,所以常常得到我的光顾。我只知道这青年人的名字叫昂德莱,因为他的同行们这样称呼他,人很圆滑,自言和各书店很熟,可以弄得到价廉物美的后门货,如果顾客指定要什么书,他都可以设法。可是我请他弄一部《纪德全集》,他始终没有给我办到。

可以划在第三地带的是从新桥经过圣米式尔场到小桥这一段。这一段是塞纳河左岸书摊中的最繁荣的一段。在这一带,书摊都比较整齐一点,而且方便也多一点,太太们家里没事想到这里来找几本小说消遣,也有学生们贪便宜想到这里来买教科书参考书,也有文艺爱好者到这里来寻几本新出版的书,也有学者们要研究书,藏书家要善本书,猎奇者要珍本书,都可在这一带获得满意而回。在这一带,书价是要比他处高一些,然而总比到旧书铺里去买便宜。健吾兄觅了长久才在圣米式尔大场的一家旧书店中觅到了一部《龚果尔日记》,花了六百法郎喜洋洋地捧了回去,以为便宜万分,可是在不久之后我就在这一带的一个书摊上发现了同样的一部,而装订却考究得多,索价就只要二百五十法郎,使他悔之不及。可是这种事是可遇而不可求的,跑旧书摊的人第一不要抱什么一定的目的,第二要有闲暇有耐心,翻得有劲儿便多翻翻,翻倦了便看看街头熙来攘往的行人,看看旁边塞纳河静静的逝水,否则跑得腿酸汗流,眼花神倦,还是一场没结果回去。话又说远了,还是来说这一带的书摊吧。我说这一带的书较别处贵,也不是胡说的,例如整套的 Echanges 杂志,在第一地带中买只须十五个法郎,这里却一定要二十个,少一个不卖;当时新出版原价是二十四法

郎的 Celine 的 Voyageau boutde la nuit,在那里买也非十八法郎不可,竟只等于原价的七五折。这些情形有时会令人生气,可是为了要读,也不得不买回去。价格最高的是靠近圣米式尔场的那两个专卖教科书参考书的摊子。学生们为了要用,也不得不硬了头皮去买,总比买新书便宜点。我从来没有做过这些摊子的主顾,反之他们倒做过我的主顾。因为我用不着的参考书,在穷极无聊的时候总是拿去卖给他们的。这里,我要说一句公平话:他们所给的价钱的确比季倍尔书店高一点。这一带专卖近代善本书的摊子只有一个,在过了圣米式尔场不远快到小桥的地方。摊主是一个不大开口的中年人,价钱也不算顶贵,只是他一开口你就莫想还价,就是答应你还也是相差有限的,所以看着他陈列着的《泊鲁思特全集》,插图的《天方夜谭》全译本,Chirico 插图的阿保里奈尔的 Calligrammes,也只好眼红而已。在这一带,诗集似乎比别处多一些,名家的诗集花四五个法郎就可以买一册回去,至于较新一点的诗人的集子,你只要到一法郎或甚至五十生丁的木匣里去找就是了。我的那本仅印百册的 Jean Gris 插图的 Reverdy 的《沉睡的古琴集》,超现实主义诗人 Gui Rosey 的《三十年战争集》等等,便都是从这些廉价的木匣子里翻出来的。还有,我忘记说了,这一带还有一两个专卖乐谱的书铺,只是对于此道我是门外汉,从来没有去领教过罢。

从小桥到须理桥那一段,可以算是河沿书摊的第四地带,也就是最后的地带。从这里起,书摊便渐渐地趋于冷落了。在近小桥的一带,你还可以找到一点你所需要的东西,例如有一个摊子就有大批 N.R.F.和 Crassct 出版的书,可是那位老板娘讨价却实在太狠,定价十五法郎的书总要讨你十二三个法郎,而且又往往要自以为在行,凡是她心目中的现代大作家,如摩里向克,摩洛阿,爱眉(Ayme)等,就要敲你一笔竹杠,一点也不肯让价;反之,像拉尔波,茹昂陀,拉第该,阿朗等优秀作家的作品,她倒肯廉价卖给你。从小桥一带再走过去,便每况愈下了。起先是虽然没有什么好书,但总还能维持河沿书摊的尊严的摊子。以后呢,卖破旧不堪的通俗小说杂志的也有了,卖陈旧的教科书和一无用处的废纸的也有了。快到须里桥那一带,竟连卖破铜烂铁,旧摆设,假古董的也有了;而那些摊子的主人呢,他们的样子和那在下面塞纳河岸上喝劣酒,钓鱼或睡午觉的街头巡阅使(Clochard),简直就没有什么大两样。到了这个时候,巴黎左岸书摊的气运已经尽了,你的腿也走乏了,你的眼睛也看倦了,如果你袋中尚有余钱,你便可以到圣日耳曼大街口的小咖啡店里去坐一会儿,喝一杯儿热热的浓浓的咖啡,然后把你沿路的收获打开来,预先摩挲一遍。否则如果你已倾了囊,那么你就走上须里桥去,倚着桥栏,俯看那满载着古愁并饱和着圣母祠的钟声的塞纳河的悠悠的流水,然后在华灯初上之中,闲步缓缓归去,倒也是一个经济而又有诗情的办法。

说到这里,我所说的都是塞纳河左岸的书摊,至于右岸的呢,虽则有从新桥到沙德莱场,从沙德莱场到市政厅附近这两段,可是因为传统的关系,因为所处的地位的关系,也因为货色的关系,它们都没有左岸的重要。只在走完了左岸的书摊尚有余兴的时候或从卢佛尔(Louvre)出来的时候,我才顺便去走走,虽然间有所获,如查拉的 L、homme approximatif 或卢梭(Henri Rousseau)的画集,但这是极其偶然的事;通常,我不是空手而归,便是被那街上的鱼虫花鸟店所吸引了过去。所以,原意去“访书”而结果买了一头红头雀回来,也是有过的事。

外东消夏录

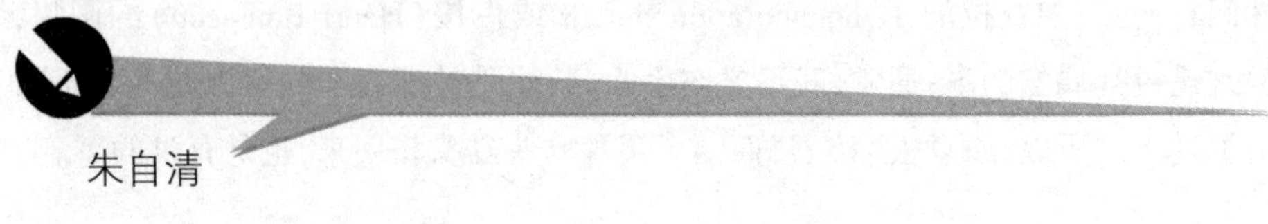

朱自清

引　子

这个题目是仿的高士奇的《江村消夏录》。那部书似乎专谈书画,我却不能有那么雅,这里只想谈一些世俗的事。这回我从昆明到成都来消夏。消夏本来是避暑的意思。若照这个意思,我简直是闹笑话,因为昆明比成都凉快得多,绝无从凉处到热处避暑之理。消夏还有一个新意思,就是换换生活,变变样子。这是外国想头,摩登想头,也有一番大道理。但在这战时,谁还该想这个！我们公教人员谁又敢想这个！可是既然来了,不管为了多俗的事,也不妨取个雅名字,马虎点儿,就算他消夏罢。谁又去打破沙缸问到底呢?

但是问到底的人是有的。去年参加昆明一个夏令营,营地观音山。七月二十三日便散营了。前一两天,有游客问起,我们向他说这是夏令营,就要结束了。他道:“就结束了?夏令完了吗?”这自然是俏皮话。问到底本有两种,一是“要奸心”,一是死心眼儿。若是要奸心的话,这儿消夏一词似乎还是站不住。因为动手写的今天是八月廿八日,农历七月初十日,明明已经不是夏天而是秋天。但“录”虽然在秋天,所“录”不妨在夏天,《消夏录》尽可以只录消夏的事,不一定为了消夏而录。还是马虎点儿算了。

外东一词,指的是东门外,跟外西、外南,外北是姊妹花的词儿。成都住的人都懂,但是外省人却弄不明白。这好像是个翻译的名词,跟远东、近东,中东挨肩膀儿。固然为纪实起见,我也可以用草庐或草堂等词,因为我的确住着草房。可是不免高攀诸葛丞相、杜工部之嫌,我怎么敢那样大胆呢?我家是住在一所尼庵里,叫做“尼庵消夏录”原也未尝不可,但是别人单看题目也许会大吃一惊,我又何必故作惊人之笔呢?因此马马虎虎写下“外东消夏录”这个老老实实的题目。

夜大学

四川大学开办夜校,值得我们注意。我觉得与其匆匆忙忙新办一些大学或独立学院,不重质而重量,还不如让一些有历史的大学办办夜校的好。

眉毛高的人也许觉得夜校总不像一回事似的。但是把毕业年限定得长些,也就差不多。东吴大学夜校的成绩好像并不坏。大学教育固然注重提高,也该努力普及,普及也是大学的职分。现代大学不应该像修道院,得和一般社会打成一片才是道理。况且中国有历史的大学不多,更是义不容辞地得这么办。

现在百业发展,从业员增多,其中尽有中学毕业或具有同等学历,有志进修无门可入的人。这些人往往将有用的精力消磨在无聊的酬应和不正当的娱乐上。有了大学夜校,他们便有机会增进自己的学识技能。这也就可以增进各项事业的效率,并澄清社会的恶浊空气。

普及大学教育,有夜校,也有夜班,都得在大都市里,才能有足够的从业员来应试入学。入夜校可以得到大学毕业的资格或学位,入夜班却只能得到专科的资格或证书。学位的用处久经规定,专科资格或证书,在中国因从未办过大学夜班,还无人考虑它们的用处。现时只能办夜校;要办夜班,得先请政府规定夜班毕业的出身才成。固然有些人为学问而学问,但各项从业员中这种人大概不多,一般还是功名心切。就这一般人论,用功名来鼓励他们向学,也并不错。大学生选系,不想到功名或出路的又有多少呢?这儿我们得把眉毛放低些。

四川大学夜校分中国文学、商学、法律三组。法律组有东吴的成例,商学是

当今的显学，都在意中。只有中国文学是冷货，居然三分天下有其一，好像出乎意外。不过虽是夜校，却是大事，若全无本国文化的科目，未免难乎其为大，这一组设置可以说是很得体的。这样分组的大学夜校还是初试，希望主持的人用全力来办，更希望就学的人不要三心二意地闹个半途而废才好。

成都诗

据说成都是中国第四大城。城太大了，要指出它的特色倒不易。说是有些像北平，不错，有些个。既像北平，似乎就不成其为特色了？然而不然，妙处在像而不像。我记得一首小诗，多少能够抓住这一点儿，也就多少能够抓住这座大城。

这是易君左先生的诗，题目好像就是“成都”两个字。诗道：

细雨成都路，微尘护落花。据门撑古木，绕屋噪栖鸦。入暮旋收市，凌晨即品茶。承平风味足，楚客独兴嗟。

住过成都的人该能够领略这首诗的妙处。它抓住了成都的闲味。北平也闲得可以的，但成都的闲是成都的闲，像而不像，非细辨不知。

“绕屋噪栖鸦”自然是那些“据门撑”着的“古木”上栖鸦在噪着。这正是“入暮”的声音和颜色。但是吵着的东南城有时也许听不见，西北城人少些，尤其住宅区的少城，白昼也静悄悄的，该听得清楚那悲凉的叫唤罢。

成都春天常有毛毛雨，而成都花多，爱花的人家也多，毛毛雨的春天倒正是养花天气。那时节真所谓“天街小雨润如酥”，路相当好，有点泥滑滑，却不至于“行不得也哥哥”，缓缓地走着，呼吸着新鲜而润泽的空气，叫人闲到心里、骨头里。若是在庭园中踱着，时而看见一些落花，静静地飘在微尘里，贴在软地上，那更闲得没有影儿。

成都旧宅于门前常栽得有一株泡桐树或黄桷树，粗而且大，往往叫人只见树，不见屋，更不见门洞儿。说是“撑”，一点儿不冤枉，这些树戆粗偃蹇，老气横秋，北平是见不着的。可是这些树都上了年纪，也只闲闲地“据”着“撑”着而已。

成都收市真早。前几年初到，真搞不惯。晚八点回家街上铺子便噼噼啪啪一片上门声，暗暗淡淡的，够惨。“早睡早起身体好”，农业社会的习惯，其实也不错。这儿人起得也真早，“入暮旋收市，凌晨即品茶”，是不折不扣的实录。

北平的春天短而多风尘，人家门前也有树，可是成行的多，独据的少。有茶楼，可是不普及，也不够热闹的。北平的闲又是一副格局，这里无须详论。“楚客”是易先生自称。他“兴嗟”于成都的“承平风味”。但诗中写出的“承平风味”，其实无伤于抗战，我们该嗟叹的恐怕是另有所在的。我倒是在想，这种“承平风味”战后还能“承”下去不能呢？在工业化的新中国里，成都这座大城该不能老是这么闲着罢。

我是扬州人

有些国语教科书里选的我的文章，注解里或说我是浙江绍兴人，或说我是江苏江都人——就是扬州人。有人疑心江苏江都人是错了，特地老远地写信托人来问我。我说两个籍贯都不算错，但是若打官话，我得算浙江绍兴人。浙江绍兴是我的祖籍或原籍，我从进小学就填的这个籍贯，直到现在，在学校里服务快三十年了，还是报的这个籍贯。不过绍兴我只去过两回，每回只住了一天，而我家里除先母外，没一个人会说绍兴话。

我家是从先祖才到江苏东海做小官。东海就是海州，现在是陇海路的终点。我就生在海州。四岁的时候先父又到邵伯镇做小官，将我们接到那里。海州的情形我全不记得了，只对海州话还有亲热感，因为父亲的扬州话里夹着不少海州口音。在邵伯住了差不多两年，是住在万寿宫里。万寿宫的院子很大，很静，门口就是运河。河坎很高，我常向河里扔瓦片玩儿。邵伯有个铁牛湾，那儿有一条铁牛镇压着。父亲的当差常抱我去看它，骑它，抚摸它。镇里的情形我也差不多忘记了，只记住在镇里一家人家的私塾里读过书，在那里认识了一个好朋友叫江家振。我常到他家玩儿，傍晚和他坐在他家荒园里一根横倒的枯树干上说着话，依依不舍，不想回家。这是我第一个好朋友，可惜他未成年就死了，记得他瘦得很，也许是肺病罢？

六岁那一年父亲将全家搬到扬州，后来又迎养先祖父和先祖母。父亲曾到江西做过几年官，我和二弟也曾去过江西一年，但是老家一直在扬州住着。我在扬州读初等小学，没毕业；读高等小学，毕了业；读中学，也毕了业。我的英文得力于高等小学里一位黄先生，他已经过世了，还有陈春台先生，他现在是北平著名的数学教师。这两位先生讲解英文真清楚，启发了我学习的兴趣。只恨我始终没有将英文学好，愧对这两位老师。还有一位戴子秋先生，也早过世了，我的国文是跟他老人家学着做通了的，那是辛亥革命之后在他家夜塾里的时候。中学毕业，我是十八岁，那年就考进了北京大学预料，从此就不常在扬州了。

就在十八岁那年冬天，父亲母亲给我在扬州完了婚。内人武钟谦女士是杭州籍，其实也是在扬州长成的。她从不曾去过杭州，后来同我去是第一次，她后来因为肺病死。在扬州，我曾为她写过一篇《给亡妇》。我和她结婚的时候，祖父已死了好几年了。结婚后一年祖母也死了。他们两老都葬在扬州，我家于是有祖茔在扬州了，后来亡妇也葬在这祖茔里。母亲在抗战前两年过去，父亲在胜利前四个月过去，遗憾的是我都不在扬州，他们也葬在那祖茔里。这中间叫我痛心的是死了第二个女儿！她性情好，爱读书，做事负责任，待朋友最好。已经成人了，不知什么病，一天半就完了！她也葬在祖茔里。我有九个孩子，除第二个女儿外，还有一个男孩不到一岁就死在扬州，其余亡妻生的四个孩子都曾在扬州老家住过多少年。这个老家直到今年夏初才解散了，但是还留着一位老年的庶母在那里。

我家跟扬州的关系，大概够得上古人说的“生于斯，死于斯，歌哭于斯”了。现在亡妻生的四个孩子都已自称为扬州人了，我比起他们更算是在扬州长成的，天然更该算是扬州人了。但是从前一直马马虎虎地骑在墙上，并且自称浙江人的时候还多些，又为了什么呢？这一半因为报的是浙江籍，求其一致，一半也还有些别的道理。这些道理第一桩就是籍贯是无所谓的。那时要做一个世界人，连国籍都觉得狭小，不用说省籍和县籍了。那时在大学里觉得同乡会最没有意思。我同住的和我来往的自然差不多都是扬州人，自己却因为浙江籍，不去参加江苏或扬州同乡会。可是虽然是浙江绍兴籍，却又没跟一个地道的浙江人来往，因此也就没人拉我去开浙江同乡会，更不用说绍兴同乡会了。这也许是两栖或骑墙的好处罢？然而出了学校以后到底常常会到地道的绍兴人了。我既然不会说绍兴话，并且除了花雕和兰亭外几乎不知道绍兴的别的情形，于是乎往往只好自己承认是假绍兴人。那虽然一半是玩笑，可也有点儿窘的。

还有一桩道理就是我有些讨厌扬州人,我讨厌扬州人的小气和虚气。小是眼光如豆,虚是虚张声势,小气无须举例。虚气例如已故的扬州某中央委员,坐包车在街上走,除拉车的外,又跟上四个人在车子边推着跑着。我曾经写过一篇短文,指出扬州人这些毛病。后来要将这篇文收入散文集《你我》里,商务印书馆不肯,怕再闹出“闲话扬州”的案子。这当然也因为他们总以为我是浙江人,而浙江人骂扬州人是会得罪扬州人的。但是我也并不抹煞扬州的好处,曾经写过一篇《扬州的夏日》,还有在《看花》里也提起扬州福绿庵的桃花。再说现在年纪大些了,觉得小气和虚气都可以算是地方气,绝不只是扬州人如此。从前自己常答应人说自己是绍兴人,一半又因为绍兴有些憨气,而扬州人似乎太聪明。其实扬州人也未尝没憨气,我的朋友任中敏(二北)先生,办了这么多年汉民中学,不管人家理会不理会,难道还不够“憨”的!绍兴人固然有憨气,但是也许还有别的气我讨厌的,不过我不深知罢了,这也许是阿Q的想法罢?然而我对于扬州的确渐渐亲热起来了。

扬州真像有些人说的,不折不扣是个有名的地方。不用远说,李斗《扬州画舫录》里的扬州就够羡慕的。可是现在衰落了,经济上是一日千丈地衰落了,只看那些没精打采的盐商家就知道。扬州人在上海被称为江北佬,这名字总而言之表示低等的人。江北佬在上海是受欺负的,他们于是学些不三不四的上海话来冒充上海人。到了这地步他们可竟会忘其所以欺负起那些新来的江北佬了。这就养成了扬州人的自卑心理。抗战以来许多扬州人来到西南,大半都自称为上海人,就靠着那一点不三不四的上海话,甚至连这一点都没有,也还自称为上海人。其实扬州人在本地也有他们的骄傲的,他们称徐州以北的人为侉子,那些人说的是侉话。他们笑镇江人说话土气,南京人说话大舌头,尽管这两个地方都在江南。英语他们称为蛮话,说这种话的当然是蛮子了。然而这些话只好关着门在家里说,到上海一看,立即就会矮上半截,缩起舌头不敢啧一声了。扬州真是衰落得可以啊!

我也是一个江北佬,一大堆扬州口音就是招牌,但是我却不愿做上海人,上海人太狡猾了。况且上海对我太生疏,生疏的程度跟绍兴对我也差不多。因为我知道上海虽然也许比知道绍兴多些,但是绍兴究竟是我的祖籍,上海是和我水米无关的。然而年纪大起来了,世界人到底做不成,我要做一个故乡人。俞平伯先生有一行诗,说“把故乡掉了”。其实他掉了故乡又找到了一个故乡,他诗文里提到苏州那一般亲热,是可羡慕的,苏州就算是他的故乡了。他在苏州度过他的童年,所以提起来一点一滴都亲亲热热的,童年的记忆最单纯最真切,影响最深最久。种种悲欢离合,回想起来最有意思。“青灯有味是儿时”,其实不只青灯,儿时的一切回忆都是有味的。这样看,在哪儿度过童年,就算那儿是故乡,大概差不多罢?这样看,就只有扬州可以算是我的故乡了。何况我的家又是“生于斯,死于斯,歌哭于斯”呢?所以扬州好也罢,歹也罢,我总该算是扬州人。